ベレーナ
気まぐれな猫。
癒やしの力を持っている。
その正体は……？
ロアン・アストリー
ルーファスの部下。
優れた特殊能力者。
ルーファス・
ヴァレンタイン・グレイリング
グレイリング帝国の第二皇子。
有能だが冷酷な"漆黒の皇弟殿下"
として恐れられている。
ミネルバが初恋の相手。
ミネルバ・バートネット
アシュラン王国の
公爵令嬢であり、未来の皇弟妃。
絶賛花嫁修業中。
千里眼の能力を持っている。

アイアス・カーター
触媒の研究者。
温和な性格だが、研究のことになると
目の色が変わる。
カサンドラ・メイザー
グレイリング帝国の公爵令嬢。
ソフィーやミネルバ達と
ひと悶着あったが……？
ジャスティン・バートネット
バートネット公爵家の長男。
アシュラン王国一の剣士。

contents

Lady at a critical moment by being broken off
the promise of marriage
will be together with the Emperor's brother.

婚約破棄された崖っぷち令嬢は、帝国の皇弟殿下と結ばれる

参谷しのぶ

Ill. 雲屋ゆきお

3

Lady at a critical moment by being broken off the promise of marriage will be together with the Emperor's brother.

イラスト：雲屋ゆきお

プロローグ

ミネルバ・バートネットは鏡を覗《のぞ》いた瞬間、これまでの人生が脳裏に鮮やかによみがえるのを感じた。

鏡の中の自分は元気溌剌《はつらつ》としていて、まさに幸福そのもの。別人のように変わった姿を見ていると、故郷のアシュラン王国で二度も男性から裏切られたことが遠い過去に思える。

（でも実際には、まだ一年もたっていないのよね）

人には誰でも人生の転機と呼べるものがあるだろうが、ミネルバの運命を大きく変えたのはルーファス・ヴァレンタイン・グレイリングとの出会いだった。

「そんなにじっくり鏡を眺めて、何か気になることでもあるのか？　いつも通りすごく綺麗《きれい》で、思わず見惚《みと》れるほどだが」

ルーファスが少し身をかがめて、ミネルバの耳元で囁《ささや》く。

並外れてハンサムで男らしい、超大国グレイリング帝国の皇弟殿下――ミネルバがこれまで出会った中で最高の男性だ。誠実で優しくて思いやりのある彼がミネルバを救ってくれたのは、奇跡以外の何物でもないとしみじみ思う。

「私、ずいぶん変わったなと思って」

ミネルバは鏡を見つめたまま微笑《ほほえ》んだ。お目付け役のいない、滅多にない二人きりの時間。だから思っていることを素直に言葉にできる。

「凄《すご》く自信に満ち溢《あふ》れて、堂々としていて。ルーファスが私を愛し、慈しんでくれるおかげで、全身が美しく輝いて見えるの」

「外見的にも内面的にも、ミネルバが素晴らしいことに間違いはないが。それは私の愛のためだけではなく、君自身が可能な限り最良の人間になろうと頑張っているからだよ」

ルーファスがミネルバの手を取り、指を絡ませてくる。

「いろんなことがあったね。君と出会ってからの日々は、まさに飛ぶように過ぎていった」

ルーファスが過去に思いを馳《は》せているのがわかって、ミネルバは絡ませた指をぎゅっと握った。

「グレイリングに来てからは、毎日が楽しいわ」

「ソフィーを救って心の距離をどんどん縮めたり、テイラー夫人の厳しい教育を耐え抜いたり。好意的ではない人間とひと悶着《もんちゃく》あったりもして、てんてこまいだったがな。だが、いまは何事もなく平穏だ。君は幾多の困難を乗り越える力を持っている」

「ソフィーもテイラー夫人も私が心から大切に思える人で、二人も私を大切に思ってくれている。なんて幸せなのかしら」

ソフィーは素晴らしい親友で、ミネルバ専属の女官でもある。婚約者に裏切られて心に傷を負った彼女だが、いまではミネルバの次兄のマーカスと互いに寄り添う関係を築いている。

テイラー夫人はグレイリング屈指の淑女教育の専門家だ。指導はとても厳しいが、彼女のおかげで婚約式を乗り越える知識を身につけることができた。

「ミネルバはみんなに愛されているよ。グレイリングの地に根を張りながら、勢いよく成長して、美しく花開いた」

ルーファスが優しく微笑み、ミネルバの頬にキスをする。

「私が花なら、ルーファスは水だわ。そして太陽でもある。いつだって私に力をくれるの」

ミネルバはにっこりした。

「こうしてあなたの側《そば》にいるだけで、ふつふつとやる気が湧いてくるの。これからもルーファスと、大切な人たちの力になれるよう頑張るわ」

「努力を怠らず、目標を見事に達成してみせる君を、私は純粋に尊敬している。君の熱意は周囲に伝染するんだ。これからもっともっと味方が増えるに違いない」

ルーファスが大きくて温かい手で、優しく髪を撫《な》でてくれる。

「そうなったらいいな。ここグレイリングが私のいるべき場所だから、たくさんお友達が欲しいわ」

「絶対にできるさ。君は間違いなく人を幸せにできる人だから」

ルーファスもにっこり笑い、ミネルバをぎゅっと抱きしめてくれた。輝くばかりの幸せに酔いしれながらも、決意が胸に込み上げるのを感じる。

「明日の大舞踏会では、たくさんの人との交流を楽しみたいわ。まだまだ婚約期間が続くから、少し気持ちがはやるけれど」

「私も同じ気持ちだ。君があらゆる意味で私のものになるまで時間がかかるのが悔しいが、それまでの過程をのびのび楽しもう。私にとって大切なのは君の幸せだから、何があっても必ず守るよ」

「私、ルーファスの腕の中にいるときが一番幸せよ。だから私もあなたを守るわ」

ミネルバは自分からルーファスの頬にキスをした。

これから先もいろんなことがあるだろう。いろんな人と出会うだろう。そんな中で新しい友人ができたら、ミネルバはどこまでも深い愛情を注ぐに違いなかった。

第一章

「ルーファス殿下とミネルバ様は、完璧な組み合わせですわねえ。非の打ちどころがありませんわ」

ロスリー辺境伯夫人デメトラが微笑《ほほえ》みながら扇を揺らす。『グレイリング貴族名鑑』によれば、彼女はバッドル公爵家出身の誇り高き老婦人だ。

デメトラは『実はね』と言って、ぱちんと音を鳴らして扇を閉じた。

「私にはちょっとした特技があるのです。若いお二人を見て、お似合いかどうか判断できるの。ロスリー辺境伯領では『世話焼きおばさん』なんて呼ばれていましてね。上手《うま》くいく二人には、独特のオーラのようなものがあるんですよ」

「まあ。デメトラ様は、オーラを見ることができるのですか？」

ミネルバは思わず目を瞬いた。護衛として後ろに控えているロアン、そしてきらびやかに装った貴族たちが、聞き耳を立てる気配が伝わってくる。

公爵家出身で、東方国境の防衛を担うロスリー辺境伯家を切り盛りするデメトラは、成熟した威厳を漂わせながらうなずいた。

「ええ。ほんの少しですけれどね、エネルギーの波のようなものが見えるんです。お似合いのカップルは、それがぴったり重なって共鳴し合っているの。ルーファス殿下とミネルバ様の波は、完全に調和しているわ」

周囲から小さなどよめきが上がった。貴族たちはデメトラの発言に興味津々で、さりげなく身を乗り出している。

ルーファスとミネルバの絆《きずな》をいっそう強くした『婚約式』から一か月近くがすぎ、今日は宮殿での大舞踏会が開かれていた。グレイリング貴族がひとり残らず集まる盛大な催しだ。

祝杯を挙げ、皇弟殿下の婚約にふさわしい祝いの言葉を交わし、素晴らしい音楽とダンスを堪能した。そしていまは、のんびりとお喋《しゃべ》りを楽しむ時間になっている。

デメトラは何人もの視線が集中していることなどまったく気にしない様子で、さらに言葉を続けた。

「ルーファス殿下にとって、ミネルバ様はまさしく『魂の伴侶』ね。人は最高の物を手に入れると、それ以下の物では満足できなくなりますから。邪魔者の入り込む余地などありませんわ」

じっとデメトラの話を聞いていたルーファスの口元に笑みが浮かぶ。

「嬉《うれ》しい言葉をありがとう、ロスリー辺境伯夫人。たしかに私は、ミネルバに出会って愛情の真の意味を知りました。彼女への思いと比較できるような感情を、かつて覚えたことはなかった」

「そうでしょうねえ。ミネルバ様は、殿下に真の幸せをもたらす方ですわ。お二人の未来は愛に満ち、申し分なく充実するはずですよ」

デメトラは自信満々だ。白髪交じりの髪をきっちりと結い上げ、しわが刻まれた顔には知性の輝きがある。

恐ろしく有能だと評判だが、普段はロスリー辺境伯領に閉じこもっていて、滅多に帝都には出てこないらしい。国境防衛に尽力する夫を支えるために、すべての時間を捧《ささ》げているのだ。

ロアンがミネルバに、そっと耳打ちをした。

「この人の眼力、僕は本物だと感じます。特殊能力の一種でしょうね。自分ではちょっと勘が鋭いだけだと思っているみたいだけど」

ロアンのオッドアイは、面白がるようにきらめいている。ミネルバは小さくうなずいた。

デメトラには突出したカリスマ性がある。それは彼女の高い身分のせいだけではなく、特殊能力の持ち主であることも関係しているのだろう。

ルーファスとお喋りを続けていたデメトラが肩をすくめた。

「貴族社会では結婚相手を選ぶ際に、お金や地位、政治や経済的な利益が優先されるでしょう? 私に言わせれば、オーラの相性が何より重要なんですけれどねえ」

そう言って苦笑するデメトラの顔はいかにも頑固そうだ。

自分の直感——特殊能力を当然のものとして受け入れ、確固とした独自の世界を持っているらしい。変わり者と呼ばれることもあるに違いないのに。きっと、とびきりタフで打たれ強い性格なのだろう。

「たとえば、そちらのお二人。オーラの相性という観点では、きっと上手くいくわ」

デメトラが視線を移動させる。彼女に見つめられた次兄のマーカスと女官のソフィーが、二人揃《そろ》って息を呑《の》んだ。

「ほ、本当ですか？」

ソフィーが頬を染め、自らの左手の薬指を見た。マーカスから贈られた婚約指輪が光っている。

マーカスが顔を輝かせ、愛し合っていることを物語るようにソフィーの肩を抱いた。

「そのお言葉を聞けて、どんなに嬉しいか。私の隣こそが、ソフィーが永遠にいるべき場所……そうは思っても、諸々《もろもろ》の事情で不安になることもあるんです。でも、勇気が湧いてきました。彼女を幸せにするために、これからも努力を怠りません」

ソフィーが気恥ずかしそうに身を縮め、それから「私も頑張ります」と胸を張る。互いに信頼しきった様子で寄り添う二人を、ミネルバは微笑ましい思いで眺めた。

「ロスリー辺境伯夫人。よろしければあなたの助言をいただきたいのですが」

そう言いながら前に出てきたのは、大舞踏会のためにアシュラン王国からやってきた末の兄コリンだ。彼の顔は明るく輝いている。

「私は長兄の花嫁探しに奔走しているのですが、中々これという女性が見つからず、途方に暮れておりまして。本当はじっくり時間をかけてふさわしい相手を選びたいのですが、諸般の事情で急いでいるのです」

「あらあら。つまり私のアドバイスを、切実に必要としていらっしゃるということね？」

デメトラがきらりと目を光らせる。彼女はジャスティンに目を向け、上から下まで眺めた。

「この場には、グレイリング全土から年頃のお嬢さんが集まっていますからね。『鶏口となるも牛後となるなかれ』ということわざもありますし、アシュランの王太子妃になりたがる娘さんもいるでしょう。ジャスティン様は、どんな女性が好みですの？　よさそうなお嬢さんとのオーラの相性を見て差し上げるわ」

「いえその。わ、私は――」

ジャスティンが戸惑っているのは明白だった。

周囲では、男爵や子爵といった下位貴族の動きが騒がしくなっている。この大舞踏会を、自分の娘をジャスティンに引き合わせる絶好の機会と考えている者たちだ。彼らの娘はみな美人で、華やかなドレスを完璧に着こなしていた。

ジャスティンは美貌と優秀な頭脳と立派な体を兼ね備えている。アシュランは属国とはいえ、歴史も古く財政状況も悪くない。宗主国グレイリングの下位貴族の娘にとっては、最も結婚したい独身男性のひとりだ。

「――そうですね。自分より他人を優先する慈悲深さのある女性。意に沿わないことは決して受け入れない強さと、向上心のある女性」

ジャスティンは考え込むようにそう言った。

「しっかりした意思を持っている女性が好ましいですね。気迫……と言えばいいのだろうか、誇り高いオーラのある人が望ましい。私と対等な関係を築いて、一番の親友になってくれるような」

「ふーむ。つまり、申し分のない人格が必要ということね。自分の欲望より国のことを優先できて、頭脳明晰《めいせき》なお嬢さんとなると……」

デメトラの顔から笑みが消え、真剣な表情になる。彼女はわずかに目を細め、大広間をぐるりと眺め回した。

コリンは期待に満ちた表情で彼女を見つめている。ジャスティンにとって特別な女性を見分けてもらえれば、アシュラン王国は安泰だ。

（コリン兄様、肩に力が入っているなあ。マーカス兄様がソフィーという愛する女性を見つけたから、なおさら焦っているのね）

「どうでしょうか、ロスリー辺境伯夫人。見込みのありそうなご令嬢は見つかりましたか？」

「静かになさい。オーラを見るには、集中力が必要なのです」

コリンが口に手を当てた。デメトラの静かな声は、大声で叱責されるよりずっと恐ろしい。

「……心が強く、へこたれない娘。しっかりした経歴、優れた頭脳。容姿はたまらなく魅力的。上に立つ者の義務をしっかりと理解している。いえ、まさか。彼女が属国の人間を受け入れて、愛する気になるはずが……」

大広間にいる誰かが、デメトラの心を揺さぶったらしい。小さな呟《つぶや》きから激しい動揺が伝わってくる。

とびきりの自信家で怖いもの知らずのデメトラの顔に恐怖の色が浮かんだのを見て、ミネルバたちは顔を見合わせた。

「あの、ロスリー辺境伯夫人……？」

コリンがおずおずと声をかけた。デメトラが扇を開いて顔を隠してしまったので、どうすればいいのかさっぱりわからないのだろう。

「夫人にいま必要なのは、静かな場所と飲み物だな」

ルーファスが気を利かせてデメトラをエスコートし、大広間の最奥にある椅子に座らせる。

ミネルバは給仕係のトレイからシャンパンのグラスを取り、デメトラの手に握らせた。そして口を開く。誰にとっても聞きにくいことを尋ねるために。

「デメトラ様。長兄にふさわしい女性の身分が、比べ物にならないほど高いのでしょうか？　兄はアシュランの王太子とはいえ、傍系継承ですし」

ミネルバの言葉を受けて、ジャスティンが苦笑する。

「私自身ですら、王太子の地位にいるのが信じられないほどだ。属国かつ小国の公爵令息なんかとは結婚しないと言われても、驚きはしません」

「ちょっと待ってちょうだい。頭の中がひどく混乱しているの」

デメトラはそう言って、グラスに口をつけた。どうにか思考をコントロールしようとしているらしい。

ミネルバたちが椅子の前に立っているし、護衛たちもガードしてくれているので、貴族たちに彼女の声は聞こえないはずだ。

「たしかに、ジャスティン様にふさわしいお嬢さんの身分は、この大舞踏会に来ている女性の中で最も高いわ。皇族方を除けば、ということだけれど」

デメトラが胸を張る。どうやら動揺を振り払ったようだ。

「でもね、オーラの相性は本当に素晴らしいの。あらゆる点で完璧。結びつくべくして結びつく相手のはずなのよ」

そう言い切るデメトラは、実に堂々として見えた。彼女は「ただね」と言葉を続ける。

「そのお嬢さんは、この国で最も歴史のある公爵家の娘だから、気位が高すぎるの。グレイリングの皇族より地位の低い男性に嫁ぐとは思えないのよね」

「そ、それはつまり……」

コリンが勢いよく前に出た。二の句が継げずに口をぱくぱくさせているが、彼が何を言いたいのかは理解できた。

ミネルバ自身も必死で動揺を抑えて、デメトラに問いかける。

「カサンドラ・メイザー公爵令嬢ですね？」

口にしたのは、この世で一番ミネルバを嫌っているだろう女性の名前だ。血液がとてつもない速さで流れるのを感じる。

嫌悪の唸《うな》り声《ごえ》を上げたのはマーカスだった。彼の横にいるソフィーも、困惑の表情で目を瞬いている。

デメトラが「そうよ」とうなずいた瞬間、ジャスティンの目が驚きで見開かれた。デメトラ以外の全員が、複雑な感情に一気に呑み込まれたのがわかる。

メイザー公爵家は建国にも携わった名家で、現公爵はカサンドラを皇弟妃にしたがっていた。カサンドラがミネルバを陥れるため、女官のソフィーを激しく責め立てたのは、忘れようとしても忘れられない出来事だ。

ミネルバはちらりとルーファスを見た。眉間にしわを寄せている。

「カサンドラさんのオーラは、ミネルバ様のそれとは波形が違うけれど、色合いが似ているのよね。全く異なる環境で育っているのに、不思議なこともあるものだわ」

「ありえない！」

叫んだのはマーカスだった。彼は昔から血の気が多い。

「あら。カサンドラさんのオーラがとてつもなく美しいのは本当よ」

デメトラがつんと顎を上げた。

「傷だらけではあるけれど。社交界でディアラム侯爵家のロバートと、カサンドラさんの父親との関係が取りざたされているせいね。まったくあの人ときたら、娘が皇弟妃にならなくても、十分に権力者だったのに」

　あの人というのは、メイザー公爵のことだろう。デメトラもかつては公爵家の令嬢だったわけで、若い時分に身近に接したことがあるに違いない。

「ほら、ルーファス殿下が陣頭指揮をとって、ロバートを何から何まで調べたでしょう。彼が他国の諜報員《ちょうほういん》と繋《つな》がっていたことも驚きだけれど。ディアラム侯爵領の温泉地の顧客から集めた情報を、メイザー公爵に売っていたことの方が、社交界では大問題なのよ」

　デメトラの言葉を聞いて、ソフィーが身をすくめた。

「ロバートは逮捕されましたけれど、メイザー公爵についてはまだ調査中ですものね。ロバートから噂話《うわさばなし》を買っていただけなら、罪を犯したわけではありませんが……」

「罪に問われないなら問われないで、貴族たちの不快感を煽《あお》るだろう。メイザー公爵は今後一生、恥知らずと囁《ささや》かれることになるはずだ。カサンドラ嬢のことだって、誰も特別扱いなどしなくなるんじゃないか？」

　マーカスが口元を歪《ゆが》める。

　ディアラム侯爵家のロバートは、ソフィーの元婚約者だ。彼の裏の顔を見抜いたのはミネルバで、他国の諜報員との結びつきを明らかにするために、ルーファスと特殊能力を混ぜ合わせるという偉業を成し遂げた。

「ロバートはギルガレン辺境伯家の地下通路の情報を、ガイアル帝国陣営のクレンツ王国に売る算段をつけていた。それについても、メイザー公爵の指示だったと主張している。公爵自身は否定しているが、徹底的に調べている最中だ」

ルーファスが指先で眉間を揉《も》む。

メイザー公爵とクレンツ王国の繋がりが判明すれば、深刻で許しがたい罪とみなされることは間違いない。ミネルバはため息をついた。

「社交界の人たちはすでに、メイザー公爵こそが首謀者だと囁いているものね。この舞踏会はカサンドラにとって、お世辞にもいい環境とは言えないわ」

ミネルバは離れた場所に立っているカサンドラを見た。

かつては大勢のごますりとおべっか使いに囲まれていた公爵令嬢は、とてつもなく孤独に見えた。近寄る者はひとりもおらず、ただ侮蔑の視線が一身に注がれている。

しかしカサンドラは、背筋をぴんと伸ばしていた。父親が拘留中で、社交界追放の瀬戸際に立たされている娘には見えない。

太陽のように輝く赤毛、一分の隙もない身なり、本心を心の奥に隠しているような冷静な表情。彼女が優秀な女性で、強い心と威厳と気高さを兼ね備えていることは間違いなかった。

「グレイリングの公爵令嬢がアシュランの王妃になってくれたら、貿易や安全保障がより強固なものになる。ジャスティン兄さんが王位を継ぐには、まず結婚しなくちゃならないし。だとしてもカサンドラ嬢が相性抜群のオーラの持ち主だなんて、そんな巡り合わせは残酷すぎるよ。花嫁は他の方法で探すしかないなあ」

コリンが天井を仰ぎ、絶望的な声で言う。マーカスが「当たり前だろう」と声を荒らげる。

「いくらオーラ的に特別な存在でも、父親は犯罪者なんだぞ。醜聞が飛び交うような娘はアシュランの王妃にふさわしくない。ただでさえ、あの女のソフィーに対する態度は許しがたいのに――」

「マーカス。メイザー公爵が法を犯したと決まったわけではない。お前がソフィーさんを愛し、守ると決めていることはわかる。だがそれでも、公平でなければならない」

ジャスティンが視線と言葉でマーカスを制した。

「父親が拘留中だからといって、カサンドラ嬢の名誉を傷つけていいということにはならないはずだ。お前だって、自分には全く罪のないことで批判を浴びた経験があるだろう」

ジャスティンの静かな口調には独特の迫力があった。マーカスが不意を突かれたような表情になり、それから口元を歪める。

「たしかにメイザー公爵が拘留されたからといって、カサンドラ嬢に責任があるとは言えないな。真実がどうあれ、社交界の連中は好きなように噂する……そういう困難な状況を、俺たち家族は一丸となって乗り越えたんだったな」

マーカスの言葉を聞いて、コリンもばつが悪そうな顔になった。

「僕たちの場合は、思いがけずルーファス殿下から救いの手が差し伸べられたけど……。実際、僕らのことをほとんど知らない人間が、あることないこと噂していたからね。あの辛《つら》さは、経験のない人間には理解できないだろうなあ」

「あなた方はハンサムというだけではなく、性格がいいのねえ」

デメトラが扇を揺らしながらにっこりする。

「マーカス様も悪気はなかったのよね、わかるわ。他人に対する思いやりと同情心の深い人であることは、オーラを見れば明々白々だもの」

優雅に顔をあおぎながら、デメトラが言葉を続ける。

「オーラが見えるなんて荒唐無稽な話を何の偏見もなく受け入れてくれた時点で、信じられないくらい素敵な三兄弟よ。もちろんルーファス殿下もミネルバ様も、ソフィーさんもね。領地ならともかく、帝都での私の評判は『変人』ですから」

「デメトラ様は素晴らしい方ですわ。私も努力を重ねて、デメトラ様にひけをとらない淑女になりたいです」

「まあミネルバ様。そのお言葉を私がどれほど誇らしく思っているか、伝える方法が見つからないわ。ああ、なんと気高く、なんと献身的なオーラなんでしょう。ルーファス殿下は本当に運のいい方だわ」

デメトラが明るく言った。

「優しさに甘えて、老女の戯言《たわごと》にもう少し付き合ってもらいましょうか。私が心の中でこっそりと温めていた意見なのですけれど」

強い意思の刻まれた顔で、デメトラがルーファスを見上げる。老婦人の迫力に、彼は「はい」と姿勢を正した。

「こうして間近にミネルバ様のオーラを見ると、彼女がグレイリングのために必要不可欠だと思えます。婚約式から一か月、貴族たちもミネルバ様との交際が深まるにつれて、その立派さがわかってきているわ。属国出身のお嬢さんが皇弟妃になる事実と、上手に折り合いをつけるでしょう」

デメトラは「ミネルバ様が相手では、どんなお嬢さんにも勝ち目はないわ」と苦笑した。

「でもね。お二人の婚約の一報が飛び込んできたとき、私ですら憤慨したのよ。属国の人間を花嫁に選ぶなんて、殿下はいったい何を考えているのかしらって。私も公爵家の娘で、先帝陛下の花嫁候補として何年にもわたる猛勉強に耐えた経験があるからでしょうね。私は先代より年上でしたから、選ばれることはなかったわけだけど」

懐かしそうに言いながら、デメトラはぱちんと音を鳴らして扇を閉じた。

「公爵令嬢として生まれ、公爵令嬢として育てられることが、楽しいことばかりでないことは皆さんご存じね。どんなに気分が悪くても、うんざりしていても、表情を崩さないように訓練されるのよ。親兄弟や教育係から『いつか淑女の頂点に立つかもしれないのだから』って言われながらね」

ミネルバは「わかります」とうなずいた。

自分には三人の兄がいて、悩みをひとりで抱え込まなくていいといつも言ってくれたけれど――アシュランで王太子フィルバートの婚約者として過ごした十年間、ずっと胸が張り裂けそうな苦悩の叫びを抑え込んでいた。

「ルーファス殿下はお妃選《きさき》びに十分すぎるほど時間をおかけになったわ。もちろん、慌てて決断してはいけない理由があったからだけれど。可能性はないと思いながらもずっと準備を続けていた公爵令嬢たちが、意外な展開にどれほど驚いたか……それだけはわかってあげてほしいの」

「――そうですね。ミネルバを受け入れる気持ちよりも、腹立たしさの方が勝って当然だと思います。彼女たちはひどく気まずい思いをしたことでしょう。政治的な理由で、私は誰とも親睦を深めたことはなかったが……」

ルーファスが眉間にしわを寄せる。堅実で真面目で、誰に対しても思いやりがある彼は、かつてグレイリングの社交界で『冷酷』と噂されていた。

女性に冷たかったのは、健康問題を抱える兄トリスタンの治世を盤石なものにするためで、ルーファス自身の感情は一切含まれていなかったのだが。

「まあ、カサンドラさんや他の公爵令嬢が、ソフィーさんにした行為は褒められたものではありませんけれどね。彼女たちにも相応の事情があったことは汲《く》んであげてほしいの。カサンドラさんは特に、父親の思惑という糸で操られるマリオネットみたいなものだったから」

「メイザー公爵は、自分の政治的な野心のためだけに彼女を育てたのですか？」

ジャスティンが顔をしかめた。デメトラが大きく息を吐く。

「あの人が厳格で、要求の多すぎる父親だったことは事実よ。でも彼は、祖先がグレイリングの建国に携わったことに誇りを持っていたし、先帝陛下を盲目的に崇拝していたわ。カサンドラさんを厳しく育てたのは、国を愛するがゆえだと思うの。あの人は他国と組んで、国家の転覆を狙うような人じゃない。そんな考えは、彼の価値観ともオーラとも相容《あいい》れない」

デメトラが身にまとう威厳に、その場にいる全員が言葉を失った。あまりにも周囲から際立っているので、目に見えないはずのオーラが見えるような気さえする。

「ロスリー辺境伯夫人、貴重な意見をありがとう。真相が判明するまで時間がかかるだろうが、メイザー公爵の尊厳を守りながら取り調べを進めると誓います。カサンドラ嬢にとって現状が苦しみに満ち、この上なく孤独であることにも配慮が足りなかった」

「ルーファス殿下、そう言ってくださって嬉しいわ。カサンドラさんが思いやりの欠片《かけら》もない行為をしたことは事実だし、寛容な措置を求めるなんて図々《ずうずう》しいとはわかっているのですけれど。噂話に口を引き結び、胸を張って毅然《きぜん》と立っているあの子を見るとね……」

離れた場所で貴族たちの注目を一身に浴びているカサンドラを見ながら、デメトラが目を細める。

ジャスティンもカサンドラに視線を移した。

「あの状態の彼女を放置するのは、なんというか……間違っているような気がする。頭の中で『助けて』という声が響いているような……」

「それがオーラの相性ですよ。波長がぴったりだと、不思議なことがあるものなの」

デメトラが微笑む。ジャスティンは何度かまばたきをして、何かを見抜こうとするかのようにカサンドラを見つめた。

「彼女、どうやら体に異変が生じているようだ。父親が拘留されてから、何日もろくに食事や睡眠をとっていないんだろう」

ジャスティンの言葉に、マーカスが不思議そうに首をひねる。

「そこまで大変な状態には見えないがなあ……」

コリンがうなずき、カサンドラに目をやった。

「うん。周囲のひそひそ話や、くすくす笑いがもたらす苦痛は耐えがたいだろうし、堂々としているのは相当な苦行だろうけど。非の打ちどころのない、見事な立ち居振る舞いだよ」

たしかに背筋を真っすぐに伸ばしているカサンドラは美しかった。凜《りん》とした顔には、一分の隙もない完璧な化粧が施されている。

身に着けている鮮やかな赤のドレスは大胆なデザインで、襟ぐりが深く開いている。赤い巻き毛がむき出しの肩にかかり、セクシーさが一層彼女を引き立たせていた。

ちなみに今シーズンは、ミネルバが流行《はや》らせたアシュラン王国風のクラシカルドレスが主流になっている。慎み深い襟ぐりと、手首までの長さの袖が特徴で、若い娘たちはみな似たような仕立てのドレスで着飾っていた。カサンドラの装いはその真逆なので、あり得ないくらいに目立ってしまっている。

「抜群にオーラの相性がいいからですよ。相手のことを自分の一部のように感じてしまうから、心の奥に隠しているものがわかるの。相手が弱っているときは特に」

デメトラがにっこりする。ルーファスが「私にも覚えがある」とつぶやいた。

「ミネルバに初めて会ったときに感じたんだ。この女性は心の奥に、大きな痛みを隠していると」

ミネルバは小さく笑った。

「あの日のルーファスの、労《いたわ》りの気持ちが浮かんだ目をよく覚えているわ。家族以外の誰かに気遣われるのが久々すぎて……あの嬉しさは、言葉にできないほどだった」

互いに視線をかわし、それから同時にカサンドラを見る。

「私たちが行動を起こせば、状況をがらりと変えられるけれど。彼女のプライドをずたずたにしてしまうかもしれない」

「ああ、問題はそこだ」

この舞踏会には、国内の要人という要人がすべて集まっている。

もし自分たちが主役でなかったら、カサンドラの様子にすぐ気付いただろう。あまりにも忙しくて、こうして歓談の時間になるまで彼女の様子を窺《うかが》えなかったことが悔やまれる。

気付いてしまったからには放っておけないが、彼女にとってミネルバは分不相応に出世した憎い相手だ。たとえ善意でも迷惑に感じるに違いない。

「ルーファス殿下とミネルバ様が、自ら事を処理する必要はありませんわ。貴族たちの関心の矛先を変えるには、この私が騒ぎのひとつも起こせば十分」

デメトラが椅子から立ち上がった。誰にも有無を言わせぬ威厳と迫力がある。

「さあ、世話焼きおばさんの本領発揮ですよ。私は至れり尽くせりが売りですからね、まかせてちょうだい」

デメトラは輝くような笑顔をジャスティンに向け「行きましょ」と彼の腕を摑《つか》んだ。

「え、いや、あの。属国の王太子と相性がいいなんて、彼女にすれば最悪の事態ですし、いきなり突き付けるのは――」

「心配無用。ごく普通のやり方にするわ。まあ、ちょっと工夫は凝らしますけど。あなたとカサンドラさんなら上手くいくに決まってるんだから」

ジャスティンの腕をぎゅっと摑み、デメトラが重ねて「行くわよ」と凄《すご》みを利かせる。その顔は怖いどころの話ではなく、ジャスティンは観念したように「はい」と答えた。

ミネルバたちは「頑張って」という感情のこもった目で二人を見送った。

「いやあ、迫力あるなあ。あの貫禄《かんろく》で、ロスリー辺境伯を意のままに操っているに違いないぜ」

マーカスの言葉に、ソフィーが穏やかに微笑む。

「ロスリー辺境伯はデメトラ様にべた惚《ぼ》れですもの。喜んで尻に敷かれているという感じよ。鋭い観察眼の持ち主で、男女を引き合わせることに情熱を燃やしていらっしゃることは知っていたけれど。その、ああいう特質をお持ちだとは知らなかったわ」

「ルーファス殿下の妃問題が片付くまでは、オーラが見えることは隠しておくべきだと思ったんじゃないか？　グレイリングの令嬢の中には適切な相手がいないなんて、そりゃ言えないだろうし」

「私たちはミネルバや殿下、ロアン君の力を十分すぎるくらい目にしているから、特殊能力に抵抗がないけれど。それでもちょっとびっくりしたわ」

「まあなあ。普通はありがたがるより先に、薄気味悪く思うだろうからな」

大広間にはいくつもの社交の輪ができていて、ずんずん歩くデメトラはそのうちのひとつに突っ込んでいこうとしていた。エスコート役のジャスティンは、もはや開き直った顔つきだ。

「なんだデメトラ、性懲りもなく仲人役に勤《いそ》しんでいるのか？」

さっきまでカサンドラの方をちらちら見ていた老紳士が、デメトラに気付いて醜いしかめ面になった。彼と同じ社交の輪にいる着飾った貴婦人たちは、デメトラとジャスティンの組み合わせを不思議そうに眺めている。

「デメトラ、お前は役に立つ立派なことをしているつもりだろうが。地位や財産より相性が重要なんて意見は、外聞を何よりも重要視する貴族の世界にはそぐわないぞ。ジャスティン様も連れ回されてお気の毒に」

「あーらラスティ、お久しぶり。聞いたわよ、家柄も財産も釣り合った三番目の奥さんに逃げられたんですって？　四人目で失敗したくないなら、私を当てにしてくれていいのよ。相性ぴったりな人を紹介して差し上げ――たくはないわね、あなたは性格が悪すぎるもの」

デメトラが氷のような冷ややかさでラスティことダベンポート侯爵を睨《にら》みつける。侯爵の顔色が一変し「なんだと!?」という怒鳴り声が響き渡った。

大広間にいた全員の視線が、一斉にデメトラとダベンポート侯爵に向けられる。

「じ、自分にぴったりの相手くらい、ちゃんと自力で見つけられるっ！」

「懲りないわねえ。次はあなた、自分を害しかねない危険な相手を選ぶような気がするわ。若くて美人で、財産目当ての」

「酷《ひど》い侮辱だ、最低の気分だ！　もはや我慢ならないっ！」

ダベンポート侯爵の怒りが火を噴いた。ルーファスが「あの老人は短気だからな」とつぶやく。

遠くの方からロスリー辺境伯が慌てた様子で歩いてきた。二人の仲裁に入るためだろう。そういった一連の騒動を眺めていたら――いつの間にかジャスティンの姿が消えていた。

「なるほど、これがちょっとした工夫。上手いなあ。自らが囮《おとり》になる作戦かあ」

ロアンが小さく口笛を吹く。その見方はたしかに合っていた。すっかり影が薄くなったカサンドラの前で、ジャスティンが丁寧にお辞儀をしている。

どぎまぎしながら眺めていると、カサンドラは少しためらってから同様にお辞儀をした。姿勢を正そうとした細い体が、ふらりと揺れる。

ジャスティンの逞《たくま》しい腕が、掬《すく》い上げるようにしてカサンドラを抱きかかえた。そして急いで人混みから離れていく。

デメトラとダベンポート侯爵の喧嘩《けんか》に人々が気を取られている間に、ジャスティンは使用人が開いた扉から出て行った。宮殿の侍女の先導で救護室に向かうに違いない。

「どっかで見た光景だなあ。ねえルーファス殿下、ミネルバ様」

ロアンがいたずらっぽく笑う。彼の言う通り、それはルーファスとミネルバが出会った日を再現するかのような光景だった。

(ジャスティン兄様は親切で紳士的で、なにより醜聞で傷ついた女性の心理を知っている。カサンドラが望まないことは絶対にしないはず)

二人の姿が扉の向こうに消え、ミネルバは安堵《あんど》の息を漏らした。宮殿の医療スタッフは優秀だし、少なくともカサンドラについては心配しなくても済む。

「あら、いけない！」

デメトラが大げさに体を震わせた。ダベンポート侯爵に癇癪《かんしゃく》を起こさせて、人々の注意を引き付けてくれていたが、うまく事を収める方向に舵《かじ》を切ったらしい。

「ラスティ、私たちにあらゆる人々の関心が集まっているわ。こうして毒づけるのも元気だからこそとはいえ、急いで理性を取り戻さないと」

「お、おお」

激高していたダベンポート侯爵がはっとして周囲を見回し、気まずそうな顔になる。この舞踏会の主役がルーファスとミネルバであることを思い出したらしい。

「いかんな、つい冷静さを失ってしまった。デメトラが相手だといつもこうだ」

ダベンポート侯爵は困ったような表情を浮かべ、何度か頭を振った。個人的な感情を頭から追い払おうとするかのように。

「まったくお前ときたら、昔から型にはまらない女だった。会うと理性的に振る舞えなくなるから避けていたのに、そっちから近づいてこられたらどうしようもない」

「まあまあ。ルーファス殿下とミネルバ様を祝うために集まった皆さんを、これ以上老人の喧嘩に巻き込むわけにはいかないわ。さあ、謝罪すべき人たちにきちんと謝罪しましょ。皆様、お騒がせして申し訳ありません」

なだめるような笑みを侯爵に向けたあと、デメトラは周りの人々に向かってお辞儀をした。その動作の優雅さに周囲の視線が和らぐ。ダベンポート侯爵も紳士らしく「申し訳ない」と謝った。

ようやく近くまで来たロスリー辺境伯も急いで頭を下げ、参加者たちに妻の非礼を詫《わ》びている。

「ルーファス殿下、ミネルバ様。大変申し訳ございません」

デメトラが夫と侯爵を引き連れて歩いてきた。三人とも申し訳なさそうな表情だが、デメトラのそれはもちろん演技だ。

彼女と侯爵を罰するかどうかは、舞踏会の主役である自分たちにかかっている。皇族の前で愚かなふるまいをしたのだから、即刻立ち去るように命じられても仕方ない——とはいえ侯爵は、巻き込まれただけの被害者でもある。そんな最悪のシナリオは、デメトラだって考えてはいないだろう。

「私がラスティを怒らせたりしなければ、こんなことには……」

デメトラがハンカチを目に押し当て、か弱く儚《はかな》げな老人を演じる。ミネルバは微笑んでかぶりを振った。

「どうぞお気になさらないでください。お二人が旧交を温めていらしただけなのは、ちゃんとわかっていますから」

ルーファスが「ああ」とうなずく。

「ロスリー辺境伯夫人は、滅多に領地から出てこないからな。懐かしさのあまり、話に熱が入ってしまったんだろう」

「え、ええ、そうなんです。懐かしさに、つい我を忘れてしまって」

ルーファスの寛大な言葉に、ダベンポート侯爵の表情が悲観から安堵に変わった。

「熱が入るといえば、ダベンポート侯爵はお若いころ、競技ダンスに情熱を燃やしていらっしゃったとか。世界大会での優勝経験もおありなんでしょう？」

ミネルバが言うと、侯爵は心底驚いたような顔になった。これは貴族名鑑にも載っていない情報なので、ミネルバが知っているとは思いもしなかったのだろう。

「よくご存じで。四十年近く昔のことですが、いまでも私に踏めないステップはありませんよ」

「あらラスティ、それなら久しぶりに踊りましょうよ」

侯爵が胸を張ると、すかさずデメトラが言った。必ずプラスになると思って出した話題だったが、正解だったようだ。

「ううむ、お前とか。また話に熱が入らないか、いささか不安ではあるが……まあよかろう。ロスリー辺境伯、奥方をお借りするぞ」

「どうぞどうぞ。互いに誤解したままよりは、よほどいい。心から嬉しく思いますよ」

ロスリー辺境伯はにこにこしている。ダベンポート侯爵が咳《せき》ばらいをして手を差し出した。デメトラがその手を取る。

「ミネルバ、私たちも踊ろう」

「ええ！」

ルーファスに手を取られて、ミネルバは大広間の中央に躍り出た。優雅な身のこなしでステップを踏みながら、特殊能力を高めてルーファスとの共鳴状態に入る。

〈デメトラ様のおかげで、ジャスティン兄様とカサンドラが出ていったことに気づいた人は少なかったみたいね〉

〈そうだな。しかし中傷や当てこすり程度は、カサンドラも覚悟していたはずだ。父親が無実だと信じているからこそ、不屈の精神で舞踏会に挑んだのだろう。とはいえ私は彼女のことを、それほど知っているわけではないが〉

〈親しく口をきいたことは、ほとんどなかったの？〉

〈立場上、礼儀正しい会話をすることならあったが。プライベートで話したことはなかったな。第

一カサンドラは、しきりに私の注意を引こうとするタイプではなかったし〉

ミネルバは千里眼の能力を持ち合わせている。そして一か月ほど前に、他人の魂と共鳴する特別な力があることが判明した。

ロアンによれば、ミネルバには『透視力』『透聴力』『透感力』『透知力』の四つの力があるらしい。

まだまだ発展途上ではあるが、ルーファスとだけは簡単に心を繋ぐことができるようになった。体の一部が触れ合ってさえいれば、ほとんど体力を消耗せずに心の会話ができる。

〈メイザー公爵とクレンツ王国は、繋がりがあると思う？〉

〈現時点ではあると言わざるを得ないな。ロバートが残していた記録をたどれば、そうとわかるようになっていたんだ。しかし急いで結論に飛びつくつもりはないよ。一般的な調査が終わり次第、特殊能力を使った調査に入る〉

〈私の千里眼が役に立ちそうなら言ってね。喜んで協力するわ〉

〈いざというときには、もちろん頼むよ。せっかく私たち二人で、遠くまで安全に飛ぶ方法を確立したんだし〉

心で会話をしながらも、ルーファスとミネルバは情熱的なワルツを踊り続けていた。デメトラとダベンポート侯爵も、楽しそうにステップを踏んでいる。

〈ロスリー辺境伯夫人は大した女優だな〉

〈本当に、すごい能力の持ち主ね。まあ、いくらオーラの相性がよくても、上手くいくかいかないかは当人次第だけど……〉

フロアを軽やかに滑りながら、ミネルバはジャスティンのことを考えた。

彼は堅実で信頼できて、女性に対して思いやりがある。いつか必ずよいパートナーに出会えるはず。

その相手がもしカサンドラなら――安心感の塊のようなジャスティンこそ、傷ついた彼女の心がまさに必要としている人だと思えた。

それからの時間はあっという間に過ぎ、締めの乾杯のグラスが貴族たちの手に行き渡った。

「今日は私たちの婚約を祝うために集まってくれてありがとう。皆と共に素晴らしい時間を過ごせたことを、心から嬉しく思う。グレイリング帝国にさらなる繁栄がもたらされるよう、私とミネルバ、そしてここにいる皆で一致団結し、我が兄トリスタンを支えていこうではないか」

深くて力強い声でルーファスが言う。ひたむきで真面目な彼は、有り余る力をトリスタンを支えるために使っている。

ミネルバは背筋を伸ばし、気品のある笑みを浮かべた。お腹《なか》に力を入れて、未来の皇弟妃として威厳のある声を出す。

「皆さん、グラスを掲げてください。グレイリングの素晴らしい皇帝トリスタン様、賢明なる皇妃セラフィーナ様、そして未来の皇帝レジナルド様に乾杯しましょう」

「グレイリングの平和と、我が兄トリスタンの治世に、乾杯！」

ルーファスがグラスを掲げる。

「グレイリングの平和と、皇帝陛下の治世に、乾杯！」

ミネルバと貴族たちが唱和し、グラスを掲げて口に運ぶ。それから人々は様々な言葉で皇族に賛辞を贈った。ルーファスとミネルバの婚約を祝う言葉も大広間中に溢《あふ》れている。

皇弟であるルーファスと、いずれ妃となるミネルバの全うすべき役目はトリスタンを支えること。自分たちの忠誠心が筋金入りであること、何かあれば全力で皇帝一家を助けるという決意を、国中の貴族たちの前で示すことができた。

（さあ、次はカサンドラと正面から向き合わなくちゃ……）

貴族たちのいとまごいの時間となり、ようやく長い一日が終わろうとしている。

しかしデメトラの起こした騒動と、ジャスティンとカサンドラが消えたことへの説明を求めるたくさんの顔が見える。実の両親と義理の家族だ。

「ミネルバ、説明は私が引き受ける。君はジャスティンのところに行っておいで。エヴァン、彼女を頼んだぞ」

ルーファスが穏やかな声で言う。大人数で押しかけたらカサンドラがどう感じるか、ちゃんと想像できる人なのだ。

「ありがとうルーファス」

ミネルバは躊躇《ちゅうちょ》しなかった。護衛のエヴァンを連れて、皇族だけが使える扉に向かう。好奇心旺盛なロアンも当然のようについてこようとしたが、ルーファスが手で制した。

「ミネルバ様。カサンドラ嬢は医師による診察を受けた後、より安静にできる客間に移されたそうです」

エヴァンの言葉にうなずいて、ミネルバは宮殿の客間に足を向けた。

きびきびとした足取りで廊下を歩く。エヴァンはミネルバの歩調に合わせ、足音を立てずに歩いている。

「緊張していらっしゃるようですね」

エヴァンの優しい声に、ミネルバは感情を隠そうとはしなかった。エヴァンは己の身を守ってくれる人であり、護身術の師匠でもある。

「そうね。私の中にも、意気地のない部分があるみたい。元々臆病な性格ではないし、そう簡単に怖気《おじけ》づくタイプでもないのだけれど。カサンドラはやっぱり、一番強く意識してしまう女性なのよ」

「たしかにグレイリングの社交界では、動かしがたい存在感のある女性ですね。序列一位の公爵家に生まれた、美しく知的で近づきがたい、すべてにおいて完璧な令嬢……こうして言葉にしてみると、ミネルバ様と彼女の生まれ育ちは奇妙なほど似ている」

「ええ。宗主国と属国という、出自の大きな隔たりはあるけれど。もしかしたら……カサンドラの

ことを、私以上によく知る人間はいないのかもしれない。敵ではなく友人になれる気がするの。私には彼女のことがわかるから、彼女も私のことをわかってくれるんじゃないかって。あくまでも勘なんだけど」

「ミネルバ様の勘はよく当たりますから」

エヴァンが微笑む。ミネルバは「でも」とため息をついた。

「今回ばかりは自信がないわ。自分がおごり高ぶっていないか、心配になることがあるの。自分の意見や希望、願いを叶《かな》えるために、無意識にルーファスの権力を笠《かさ》に着ていないかしらって」

どんなものとも闘う覚悟はできているし、降参などしないと決めている。

属国の令嬢が宗主国の皇族になることは、おとぎ話のようなもの。だからこそ精一杯生きるつもりだ。グレイリングに益をもたらす存在になれるように。

でも、ひそかに不安になることがある。

「ねえエヴァン、お願いがあるの。私が自分の考え以外、何も目に入らなくなったら――無意識に人を傷つけてしまったら、諫《いさ》めてほしいの」

おとぎ話のお姫様たちのお話は、王子様が現れて終わる。しかしミネルバは、問題が起こるたびにルーファスを待つわけにはいかない。カサンドラをはじめとする公爵令嬢たちとの心のしこりは、ミネルバ自身が解決するべき問題だ。

「自分だけなら、どう思われようと気にしないけれど。私が調子に乗れば、ルーファスの評判を犠性にしかねない。高慢な人間になっていないか、護衛と同時に観察していてくれないかしら」

「私の主は、なんと素晴らしいのだろうとつくづく思います。ルーファス殿下は正しい相手をお選びになった。ミネルバ様はもう十分、皇弟妃としての資質を備えていらっしゃる」

エヴァンはそう言って、若草色の瞳をミネルバに向けた。

「観察の件、しかと承りました。あなた様からそれほど信頼されていると思うと、喜びがこみ上げてきます」

「ありがとう。公爵令嬢であること以外に私たちに共通点はないし、ジャスティン兄様と彼女のオーラの相性がいいことも、溝を埋める助けにはならないわ。第一、いきなりそんなことを持ち出すのは失礼だもの。宗主国の皇弟妃になる私から、属国の王太子をお相手として薦められたら……底意地悪く見下しているように思われかねない」

「ジャスティン様は立派なお方です。グレイリングの貴公子にもまったく引けを取りません」

ミネルバは歩き続けながら「それは私もそう思う」と答えた。

「でも、実際はいろいろと難しいわ。メイザー公爵が拘留されて、さらに厄介なことになっているから。カサンドラが、私やジャスティン兄様との相関図のどこに位置することになるのか……それは今後の調査次第だわ。やっぱり、オーラだけで決められることじゃない」

ジャスティンもそのあたりの分別は働かせているだろう。なにしろ彼は、生まれ変わったアシュラン王国のために、体を張って働かねばならない王太子だ。

「それでもまずは、ごく自然な態度で彼女に会うべきだと思う。まだ何もわかっていないのに、決めつけるのは早すぎるもの」

ついに客間の扉の前に到着した。エヴァンから伝授された竜手《りゅうしゅ》の呼吸をして姿勢を正す。

カサンドラからどんな反応が返ってきても、すべてをありのままに受け入れる——ミネルバはそう思いながら、エヴァンが扉をノックするのを見守った。

第二章

ミネルバが客間に足を踏み入れると、カサンドラは立って待っていた。顔はなおも蒼白《そうはく》で、ベッドに横たわって安静にする必要がありそうだが、並外れた自制心で背筋を伸ばしているのだろう。

(無理をしないで、と言うのは簡単だけれど。ここで同情や哀れみの言葉をかけて、彼女の必死の努力を台無しにするのはやめよう)

ミネルバは瞬時にそう決めた。

カサンドラはいま、グレイリングの公爵令嬢として誰よりも強くあろうとしているに違いない。こちらも普段通りの、冷静な態度を保つほうがずっと思いやりがあるだろう。

ミネルバは落ち着いた態度でカサンドラの前に立った。そして真っすぐに彼女と目を合わせる。病人への労《いたわ》りを放棄したわけでは断じてないが、先に口を開くことはしない。すでにミネルバはカサンドラよりも格上なのだ。誰にでもいい顔をしようとしてルールを破るつもりはなかった。上下関係に個人的な感情は関係ない。

そしてカサンドラはきっと、誰よりもそれを知っている。

「ミネルバ様、お会いできて光栄に存じます」

カサンドラが礼儀正しく膝を曲げてお辞儀をした。少しふらついたが、しなやかで優雅な動きだ。

青ざめた顔の周りで豊かな赤い巻き毛が揺れる。

「ご迷惑をおかけして、本当に申し訳ありません。どんなお叱りも受ける覚悟です」

「気にする必要などありませんよ。どんな人でも体調を崩すことはあるのですから」

ミネルバは笑みを浮かべ、落ち着いた態度で椅子に座った。

こちらが「座ってください」と言うのを待って、カサンドラも腰を下ろす。崩れるように座り込んだものの、彼女はすぐに姿勢を正した。

やはり同情されたくないのだ。まったく同じではないけれど、一人前の淑女になるために厳しくしつけられ、ありとあらゆるレッスンを受けてきた者同士、その気持ちには共感できる。

「気分はどう?」

「かなりよくなりました。ありがとうございます」

カサンドラの返事が嘘《うそ》なのは明らかだったが、ミネルバは「よかった」とうなずいた。

「ジャスティン様にも大変お世話になりました。心から感謝しています。私など一緒にいて楽しい相手ではないでしょうに……惜しみなく親切にしてくださって」

「長兄は穏やかながらも、かなりの頑固者なの。彼がそうしたいなら、誰も止められない。やりたくてやったことだから、気にしないで」

カサンドラが顔を赤らめ、不思議なほど穏やかな目で壁際を見た。

そこに静かに立っているジャスティンの顔に、様々な感情が浮かぶ。緊張、憂い、そして一瞬ではあったが喜びが。見つめ合う二人の様子はどこか、特別だった。

「本当に……感謝しています。とても。私は今日、ミネルバ様とソフィーさんに謝罪するために来たのです。この舞踏会が最後のチャンスになるだろうから、逃したくなくて」

カサンドラがミネルバに視線を移し、ゆっくりと立ち上がった。

ジャスティンは『最後のチャンス』という言葉に、明らかに驚いた様子で目を見開いている。

「私のしたことは愚行としか言いようがありません。ソフィーさんを責めるしか手がないと思い込んで、卑怯《ひきょう》極まりない真似《まね》をしました。心からお詫《わ》び申し上げます」

そう言ってカサンドラは深々と頭を下げた。

「私はリンワース子爵のところへ嫁ぐことになりました。子爵はご高齢で、療養とリハビリのために領地にこもっていらっしゃいます。結婚後は私も帝都に出てくる機会はないでしょうから、今日を逃したら……一生後悔すると思って」

カサンドラは笑顔だが、握り締めた両手を関節が白くなるほど強く握り締めている。

ジャスティンが何かをつぶやいて天を仰いだ。きっと無慈悲な神を恨む言葉だろう。

「私も後悔すると思うから、ここからは本音で話しましょう」

ミネルバはすっくと立ち上がった。カサンドラに近づき、ためらわずにその背中を支える。

「あなたの謝罪を受け入れます。だから座って」

「ミネルバ様……」

「聞きたいことがたくさんあるの。ああ、最後まで落ち着いた態度を保つつもりだったけれど、自制心がどこかへ吹き飛んでしまったわ」

ミネルバは怒りの波に襲われていた。その強さは、めったに経験したことのないようなものだった。

「メイザー公爵は拘留中だから、後見人があなたの嫁入り先を決めたの？　祖父ほど年の離れた相手に？」

「あなた……もしかして私のために怒っているの？」

カサンドラは目をぱちくりさせた。よほど驚いたのか敬語が崩れている。

ミネルバは「わからない」と答えた。

「溜飲《りゅういん》を下げるべきなのかもしれない。安堵《あんど》を感じるべきなのかもしれない。でも、湧いてくるのは腹立たしさだけなの」

「変わってるって言われたことない？」

「兄たちからは、頑固だと言われるのと同じくらい何度も言われてるわね」

椅子に座ったカサンドラが「本当に変わってる」とぼそりと言った。

「でも……ありがとう。あなたは最初から私を憐《あわ》れまなかった。下手な慰めも言わなかった。高慢でもなければ卑屈でもなく、自然体でいてくれた。社交界の誰もが異様なほど態度を変え、悪評のある人間とは関わり合いになりたくないと去っていったわ。謝罪するために来たけれど、同情されるのは……やっぱり嫌だったの」

ミネルバを見上げて、カサンドラが淡く微笑《ほほえ》む。

「きっとあなたは同情ではなく、共感してくれているのよね。素敵な女性だわ。ルーファス殿下に申し分なくふさわしい。ジャスティン様も、私の感情や立場を考えてくださった。私に労力を費やしても意味がないし、何の得にもならないのに」

カサンドラは少しうつむき「来てよかった」とつぶやいた。

「リンワース子爵との結婚話はもう、私の力では何も変えられないの。ずっと外国にいて、会ったこともなかった後見人だけど——彼は私のことを、自分が受け継ぐべき資産のひとつとみなしている。お父様がしでかしたことで社交界の人々からは距離を置かれているけれど、まだ罪が確定したわけではないわ。だからいますぐに嫁がせたいのよ。持参金が必要ないどころか、高額の支度金をくれる相手に」

「強欲で見下げ果てたやつだ」

ジャスティンが唇を歪《ゆが》める。

「でも、私にはそれを受け入れてやっていくしか……ほかに道がないんです。後見人が家族揃《そろ》って屋敷に乗り込んできて、財産はすべて取り上げられてしまいました。だから今日も、古いドレスで来るしかなくて……」

「なんてこと。あなたを守るべき人たちが、そんなことをするなんて」

ミネルバは奥歯を噛《か》み締めた。

メイザー公爵が罪を犯したのだとしたら償いをすべきだし、家族がそのために辛《つら》い思いをすることはあるだろう。

しかし親戚の行いは、完全に不適切なものだ。カサンドラに襲い掛かっている事態は、ミネルバの経験の範囲をも超えている。

カサンドラはおそらく、父のために嫁ぐのだ。そんな親戚なら、拘留中のメイザー公爵への差し入れにかかる金すら惜しむだろう。彼女は高齢の子爵に嫁ぐことで、その費用を賄おうとしているに違いない。

このまま彼女を屋敷に戻したら絶対に後悔する——それだけは間違いがなかった。

「せめて母が生きていてくれたら。忌まわしい病気が兄の命を奪わなければ。祖父母と、叔父と従弟《いとこ》たちまで相次いで亡くなって、私のことを心配してくれる家族は誰もいなくなってしまった……」

カサンドラが静かに言った。

「後見人一家——ジェイコブ・ニューマンと妻のリリベス、娘のサリーアンは遠い親戚でしかありませんが、お父様が拘留されて大喜びなんです。ニューマンよりも血の繋《つな》がりが薄いけれど、優秀な男の子を養子に迎える直前のことでしたから。最高の住まいに最高の食事、最新の馬車や大勢の使用人を手に入れて、有頂天になっています」

「後見人の立場にある人間だから、保護者として法的な権限があるにしても。いきなり乗り込んできて財産をすっかり牛耳るとは、なんと卑劣な……」

ジャスティンは動揺している。怒りに駆られてもいるようだ。ミネルバ自身も、震えが走るほど腹が立っていた。

どんなに不愉快で嫌な人間でも、よその家の事情に他人が口を挟む権利はない。後継ぎとして生まれたわけでもなく、そのように育てられてもいない人物が爵位を継ぐことは、ままあることだ。

「私は父が無罪であると信じていますが、恥をさらしたことに変わりはありません。これ以上メイザー公爵家の名に傷をつけるわけにはいかないと、父はニューマンに爵位を譲るつもりでいるようです」

カサンドラの言葉に、ジャスティンが息を呑《の》む。

「なんてことだ、正気の人間の考えることじゃない。話を聞いただけでも、ニューマンが善人と呼べるような男ではないことがわかるのに」

「ニューマンもリリベスもサリーアンも、父の前ではいい人みたいで。優しくて思いやりがあって、心から私のことを気にかけている演技をしているようなんです」

「あなたはお父様の面会に行っていないのですか?」

「彼らが乗り込んできて以来、屋敷は監獄と同じです。私は閉じ込められていて……手紙のやり取りすら禁じられています。この舞踏会に出席できたのは、ニューマンがまだ爵位を継いでいないから。メイザー公爵家から一人も参加しないのは大変な無礼であると、必死で説得しました」

小さく罵る言葉を口にして、ジャスティンは頭をかきむしった。

「後見人は大きな権力を持っているから、誰も口出しできないとはいえ……酷《ひど》すぎる。私にしてあげられることはないのかっ!?」

後見人制度は、父親を失った貴族の子どもを守るための制度だ。男女とも未成年であれば後見人の監督下に置かれる。女性の場合は成人していても、結婚するまでは後見人に庇護《ひご》される。

「ジャスティン様はお優しい方ですね。だからでしょうか、私ったらぺらぺらと喋《しゃべ》ってしまって。舌がまるで自分のものではないみたいな感じで……いつもはなんでも自分で抱え込んでしまって、父や侍女からたしなめられるのに」

長いまつ毛に縁どられた茶色の瞳で、カサンドラはじっとジャスティンを見つめている。

ミネルバは彼女のドレスに目をやった。サイズを直した形跡がある。体重が落ちてぶかぶかになってしまったのだろう。

父親が拘留されたストレスを考えれば、やつれるのも無理はないだろうと思っていたが——我が物顔にふるまうニューマンとその妻子から、食事まで制限されていることは明らかだ。

彼らは大層なご馳走《ちそう》を食べながら、カサンドラには粗末なものしか与えていないのだ。それなのに彼女はまったく品格を失っていない。静かな絶望と諦めは感じられるけれど。

(よその家の問題だからと、このまま彼女を帰してしまっていいの？　公爵令嬢の名誉が踏みにじられているのに？）

ニューマンに口頭で注意したとしても、よけいに上手《うま》く隠すようになるだけだろう。令嬢が法的な権限のある後見人から自由になるには、結婚するしか手はないのだ。

だがリンワース子爵に嫁いでも幸せになれないことは、十分すぎるほど見通せる。若さと美しさだけを求める老人に、カサンドラの才能を活《い》かすことなどできるはずがない。

（でも今日、運命はカサンドラを私たちのもとに導いた。私にできることは？　彼女の人生をいますぐに立て直す方法は？）

ミネルバはこの状況にふさわしい解決策を求めて頭をフル回転させた。

ジャスティンはこちらが驚くほど真剣な目をしているが――アシュランの王太子が、後見人の許可なくグレイリングの公爵令嬢を連れ去れるはずもない。

無意識に胸元に手を当てる。そして、ペンダントがじわじわと熱を発しているのに気が付いた。それはミネルバのお守りで、プラチナの鎖に小瓶がぶら下がったものだ。中には砂が入っている。婚約を神と祖先に報告するためにそれぞれの故郷の砂を混ぜ合わせ、神官長からも祝福を受けた特別な砂だ。千里眼と結界を同時に発動するための『触媒』にもなってくれる。

左手でペンダントを握りしめると、薬指に嵌《はま》ったトパーズの婚約指輪まで熱を帯びてくるのを感じた。

その燃え立つようなエネルギーは、ルーファスがこちらに呼びかけていることを示している。彼もまた、同じペンダントをずっと胸につけているのだ。

（きっと心配しているのね。私が落ち着かない気分になっていることが、ペンダントを通して伝わったんだわ）

心配をかけたくないという気持ちの一方で、ルーファスが自分のことを気にかけてくれていると思うと嬉《うれ》しい。

ルーファスのほうから心を繋げることはできないから、彼の心へ通じる扉をわずかに開いて呼びかける。

〈ルーファス〉

〈ミネルバ、君の身に何かが起きたんじゃないだろうな？〉

〈違うわ、私なら大丈夫。でもいまは、心の深いところで触れ合えない。私の混沌《こんとん》とした感情が、あなたの心を揺さぶってしまうもの〉

ルーファスは誰よりも深く強くミネルバと繋がれるだけに、こちらの感情の波がすべて彼に向って押し寄せてしまうのだ。

〈私の精神状態なら心配しないでいい。君が体力を消耗して弱ってしまうことは心配だが、繋がったままでいた方がいいような気がする。私にも関わりのあることで悩んでいるんだろう？〉

たしかにグレイリングの公爵令嬢の名誉は、皇弟であるルーファスにも関係のある話だ。

特殊能力は、使いすぎると回復するのに時間を要する。ミネルバの場合は対象との距離が離れているほど疲弊する。それでもルーファスと繋がっていると、気持ちが落ち着いてくる。

〈そうね。これから私が話すことは……ルーファスにも聞いていてほしい。扉をすべて開くから、心の準備をして〉

〈わかった〉

目に見えない、感じ取れない、触れることもできない心の扉。全神経を集中し、触媒であるトパーズと砂の力を借りて、ミネルバはゆっくりと扉を全開にした。ルーファスのぬくもりが全身に広がっていくような気がする。

ミネルバの感情が一気に流れ込んだに違いないのに、ルーファスは微塵《みじん》も揺らいでいない。本当に深く繋がっているので、ここから先は彼も同じものを見て、同じ声を聞くことになる。

この場を取り仕切るのは自分の役目で、カサンドラの問題を解決することも――恐らく自分にしかできない。そのためには心を強く持たなくてはならず、型破りな方法でルーファスと繋がれることを、ミネルバは神に感謝した。

「宮殿内で休ませていただき、ご親切に感謝いたします。体のほうは十分に回復しました」

カサンドラが感謝の笑みを見せる。

「まさか屋敷に戻るつもりですか？　あなたの体が休息を欲しているのは明らかだ。宮殿の医師も、あと二日三日は安静にする必要があると言っていたではないですか」

ジャスティンのしかめっ面が、彼が本気で心配していることを物語っていた。

「お気持ちはとてもありがたいのですが……私をここまで連れてきてくれた使用人の立場が悪くなってしまいますから」

「ニューマンから罰を受けるというわけですか。メイザー公爵家の使用人たちも、ずいぶん不幸な生活に耐えているようだ」

カサンドラが「そうですね」とかすれた息を吐く。

「もうすでに帰宅時間には遅れています。でもいまならまだ、馬車が混んでいたと言い訳ができるわ。ニューマンはきっと、推薦状もなしに使用人を解雇してしまう。我が家に長年仕えてくれた者を、そんな目に遭わせるわけにはいきません」

毅然《きぜん》とした表情で立ち上がり、カサンドラは深々と頭を下げた。

「ミネルバ様、ジャスティン様。本当にありがとうございました」

「そんな……あなたを放っておけというんですか。上に立つ者としての責務を果たそうとする姿勢は立派だ。私だって同じ立場なら、自らの道義心を貫こうとするだろう。でも……わかっていることと、受け入れることは別だ」

ジャスティンが断固とした動きでカサンドラに近づき、両手で彼女の肩を抱いた。カサンドラは大きく目を見開いたが、ジャスティンのふるまいを咎《とが》める様子はない。

「帰っては駄目だ。ニューマンから精神的、物理的に離れられるよう、何とか手を考えますから」

「宮殿に留《とど》まっても、どうせ連れ戻されます。よそへ逃げても、ニューマンはどこまでも追いかけ

てくるでしょう」

カサンドラが淡く微笑む。その顔は、ジャスティンの側《そば》にいたいと言っているように見えた。ミネルバの心の中に、ルーファスの驚いたような声が響く。

〈短い時間で、互いへの信頼が芽吹いたようだな。しかし、この問題の解決法は……〉

ミネルバの心に触れたことと、いままでの会話を聞いたことで、事情はおおよそ見当がついたらしい。

〈ルーファス。私、リスクを冒すわ。カサンドラにはそうするだけの価値があると思うから〉

〈せめぎ合う思いはあるが……君の意思を尊重する〉

ルーファスが離れた場所で眉間にしわを寄せているのを感じた。

ミネルバは後ろに控えているエヴァンに目をやった。彼が小さくうなずいたので、心が決まった。

〈同情でも哀れみでもなく、共感。真の繋がりを求める気持ち。私は間違いなくそれを感じている〉

ジャスティンとカサンドラは互いから目を離せないでいる。ミネルバが咳《せき》ばらいをすると、二人とも狼狽《ろうばい》したように後ずさった。

「す、すみません。私ときたら、後先も考えずに……ご令嬢の体に断りもなく触れてしまった」

「わ、私は大丈夫です……ええと、ジャスティン様は、支えようとしてくださっただけで……」

「いいえ、責めているわけではないの。ただ、ちょっと私の言葉に耳を傾けてほしいなって」

安心させるために言ったつもりが、二人は同時に顔を真っ赤にした。自分たちの世界に浸っていたことを指摘されたと思ったらしい。

〈気まずい思いをさせちゃった……。この二人が、お互いに惹《ひ》かれ合っていることは明らかなんだけど。いまは難しくても、いつか事情が変わって結ばれる日が来てほしい……って思っているのは、まだ言わないほうがいいわよね〉

〈そうだな。新たな出発が可能になるかは、まだわからない〉

ルーファスと心で会話をしながら、ジャスティンとカサンドラを交互に見る。感情が高ぶっている二人を落ち着かせるように、ミネルバは穏やかな声を出した。

「今日の舞踏会の出席者全員の安全を図るのは、ルーファス様と私の責任です。ですからカサンドラさんには、宮殿で最高の治療を受けてもらいます。ニューマンがいくらわめこうと叱ろうと、あなたを宮殿から出しません。使用人が責任を問われることがないよう、ここにいるエヴァンを使いに出します。彼は私の護衛ですが、ルーファス様の直属の部下でもありますから」

カサンドラは信じられないと言いたげな面持ちでミネルバを見た。ジャスティンが「たしかに」とつぶやく。

「殿下の意向なら、ニューマンから一時的に逃げられる。その間に、永久に逃げる方法を考えれば……」

「そんな方法はありませんわ。私が完治したら宮殿に乗り込んできて、後見人としての権利をはっきりさせるはずです。下手をしたら、誘拐だと吠《ほ》え立てるかもしれません。ルーファス殿下とミネルバ様が、迷惑をこうむることになってしまいます」

カサンドラの青白い顔に汗が浮かんでいる。ミネルバは彼女に向って手を伸ばした。椅子に座らせ、自らは前かがみになって目と目を合わせる。

「方法はあるわ。自活できるだけの収入と住む場所を、いますぐに手に入れられる方法が。あなたは己の人生を支配しようと目論《もくろ》む者から逃げられる。私が……特別な権利を行使すれば」

「特別な権利？」

ジャスティンとカサンドラが同時に声を出した。ミネルバはうなずいた。

「そう、皇后や皇太子妃、そして皇弟妃だけに許された権利。あなたにはわかるわよね、公爵令嬢として申し分のない教育を受けているのだから」

「まさか『妃《きさき》の庇護』のことを言っているの？」

カサンドラが体を硬くした。

初めて聞く言葉に意表を突かれたのか、ジャスティンは混乱したようにミネルバを見て、それからカサンドラに視線を移す。

「その『妃の庇護』というのは？」

「何百年も前に作られた制度です。滅多に使われないから、知っているのは皇族の事情に通じているひと握りの人間だけではないかしら。昔、結婚を無理強いされた公爵家の令嬢が、当時の皇太子妃に必死で保護を求めたの。お妃様は令嬢の庇護者となって、父親や婚約者から守り抜いた。皇太子も皇帝も、彼女たちを無理に従わせることはできなくて……ついには妃に敬意を表して、令嬢を奪い返そうとする輩《やから》をたしなめたそうです」

カサンドラの言葉を引き継ぐように、ミネルバは口を開いた。

「その公爵令嬢は、宮殿で初の女官になったの。彼女は不幸な結婚をせずに済んだわ。そして『妃の庇護』は制度として確立した」

「つ、つまり、カサンドラさんをお前の女官にして、庇護するということか？　後見人よりも、さらに強い権利で」

ジャスティンが問いかけてくる。ミネルバは「ええ」と答えた。

「これは妃に与えられた正当な権利。使う機会があるのに行使しないなんてありえない。皇弟妃になるからには、義務を果たさなければならないわ。私と同年代の令嬢は、私が守らなければ。カサンドラさんが助けを求めてくれるなら――役目を放棄するつもりはないの」

それは本心からの言葉だった。ミネルバは深呼吸して、カサンドラの震える手に自らの手を重ねた。

「私は嘘偽りなく、カサンドラさんの力になりたいと思っている。生粋のグレイリング貴族、それも公爵令嬢であるあなたが、人生の主導権を私に明け渡すのは辛いでしょう。でも私は、あなたの信頼を勝ち取るために最善を尽くすわ」

ミネルバはカサンドラの反応をじっとうかがった。やはり激しく動揺しているようだ。

「ミネルバ様……。私、ここのところあまり食べていないせいで、とんでもない幻覚を見ているのでしょうか……?」

カサンドラが悲壮な顔つきで言う。ジャスティンは彼女を安心させるように微笑んだ。

「幻覚などではありませんよ。妹の女官になれば、宮殿で安全に暮らすことができる。不幸な結婚を無理強いされることもない」

「でも、私は社交界では嘲りの対象です!」

カサンドラが声を荒らげた。彼女の瞳の奥には、不安の光が揺らめいている。

「まだ取り調べ中だけれど……貴族たちはお父様が、ロバートと結託して国家に対して卑劣な罪を犯したと思っている。私を庇護したら、ミネルバ様の評判まで落ちてしまうわ!」

「それは……もしもメイザー公爵の有罪が確定したら、ちゃんと償いをしなくてはならない。しかし親と子は切り離して考えるべきだ。それにカサンドラさん自身は、お父様の無実を信じているのでしょう?」

ジャスティンが椅子の脇でひざまずき、カサンドラの顔をじっと見つめる。しかし彼女は無理だというように首を振った。

「信じています。それでも私には、汚名がついてまわります」

カサンドラの目に涙が滲《にじ》む。

「ああ。泣くのは誰にも見られないところでって、決めていたのに」

カサンドラはまばたきで涙を払おうとしたが、手遅れだった。溢《あふ》れた涙が次から次へと零《こぼ》れ落ちる。

「ニューマンが私を利用する計画を、簡単に諦めるはずがないわ。絶対に宮殿に押しかけてくる。ミネルバ様とルーファス殿下に大変なご迷惑をかけてしまうに違いないし、社交界はその噂《うわさ》でもちきりになるわ。貴族たちはいつでも、面白い醜聞を追い求めているから」

その予想はカサンドラを裏切らないだろう——ミネルバ自身にも、アシュランでの不幸せな過去があるからよくわかる。

ミネルバはカサンドラから手を放し、ドレスのポケットからハンカチを取り出そうとした。しかしそれより早く、ジャスティンが真っ白なハンカチを差し出す。

「思いっきり泣けば気分がすっきりします。妹の申し出について考えるのは、そのあとでいい」

カサンドラはハンカチをおずおずと受け取って、目を押さえた。

〈そういえば私も、ルーファスが初めてバートネット公爵邸に来た日に大泣きしたっけ。人前で泣くのは恥ずかしいことだと思っていたのに〉

〈私がいきなり求婚した日だな〉

〈ジャスティン兄様、あの日のルーファスみたい。優しく見つめられて、余計に涙が止まらなくなったの〉

〈ジャスティンがいてくれてよかったな。カサンドラは多分、感情をさらけ出すのが下手なタイプだ。だがジャスティンを前にすると、非常に人間らしく見える〉

カサンドラは涙にむせび、ろくに口がきけなくなっている。ジャスティンは彼女が泣き止《や》むのをじっと待っている。

長い沈黙が流れる。その間、ミネルバはルーファスと心で会話をしていた。ここから先はすべてジャスティンに任せたほうがいいだろう――そう話がまとまったとき、カサンドラが小さな声で言った。

「父は……ミネルバ様が皇弟妃になる事実に、反感を持っていました……。私も、です」

「知っています」

「ミネルバ様のことを快く思わない気持ちが、私の目を曇らせました。ルーファス殿下が私より地位が上の花嫁を選ぶのならば、まだ納得できた……。でも、婚約破棄歴のある属国の令嬢に惹かれるなんて……理解できなかった。グレイリングの公爵令嬢として、それは恥辱だったんです……」

カサンドラはすすり泣きながら言った。いままで心に押し込めていたものが、涙と一緒に溢れ出てきたらしい。

「我がアシュラン王国でも、似たようなことがありました。いきなり降ってきた異世界人セリカと、当時の王太子フィルバート様の運命の出会い。おとぎ話のような熱烈な求婚。彼女はフィルバート様の権力を利用するために近づいてきたし、実際に王家が築き上げてきたものを、浪費して失う寸前でしたが」

「そのような女性と、ミネルバ様がまったく違うことは……いまではわかっています。でもあのころの私は、ミネルバ様がグレイリング皇家の権力と莫大《ばくだい》な富を利用するために、ルーファス殿下に近づいたのだと信じて疑わなかった……。大きな野心を持った、成り上がり者だと……」

「ミネルバは実際、成り上がり者です。グレイリング貴族の生まれじゃない。だからこそ、多くのことを学ばなければならない」

「本当に……素晴らしい方ですわ」

カサンドラが鼻をすする。

「本物の勇気をお持ちです。私がソフィーさんにしたことは間違っていました。その点は、非難されて当たり前です。私を庇護するなんて……そんな無理を通してもらうことはできません……っ!」

「そうやって反省を口にできるあなたも、本物の勇気をお持ちだ」

ジャスティンが穏やかな声で言う。

「私の妹は頑固で、いったん決断したら揺らぎません。そのせいで自分が不利になっても、後ろを振り返らずに努力する人間です。小さな頃は騎士になるのだと言って、男装して剣を振り回していたな。当時はなかなかの腕前でしたよ。あんまり板についているものだから、三番目の弟だと錯覚してしまうくらいで。とにかくもう、納得するまでやらないと気が済まないんです」

たしかにミネルバは、己の選択を後からとやかく言うタイプではない。ジャスティンが伝えたかったのはその点なのだろうが、心の中で叫ばずにいられなかった。

〈ジャスティン兄様、それは持ち出さないでほしかった……っ！〉

〈不思議だな。男装している小さなミネルバの姿が、いとも簡単に思い浮かぶ〉

〈いえその。事実なんだけど、まったく間違ってないんだけど、ちゃんと女の子らしいこともしてたのよ？〉

ミネルバは必死の思いで平然とした表情を保った。ジャスティンがさらに言葉を続ける。

「ただ……女官になれば、ルーファス殿下と頻繁に会うことになる。奪い取られてしまったものを見せつけられるのは、やはり辛いですか？　その、あなたが殿下に恋心を抱いていたのなら……」

「いいえ！」

カサンドラは慌てたように首を横に振った。

「自分にほとんど見込みがないことはわかっていました。ルーファス殿下は私なんかに、まったく興味がありませんでしたし。ただ父が……私の生まれや経済状態に釣り合う夫は、殿下しかいないと思い込んでいて。皇族に嫁ぐこと以外は、たとえ夢の中でも考えることを許されなくて。私もできれば、父の望みを叶《かな》えたいと……」

「じゃ、じゃあ、殿下を男性として意識したことはないんですね？」

「はい。そういう感情って、まず話をしなければ抱けませんし。殿下とは公の場でご挨拶をする以外は、ほとんど話したことがありません。その……ジャスティン様との方が、よっぽど親しく話しています……」

「そ、そうですか！」

カサンドラが顔を赤らめる。ジャスティンも頬を染めた。

〈女房の妬《や》くほど亭主もてもせず、というやつだな〉

〈そう……なのかな？〉

ミネルバは小首をかしげた。まあとにかく、恋愛的な意味でカサンドラから妬まれているということはないらしい。

涙ですっかり化粧が落ちてしまっているカサンドラを、ジャスティンは嬉しそうに、そして惚《ほ》れ惚《ぼ》れと眺めていた。

「素晴らしく綺麗《きれい》だ……」

ジャスティンがうっとりと目を細める。自制心のたがが外れ、さっきまで泣きじゃくっていたカサンドラは、呆然《ぼうぜん》としたように首を振った。

「あの。私、涙で化粧が完全に崩れてますよね？」

おどおどした目つきで見られて、ミネルバはちょっと戸惑った。だが、正直にうなずく。目元の化粧が落ちたカサンドラは——いつもとはだいぶ違った。

「私の目、なんていうか地味で。うんざりするくらい垂れているから、幼く見えるし。だから化粧の魔力で、クールで隙のない顔立ちに変えてたんです……」

そう言ってカサンドラは、頬から首筋、さらにはドレスの襟元からのぞく胸のあたりまで真っ赤になった。

もちろん彼女が不器量というわけではない。むしろその反対で、正統派の美人だ。『あいくるしい』とか『子犬っぽい』とか言いたくなるような。

「愛らしいです。とても魅力的だ」

ジャスティンが力強く言う。女神に向けるような熱っぽいまなざしを向けられても、カサンドラにとっては嬉しくないらしい。

褒められるほど惨めになるのか、彼女は「やめてください」と両手で顔を覆った。

「お願いですから……もうやめて」

つんと取り澄ました妖艶な美女の姿など、もうどこにもなかった。完璧な化粧と、スタイルのいい体を包む大胆なドレスは、彼女にとって鎧《よろい》だったのだ。

〈わかる、わかるわ、そのコンプレックス……!〉

ミネルバはカサンドラとは逆に、つり目気味のきつい顔立ちだ。

侍女たちは『うらやましいほど完璧で、申し分のない美人』などと褒めてくれるけれど、これさえなければより輝けるのに――なんて思ってしまう。一から十まで完璧になりたい女心は複雑なのだ。

〈わかる、わかるぞジャスティン。突然心の壁の中に閉じこもった相手に、対応できずにおろおろしているんだな〉

ルーファスがため息をつく気配が伝わってきた。

〈あのね、女のコンプレックスって厄介なの。下手に褒められると逆に傷つくし、怒っちゃうの〉

〈そうして男はダメージを最小限に食い止めようとして、墓穴を掘るんだな〉

実際ジャスティンは、カサンドラのあまりに気落ちした声を聞いて動揺している。

四人兄妹の一番上であるがゆえに保護本能を掻《か》き立てられているのだろうが、ここは自分が介入するべきタイミングだ。

ミネルバはジャスティンに目配せをして黙らせた。

「カサンドラさん、疲れたでしょう。メイザー公爵が拘留されて、心にもプライドにも多くの傷を負っただろうし。泣くことで、ずっと抑えていた感情を発散できるけれど。それってとても体力を使うから」

「ミネルバ様……」

カサンドラは顔から手を離した。そして、目に涙をためてうなずいた。

ミネルバは温《ぬく》もりのある声で続けた。カサンドラの心をしっかりと包み込みたいと願いながら。

「放心状態だとは思うんだけど。いま一番強く感じている気持ちを教えてほしい。あなたの置かれた状況を考えると、迅速に動かなければならないわ」

カサンドラの顔色はずいぶんよくなったが、まだ本来の色ではない。目の下にある隈《くま》が、彼女の心痛を物語っている。

「ゆっくり深呼吸してみましょう」

ミネルバが促すと、カサンドラは素直に深呼吸をした。

「私……私が女官になってもいいのでしょうか。ソフィーさんは許してくれるでしょうか」

「私とソフィーとカサンドラさんが全員で努力すれば、上手くいく方法がきっと見つかるわ。『ごめんなさい』と『ありがとう』の言葉があれば、人は歩み寄れる。腹を割るために議論する必要があるなら、徹底的にやってみましょう。あなたの体力が回復した後で」

カサンドラは目を瞬いて笑みを浮かべた。まだ不安そうだが、心は決まったらしい。

「私の庇護を受けたいというのが、いま一番強い気持ちね？」

「はい、ミネルバ様。私はあなた様の庇護を切に望んでいます。私が支援を求めることのできる唯一の人だからというだけではなく……心から尊敬し、女官としてお役に立ちたいという気持ちがあるからです」

「わかりました。それでは私は、庇護者として最善を尽くします」

ミネルバは背後に控えるエヴァンを見た。

「エヴァン。私がカサンドラさんを庇護したと、宮殿の内外に発表してください」

「仰せの通りにいたします」

エヴァンが頭を下げる。ミネルバはジャスティンに視線を向けた。

「ジャスティン兄様は翡翠殿《ひすいでん》の侍女頭と連絡をとって、カサンドラさんに必要なものをすべて用意して。衣装は今日のところは市販の物で、テイラー夫人が雇った腕のよい裁縫師がすぐに直してくれるから」

「あ、ああ！　それについては私が責任を持とう。カサンドラさんが快適に過ごせるようにしないとなっ！」

ジャスティンが張り切った声で答える。

「カサンドラさんはここで一休みしたら、翡翠殿に移動しましょう。私はこれから、皆に事情を説明します」

ミネルバは笑顔で言いながらも、心の中でため息をついた。事情をすべて話せば長くなるし、皆が一斉に質問を浴びせてくるのは間違いない。

〈ミネルバ、それについては心配無用だ。私は君のように周囲の人間に映像を見せて、声を聞かせることはできないが。君と心を繋げてわかったことやこれまでの会話を、すべて紙に書き出して皆に見せてある〉

〈さすがルーファス……っ！〉

ミネルバは笑みを浮かべたまま、内心で舌を巻いた。そう、いつもルーファスが助けてくれるのだ。

彼は誠実で優しくて、どんなときもミネルバを気遣い、何が一番必要かを考えてくれる。

「カサンドラさん、ゆっくり休んでね。起きたころには、あなたの安全はしっかり確保されているわ」

ミネルバは力強く言い切った。庇護したからには、カサンドラのためになんでもするつもりだった。

〈そろそろ心の繋がりを切ろう。そっちの部屋の前まで迎えに行くから待っていてくれ〉

〈ありがとう。中央殿のお医者様と侍女頭に、指示を与えてから部屋を出るわ〉

ルーファスと最後の会話をして、ひと呼吸してからミネルバは心の繋がりを切った。疲労感が押し寄せてくるが、それに屈せず笑みを浮かべて、ジャスティンに医師と侍女頭を呼んできてもらう。

彼らは数分もたたないうちにやってきて、てきぱきとカサンドラの様子を確認した。

特に侍女頭は若い令嬢の扱いにも慣れているらしく、優しい目と落ち着いた声で世話をしている。しばらくの間カサンドラを任せるのに申し分のない人物だ。

病人食の話が出ると、カサンドラは表情を曇らせた。

お腹《なか》が減っていないわけではないが、いろいろありすぎて胸がいっぱいらしい。用意してもらっても食べ切る自信がないと、カサンドラは再び泣きそうになっていた。

「それでもスープだけは飲んだ方がいいだろうな。喉に優しくて栄養満点な……厨房《ちゅうぼう》担当者を呼んで、私が指示を出しましょう」

ジャスティンがにっこり笑う。ミネルバが小さいころから、彼は本当に面倒見がよかった。

自分の役目は終わったと判断して、ミネルバはエヴァンとともに部屋を出た。すぐに元気のいい足音が聞こえ、満面の笑みのロアンがやってくる。

ルーファスも大股で近づいてきた。完璧に鍛え抜かれた筋肉質でしなやかな体を、トレードマークの漆黒の衣装に包んでいる。

安堵のあまり体から力が抜け、ミネルバは思わず壁に手をついた。特殊能力を使うと体力を消耗する。頑張りすぎたつけが回り、空腹感と疲労に襲われていた。

めまいを感じたとき、ひょいとルーファスに抱き上げられた。がっしりしていて、広くて、すがり心地のいい胸に寄りかかって、ミネルバは満ち足りた息をついた。そして慌てて我に返る。

「ルーファス、歩けないほど弱っているわけじゃないわ！」

「いいや。あんなに長く特殊能力を使ったあとだ、疲れていないはずがない。いくら君の精神力が並大抵ではないとはいえ」

ミネルバをしっかり自分に引き寄せ、ルーファスはエヴァンを見た。

「エヴァン、ご苦労だったな。ミネルバの護衛はロアンに任せて、君はジェムのところへ行ってくれ。カサンドラの庇護にまつわる、諸々《もろもろ》の手続きを進めるんだ」

「はい」

エヴァンが一礼して去っていく。

中央殿の使用人に見られたら恥ずかしいという気持ちが湧き上がるが、ルーファスの腕の中は暖かくて気持ちがよかった。ミネルバは顔が赤くなるのを感じながら、ゆっくりと息を吸った。

「ミネルバ様、ご心配なく。廊下のこっちとあっちで、セスさんとペリルさんが見張りをしてますから」

ロアンがいたずらっぽい笑みを浮かべる。彼が口にした名前はルーファスの護衛官たちだ。

なるほど、急いでルーファスの腕から抜け出す必要はないらしい——ミネルバは落ち着きを取り戻した。持つべきものは用意周到な婚約者だと、つくづく思う。

皇族の結婚準備期間は長く、挙式まで一年以上かかることもざらだ。世界に五つある大聖堂で祝福を受けなければ、正式な結婚許可が出ないのだ。

一か月近く前の婚約式でひとつ目の祝福を受けたが、先は長い。いつでも親密に触れ合いたいが、婚約期間中は決して慎みを忘れてはならない。

「この先に兄上のプライベートな空間があるから、そこへ行こう。君が腹を空《す》かせているだろうと、ソフィーがあれこれ用意してくれている」

ルーファスが微笑みかけてくれる。

「じゃあ、エヴァン特製のアロキャンディーは大事に取っておくわね」

ミネルバも微笑みながら答えた。

アロキャンディーというのは、魔女の血を引くエヴァンが作ってくれたお菓子だ。彼の故郷にしかないアロという豆が主原料で、非常に栄養価が高い。ルーファスからの贈り物でもあるそれを小さな袋に入れて、いつも持ち歩いているのだ。

ミネルバを抱きかかえたまま、ルーファスは廊下を進んでいった。

グレイリング帝国の宮殿には『中央殿』と呼ばれる半球形の大きな塔のある建物があり、そこからいくつもの翼棟が放射状に伸びている。

ルーファス専用の居住棟は『翡翠殿』と呼ばれ、皇帝一家と先代夫妻にも専用の翼棟がある。だが皇帝トリスタンは中央殿で過ごす時間が長いため、こちらにもくつろぐための部屋を用意している。

二つの扉を通り過ぎたところで、壁に飾られた芸術作品の雰囲気が変わった。飾られているのは無名の、だが才能の片鱗《へんりん》を見せる若手作家の絵だ。トリスタンの好みなのだろう。

三つ目の扉をくぐるとき、なぜかロアンがついてこなかった。閉ざされた扉を見ながら、ミネルバは小さく首をひねった。

「ロアン、どうしたのかしら」

「あいつもついに『気を利かせる』ということを覚えたのさ。少しの間だけだが、二人っきりだ」

疲労でさっぱり働かない頭で、ミネルバがルーファスの言葉の意味をようやく理解したときには、彼の顔が触れ合う寸前まで接近していた。

「この先の部屋で、温かい歓迎が君を待っている。空腹を満たせる。だがその前に心を満たすべきだし、そのためにはいまここで唇を寄せるべきだと思うんだが、どう思う？」

「非の打ちどころがないほど魅力的な提案だと思うわ」

ミネルバはそっと目をつぶった。唇に、ルーファスの熱い唇の感触を感じた。情熱的な口づけに息もつけなくなったが、気が付いたら「もっと欲しいわ」とおねだりしていた。

「君の望み通りに」

額に、頬に、唇にキスの雨が降ってくる。すっかり心が満たされて、最高の気分だ。いまの自分に必要なのはまさにこれだ、とミネルバは思った。

「兄上たちが言っていたな。婚約者時代は、いかにしてテイラー夫人の目をかいくぐるか、そればかりを考えていたと。物陰に隠れて、ひそやかな口づけや抱擁をしたそうだが、私たちもまったく同じだ」

ルーファスがこみ上げてくる笑いを抑えきれないような顔になる。

「口づけを交わすには似つかわしくない場所だけれど、そうせずにはいられないのね。衝動に駆られるという言葉の意味を、生まれて初めて知った気がする」

ミネルバはくすくす笑って答えた。そして自分から彼の唇にキスをした。

これから様々な困難が待ち受けていることはわかっている。それらを乗り越えるためにも、こういうひとときが重要なのだ。

「君を愛しているよ」

ルーファスが情熱を込めて囁《ささや》く。心からの幸せに浸りながら、ミネルバも愛の言葉を口にした。

第三章

皇帝トリスタンの私室に入ると、温かい歓迎がミネルバを待っていた。

「おうミネルバ、お疲れさんだったな！」

「お腹《なか》を空《す》かせているでしょう？　それでなくても舞踏会の間は忙しくて、何か食べているところを見ていないもの」

マーカスが両手を広げ、手に大きなトレイを抱えたソフィーが明るい調子で言った。

安らぎの場所と愛する人たちを目前にして、ミネルバはその場にへたり込みそうになった。さすがにエネルギーが切れかけている。

ルーファスがさりげなく背中を支え、座り心地のよさそうなソファに案内してくれる。醜態をさらすことなく、ミネルバは彼と並んでソファに腰かけた。

「さあ、まずはエヴァンさんの薬草で作った滋養強壮剤よ」

摩訶不思議《まかふしぎ》な色合いの液体が入ったグラスを、ソフィーがテーブルに置く。

「ありがとうソフィー。エヴァンのレシピをすっかり覚えたのね」

「それだけじゃなく、改良もしているの。前のは草の香りがきつすぎたから」

ソフィーの言う通り、さわやかな匂いがあたりにたちこめている。ミネルバはグラスに手を伸ばした。前回これを飲んだのは、カサンドラが公爵令嬢を引き連れてソフィーを糾弾しに来た直後のことだ。

すべて飲み干すと、目の前が一気に開けた気がした。以前飲んだときは、即効性はいまいちだったのに。

「すごい、疲れがかなり吹き飛んだわ」

ミネルバが目をしばたたくと、ソフィーが「そうでしょう」と満足げな笑みを浮かべた。

「このドリンクを、あなたのためにいつも持ち歩けたらいいんだけど。難点は日持ちしないことなのよね」

そう言って笑うソフィーの目には優しさがあった。ミネルバへの思いやりも。カサンドラとの過去のいきさつを考えれば『妃《きさき》の庇護《ひご》』に対して複雑な感情を抱いているだろうに。

「念のため言っておくけれど、私は怒っていないから安心して」

何種類もの焼き菓子や果物、冷たいゼリー、ミネルバの大好きな甘いお茶をテーブルに並べながら、ソフィーがつぶやく。

「あなたと心を繋《つな》げたルーファス殿下が、カサンドラの事情を筆記して教えてくださったわ。正直、個人的な恨みなんか通り越しちゃった。あの子が面と向かって『ごめんなさい』って言ってくれたら、お互いに刺激し合える女官仲間として受け入れるつもりよ」

「切磋《せっさ》琢磨《たくま》できる同年代の仲間ってのは、いいもんだよな」

マーカスがソフィーの肩をぽんと叩《たた》く。

「ソフィーは女官としての自分の能力に自信を持っている。ミネルバのもとで自由に翼を広げて、真価を発揮している。カサンドラ嬢にとって、頼りになる先輩になるはずだ」

ソフィーもマーカスも憤っている様子は微塵《みじん》もなく、妃の庇護という決断を受け入れてくれている。ミネルバは胸にのしかかっていた重しが取れたような気がした。

壁際に立っているテイラー夫人が、閉じた扇の先を唇に押し当てる。

「ソフィーさんはスケジュール管理が上手です。カサンドラさんには語学の才能があるようですから、得意分野で貢献してもらいましょう」

向かい側のソファにゆったりと寄りかかった皇帝トリスタンが苦笑を浮かべた。

「こんなことになろうとは、というのが正直な気持ちだな」

そう言って磁器のカップを口に運ぶ仕草にも威厳が滲《にじ》み出ていた。生来の気品と美貌はルーファスにそっくりで、腰まで届く長い黒髪が権力者としての存在感をいや増している。

「だが、ミネルバの決意と気概を否定するつもりはさらさらない。妃の庇護はよい決断だったと思う」

トリスタンの隣に座る皇后セラフィーナがにっこりと微笑《ほほえ》んだ。

「本当にそうね。ミネルバさんは最初からやわなほうではなかったけれど、虐げられている令嬢を救いたいという岩のように固い決意がある。優しくて、いつも人を気遣い、相手のために何が一番いいかを考えている。妃の庇護も、立派にやり遂げるに違いないわ」

「セラフィーナの言う通りだ。これほど勇気のある女性と一生連れ添えるなんて、お前は幸せ者だなルーファス。男冥利に尽きるというものだ」

ルーファスが美しい白い歯をのぞかせ、若者らしく笑った。

「ええ、兄上。私は幸せです」

ルーファスとトリスタンの兄弟愛はどこまでも深い。トリスタンが生まれながらに抱える病の問題やそれにまつわる政治の問題もあるが、彼らの絆《きずな》は言葉ではとても言い表せないほど強いのだ。

「メイザー公爵はトリスタンの即位に積極的に賛成していなかったし、セラフィーナの実家であるブレスレイ公爵家とも仲が悪い。おまけにいまは拘留中だ。カサンドラの庇護者としては、たしかにミネルバが最もふさわしいな」

少し離れた場所に座っている先代皇帝グレンヴィルが言った。彼の横には皇太后エヴァンジェリンが、向かい合う席にはミネルバの父サイラス・バートネット公爵と母アグネスが座っている。

実の両親と義理の両親はすっかり打ち解けていて、リラックスしたムードの中で楽しげにお茶を飲んでいた。

「それにしても、あのご老体には困ったものだな」

トリスタンが椅子に背をあずけ、天井を見上げて苦り切った口調になった。セラフィーナが「リンワース子爵ね」と相槌《あいづち》を打つ。

「ああ。カサンドラとは祖父と孫ほども年が離れているではないか。若い美女を金で買って、田舎の屋敷に閉じ込めるのは何度目だ？　もういいかげん、武勇伝どころか笑い物だぞ。一族全員の顔に泥を塗るようなものだ」

「今回はただの美女ではなく、公爵令嬢よ。でっぷり太った老人が最高位の令嬢を囲い込んで、思いのままにするなんて……ぞっとするわ」

セラフィーナが顔をしかめた。

「カサンドラさんの誇りを傷つけ、辱める結婚話を持ってくるだなんて。後見人のニューマンというのは、禿鷹《はげたか》のような男ね」

「品行方正な人物とは言えないな。金のためなら何でもするつもりだろう。妃の庇護のことを知ったら、ニューマンは直接的な行動に出るかもしれない。ルーファス、ミネルバ、宮殿の外に出たら、カサンドラは安全とは言えないぞ」

トリスタンの言葉に、ルーファスがすっと背筋を伸ばした。

「ええ。金があって道徳心が欠如した老人と、強欲な後見人の組み合わせは最悪だ。カサンドラを連れ去って、既成事実を作ろうとするかもしれません。そうなったら手の打ちようがないし、ミネルバのためにもそういった事態にだけはしたくない。立派に義務を果たす人間を、カサンドラの護衛につけましょう」

「そうだな」

トリスタンがなぜかにやりとした。

「護衛として、とてもいい人材がいるな。大変な剣の腕前の持ち主だし、醜聞で傷ついた令嬢の相手をするのにも慣れている。私は彼の知性に信頼を置いているし――うん、やっぱり彼を護衛隊長にするのが最善の道だな。カサンドラのために全力を尽くそうとするのは間違いない」

わずかな沈黙のあと、ルーファスが「ジャスティンですか」と苦笑した。

「その通り。実は前々から、ジャスティンとマーカスに、私の顧問官になってもらおうと思っていたんだ。ジャスティンの卓越した剣技、マーカスの洗練された体術は、本当に素晴らしいからね。マーカスは長期でいけるが、ジャスティンは立場的に短期しか無理だな」

トリスタンが楽しそうにそう言うと、ロアンと並んで立っているコリンが顔を輝かせた。

「兄たちを皇帝陛下の顧問官にしていただけるなんて、アシュラン王国にとって大変な名誉です！」

たしかに皇帝の顧問官は誰でもいいというわけではない。歴代の顧問官は、例外なく一芸に秀でている。属国の王太子だからという理由だけで、その栄誉を授けられはしないのだ。

「俺が……陛下の顧問官……」

マーカスが信じられないと言いたげに首を振った。

「君たち二人は前回の訪問時、私直属の騎士団員と手合わせをしただろう。ジャスティンは剣で、マーカスは拳で、我が国の精鋭たちをなぎ倒した。騎士団の連中からも、勝者に褒美を与えるべきだという意見が出ていてね」

やはり信じられないという顔つきだったソフィーが、状況を理解して手で口を押さえた。きっと感動のあまり嗚咽《おえつ》が漏れそうなのだろう。

ミネルバも感激していた。ソフィーは宗主国の辺境伯令嬢で、マーカスは属国の公爵家の跡取り。婚約したとはいえ身分の差を思うと、マーカスがずっとコンプレックスを抱えて生きていかなければならないのは明白だった。

（よかった……。皇帝の顧問官という役職があれば、マーカス兄様の悩みはかなり軽くなる）

そういえば二人の兄が騎士団員たちと手合わせしたのも、カサンドラがソフィーを糾弾しに来た日のことだった。たった一か月弱で、こんなにも状況が変化するなんて。

「マーカスには、ルーファスの手伝いをしてもらいたい。メイザー公爵の調査は、細心の注意を払って対処しなければならない。あらゆることに警戒の目を向け、ルーファスとミネルバの身の安全を守ってほしい」

「はい。身命を賭して努力いたします」

マーカスが姿勢を正し、頼もしさを感じさせる声で答えた。

「ジャスティンは――いまここにはいないので、コリンに言うが。君の兄の理解力、交渉能力、社交術、そして剣術でもってカサンドラを守ってもらおうと思う。メイザー公爵とロバート、そしてガイアル陣営のクレンツ王国との関係を解明するのは、絡まった糸を解きほぐすようなもの。ルーファスが陣頭指揮をとって、少しずつ進めているところだ。その間、カサンドラは安全であることが望ましいからね」

「はい！　我が兄ジャスティンが、陛下を失望させることは決してありませんっ！」

「ジャスティンが不在にする間、アシュランのことはコリン、君に任せる。図書館の司書たちが褒めていたよ、君は素晴らしく優秀な人材だと」

「こ、光栄です……!!」

コリンが顔を真っ赤にして身震いしている。

アシュランの人々が、新しい王太子であるジャスティンが皇帝の顧問官になったことを好意的に受け止めることは間違いない。属国の人間にとって最高の栄誉なのだから、短期の不在は問題にならないだろう。

〈トリスタン様はやっぱり、皇帝になるべくして生まれてきたような方ね〉

どうしても気持ちを分かち合いたくなって、ミネルバはルーファスの手をそっと摑《つか》んだ。

〈ああ。兄上を見ていると、いつも新しい面に感心するんだ。本当に素晴らしい人だと思う〉

ルーファスがぎゅっと手を握り返してくれる。

この先どんな運命が待ち受けていても、ルーファスとトリスタン、こちらに残ってくれる頼もしい二人の兄がいれば、決して負けることはないに違いなかった。

「さて、目下の最優先事項は、カサンドラの後見人ニューマンについての情報を集めることだな」

「はい、兄上」

トリスタンの言葉にルーファスがうなずく。

「ジミー・ルウェリンに任せれば、短時間でかなりの情報を得られるでしょう。メイザー公爵とロバートの調査も、何か進展があったらお知らせします」

ジミー・ルウェリンは特殊な能力のある諜報員《ちようほういん》で、どんな人間にもなりすませる。鍵を開けるのも非常に上手《うま》く、たいていの扉を通り抜けることができる。

特別な扱いを要する事件を捜査する人材の大半は、何らかの特殊能力を持っているのだ。彼らの活躍の舞台は世界中のあらゆる場所に及んでいる。

「では、今日はここまでにしよう。ミネルバ、カサンドラのことは任せた」

「はい。焦らずじっくりと、彼女と友情を築いていきたいと思います」

ミネルバは力強く答えた。カサンドラはひどく心細いに違いないが、翡翠殿《ひすいでん》の使用人は大家族のようなものだ。彼女もすぐに守られている安心感を得ることができるだろう。

中央殿から翡翠殿へと戻る馬車の中で、ミネルバとルーファスは今後のことを話し合った。

「カサンドラがある程度落ち着いたら、メイザー公爵とロバートの現状を共有する必要があるわね」

「そうだな。私たちの特殊能力についても触れる必要があるだろう。ロバート逮捕に、既存の科学では説明できない力が使われたことを。戸惑うだろうが、真実を知るためには受け入れてもらうしかない」

同乗しているマーカスとソフィーが顔を見合わせる。

「ロバートのことを思い出すたびに、拳で殴りつけてやりたくなるな」

「もう一度あの人と会う勇気は、私にはないわ。本音を言えば、マーカス様も関わってほしくない。どうしようもない男だし……投獄されてほっとしたもの」

ソフィーの美しい顔が歪《ゆが》んだ。

「あんなうさんくさい男と婚約していたなんて……恥ずかしいし、悔しい」

「ソフィー、もう思い悩むな。あの男は口が上手いし、外見も完璧だ。金のためなら危ない橋を渡る男だなんて、見抜けなくても仕方がない」

マーカスは安心させるようにソフィーの肩を抱いた。

ロバートには人間が持つべき倫理観が欠如していることは、彼がソフィーの妹のミーアに手を出したことで明らかになっている。

ソフィーと、いまは修道院にいるミーアが生まれたギルガレン辺境伯家の城の地下には、大がかりな地下通路がある。

天才と呼ばれた職人が生み出した非常に複雑な仕掛けが施されており、詳細を知るのは辺境伯とその妻子、そして皇族だけだ。

ロバートはこの地下通路の情報をミーアから聞き出し、クレンツ王国——グレイリング帝国と敵対しているガイアル帝国陣営の国——に売ろうとしていたのだ。

ギルガレン城の地下通路を手掛けた職人は、同盟国であるルシンディア王国の王城にも似たような仕掛けを残していた。ガイアルはギルガレン城の仕掛けを分析して、ルシンディアを侵略するのに役立てるつもりだったらしい。

「ロバートは鼻先に金をちらつかせられたら、平気で後ろ暗いことに手を出す奴《やつ》だ。ミネルバの千里眼が事件を暴いてくれて、本当に助かった。野放しにしていたら、何をしでかすかわからない危険な男だからな」

「千里眼で情報を得た後の、ジミーさんの行動は早かったものね。秘密裏にグレイリングに潜入していたクレンツの諜報員の居場所を、ミネルバが見せた映像をヒントにあっという間に突き止めた。ちょうどロバートと密会しているところで、現行犯逮捕できたのよね」

「ロバートはぎょっとして凍りついたらしいぞ。俺もその顔が見たかったな。何しろ国際的な陰謀が絡む事件に加担したんだ、一生牢《ろう》から出られないかもしれない」

「千里眼がルシンディア王国の民も救ったのよね。ミネルバはきっと、生まれながらの救済者なんだわ」

ソフィーの言葉に、ミネルバは「大げさよ」と微笑んだ。それから隣に座るルーファスに視線を向ける。

「ねえルーファス。捕らえられたクレンツ王国の諜報員は、ガイアル帝国にとっては使い捨ての駒なのよね?」

「ああ。実際、ガイアルの思惑については大して知らないらしい。多少の情報は得られるだろうが、ガイアルの上層部まで行きつくとは思えないな。しかしそれでも、一定のダメージを与えたことは間違いない」

ルーファスが指先で眉間を揉《も》みほぐす。

「くだんの天才職人が残した仕掛けについては、グレイリングとルシンディアで共同研究することになった。最新の科学技術もかけ合わせて、セキュリティレベルをさらに向上させる。いくらガイアルといえども、簡単には突破できないだろう」

「そのことは、本当によかったわ」

ミネルバはしみじみとつぶやいた。人々の暮らしが侵略や戦争から守られたことが、心の底から嬉《うれ》しい。

「ロバートはともかく、一国の公爵が諜報員と会っていたというのは驚きですね。ロバートの野郎は、首謀者はメイザー公爵だとわめいているんでしょう?」

マーカスがルーファスを見ながら口を開いた。

「そう主張しているな。実際ロバートは、メイザー公爵とクレンツ王国を結びつけるような証拠を揃《そろ》えていた」

ルーファスが口元を手で押さえ「揃いすぎているくらいに」と小さな声で言う。

「いずれの証拠も、現在精査中だ」

「建国にも携わった名家の当主がガイアル陣営と結託するなんて、腑《ふ》に落ちませんね。メイザー公爵は、貴族たちが漏らした噂話《うわさばなし》をロバートから買ったことは認めているんですよね？」

「ああ。それだけなら、法に触れるような行為ではないが」

「恐らく、娘の社交活動を有利にしたかったんでしょうね。カサンドラ嬢はそんなこと望んでいなかっただろうに。メイザー公爵には彼女しかいなかったし、彼女にも父しかいなかった。ロバートみたいなろくでもない男と関わらなければ……」

マーカスが目を細める。面構えが違って見えるのは、皇帝の顧問官に任命されたからだろう。かつてマーカスは、王太子フィルバートのために尽力するやり手の側近だった。どうやらその時代の勘を急速に取り戻しつつあるらしい。

プライベートでは騒がしいが、仕事中は落ち着いていて、器用で、何でも有能にこなす人だ。マーカスの頼もしい横顔を、ソフィーがうっとりと眺めている。

馬車が翡翠殿のエントランスに到着した。三階建てで、地下室まで備えた立派な翼棟には、数えきれないほどの部屋がある。

建物内では、執事や侍女頭をはじめとする使用人たちが忙しく立ち働いていた。カサンドラのための部屋を用意しているのだ。

ソフィーの部屋と同じ並びにある広々とした部屋は調度品も豪華で、一国の王女でも快適に過ごせそうだ。

「私もここでしばらく暮らしているけれど、使用人の働きぶりも申し分ないし、食事も美味《おい》しいし。テイラー夫人のお小言さえなければ天国なんだけどなあ」

ソフィーがこっそり耳打ちしてくる。ミネルバは思わず声を上げて笑ってしまった。

今日のところは、カサンドラには部屋でゆっくり休んでもらおう。そして明日になったら女三人で、ゆるやかに友情を育んでいこう。ミネルバは心の中でそう決めた。

カサンドラが落ち着いて眠れるように侍医のジェムが薬を処方してくれたので、翌日の朝には彼女は元気を回復していた。顔に血の気が戻ったし、涙の消えた瞳には明るい輝きがある。

「翡翠殿の使用人はみな親切ですね。お一人お一人にお礼をしたいので、早くお名前を覚えなくては」

ミネルバの執務室で微笑むカサンドラは、昨日とは別人だ。完璧に施された化粧以外は。

髪はアップにし、少し斜めの位置でまとめている。豪華な赤毛を下ろしていない彼女を見るのは初めてだ。

ドレスはベージュのシンプルなデザインで、襟が大きく開いているわけではないし、袖も手首まである。かつての女らしい曲線を強調するセクシーなドレスとは雰囲気がかけ離れているが、よく似合っているし、より輝いて見える。

「お互い、こんなことになるとは考えてもみなかったわよね。私たちが女官仲間になるなんて」

ソフィーがひょいと肩をすくめた。カサンドラが申し訳なさそうな顔つきになる。

「ソフィーさん……この前のこと、本当にごめんなさい」

カサンドラがソフィーに向き直って頭を下げた。心からの「ごめんなさい」であることが伝わってくる。

「あなたは何ひとつ悪いことはしていなかったのに。すべてはミネルバ様を受け入れられなかった、私の狭い心のせい。あそこまで無礼なことをして、許してほしいだなんて図々《ずうずう》しいけれど……」

「いいわ、許してあげる。私たちの間に起きたことを蒸し返したって、何の得にもならないし。過去に戻ってやり直すことができない以上、これから良くしていくことを考えましょう」

ソフィーが細い腰に両手を置いて、ちょっと偉そうに言う。

「後輩ができるのって、思ったより嫌ではないわ。私はミネルバ様のスケジュールを組む作業に当たっているの。各国の要人から届いた手紙や招待状を、素早く翻訳してくれるスタッフが欲しかったのよ。めそめそした気分に浸っている暇なんてないくらい忙しいわよ。でも、保証するわ。翡翠殿での仕事は、夜会や舞踏会よりはるかに楽しいって！」

カサンドラがしげしげとソフィーを見た。

「ソフィーさんって、儚《はかな》げな人っていう印象だったけど。実はタフな性格だったの……？」

「生まれ変わったのよ。ミネルバ様の女官として働くなら、タフでなければね。摩訶不思議というか、胸が張り裂けそうなほどびっくりすることの連続なんだもの。あなたもそのうちわかるわ」

「まだよくわからないけど、心が鍛えられるのは大歓迎よ」

ソフィーの茶目っ気を帯びた声に、カサンドラもつられたように笑顔になった。おしゃべりの種を無理やりひねり出す必要がないほど意気投合している。

そんな二人の様子に安堵《あんど》し、ミネルバは深呼吸してから言うべきことを告げた。

「皇帝陛下のご意向で、カサンドラさんには『いざというとき』に対処する護衛がつくことになったの。後見人のニューマンは、妃の庇護を不快に思うでしょうから。任務にあたるのは腕の立つ安全な人よ。ええっと、あなたも多少知っている、押しつけがましくなくて横暴なところのない男性なんだけど。もうすぐここに来るはず――」

察しがついたらしいカサンドラが、はっと息を呑《の》むのがわかった。次の瞬間ノックの音が響き、壁際に立っていたロアンが「はいはーい」と軽快な足取りで扉を開けに行く。

入ってきたのはルーファス、ジャスティン、マーカスの三人だった。それぞれが後光を放つような麗しい姿で歩いてくる。

「ああ、なんて素敵なの！　マーカス様かっこいい、かっこよすぎ、よすぎてクラクラしちゃう……っ！」

ソフィーが悲鳴のような声を上げる。実際にそれは――目を見張るような光景だった。

三人は完璧な正装で、最上級の仕立ての黒い騎士服に、皇族の血筋や皇帝の顧問官の地位を示す勲章や肩章をつけている。

ジャケットもスラックスもブーツも漆黒で、どこもかしこも頑丈で男らしく見える。

肩幅が広く、足が長く、均整の取れた非の打ちどころのないスタイルを持つルーファスを見て、ミネルバは感嘆のため息を漏らした。

カサンドラは目を大きく見開いてジャスティンを、ソフィーはうっとりとマーカスを見つめている。

三人ともおとぎ話に出てくるような、いや、それ以上に凛々《りり》しくて魅力的な姿だ。

「たまげたなあ。普段は忘れがちだけど、マーカスさんって本物の二枚目ですよねえ」

ロアンが笑いながらマーカスを見る。

「おう。山ほどある俺の美点のうちのひとつだな」

マーカスが片手で顎を撫《な》でて、照れくさそうに言った。

「たしかにマーカス様は二枚目よ。騎士服姿は初めて見たけれど、とっても凛々しいわ！」

ソフィーの興奮は隠しようもなく、顔が火照って真っ赤になっていた。そんな彼女を見て、マーカスが嬉しそうな表情になる。

「そうか。かっこよく見えるんなら、よかった」

「よいどころじゃないわ。とびきり男らしくて、エレガントで、堂々としていて、ハンサムで、セクシーで、目がくらむほど素晴らしいものっ！」

「そ、そんなにか？」

言葉を尽くして褒めずにはいられないソフィーに、マーカスがうろたえたような笑みを返す。

微笑ましい二人の様子を眺めていたルーファスが、大股でミネルバに近づいてきた。

贅肉《ぜいにく》のない体にまとう漆黒の騎士服は、彼が皇帝の名代として動く際に着用する特別なもの——二人が初めて出会った、アシュランの元王太子妃セリカ主催のお茶会でも身に着けていたものだ。

「私まで着替える必要はなかったんだが、ミネルバが喜ぶと兄上が言うものだから」

「うん……かっこいい……」

ミネルバは顔が熱くなるのを感じた。この姿を見るのは久しぶりで、ときめかずにはいられない。

「なんていうか……えっと、あの日を思い出して、背筋がぞくぞくしちゃうというか。私を救うために、神様が使わしてくれた漆黒の天使様だと思ったわ。あの日の一瞬一瞬が私の宝物だから、またその姿を見られて嬉しい……騎士服が力強さを引き立てていて、本当にかっこいい」

もじもじしないよう努めても、到底無理だった。あの日ミネルバを救ってくれた皇弟殿下と婚約して、こうして幸せに暮らしているなんて夢みたいだ。

たくさんの言葉よりも、真っ赤になったミネルバの顔の方が、熱い心のうちを雄弁に物語っているに違いない。

「そこまで褒められると、照れる。でも、素晴らしく感動するな」

ルーファスも頬を赤く染める。有能だが冷酷な、漆黒の皇弟殿下——周囲からそんな風に言われている彼の可愛《かわい》いところを見て、なおさら胸がきゅんきゅんきゅんした。

「あー暑い暑い。この部屋の気温、急上昇してません？」

ロアンがからかうような口調で言った。いかにも彼らしく、面白がっているのを隠そうともしていない。

違う場所から咳払《せきばら》いが聞こえた。慌てて目をやると、戸口の近くにコリンが立っている。後からこっそりと入ってきていたらしい。

「二組のカップルに、集中してイチャイチャしてほしいのは山々なんだけど。ジャスティン兄さんの正式な自己紹介がまだなんだよね」

コリンがにこやかに言う。二組のカップル――ついつい自分たちの世界に浸っていた四人は、ますます顔を赤らめた。

穏やかな表情でジャスティンが一歩前に出る。彼の装いもまた完璧で、精悍《せいかん》だった。妹であるミネルバも思わず目を奪われるほどだ。

ジャスティンはバートネット公爵家の嫡男として生まれ、王位に就く可能性は皆無に等しかったのに、アシュランの未来のために新王太子という重圧に耐えている。優しくて誠実で、道義心溢《あふ》れる性格が、騎士服の下から滲み出るようだ。

ジャスティンはカサンドラの真正面に立ち、うやうやしく頭を下げた。

「トリスタン陛下より、カサンドラさんの護衛隊長の役目を仰せつかりました。私はアシュランの騎士団で厳しい訓練を受け、前王太子の側近として十四年近く務めました。腕には自信があります。アシュラン王国の代表として、また皇帝陛下の顧問官として、全身全霊をかけてお守りします」

ジャスティンの声は優しかった。穏やかに微笑む彼に、カサンドラも笑みを返した。笑い方はかなりぎこちなかったが。

トリスタンの名前が出た以上、カサンドラに護衛を断るという選択肢はないのだ。

ひとりで出歩くのが危険なことは、高貴な女性なら誰もが理解している。おまけに後見人のニューマンが、何もしてこないとは言えない状況だ。

「お引き受けいただきありがとうございます。ジャスティン様の助けがあれば、身の危険に悩まされることなく拘留中の父に会いに行ける。でも、私の個人的なことに巻き込んでしまうのは、とても申し訳なく感じます……」

「いまのあなたは、お父様のことが何よりも大切でしょう。そんなことで気に病まないでください」

ジャスティンがにこやかに言葉を継ぐ。

「身体能力の高さや、瞬時の判断力には自信があるんです。必要とあらば、どんな手を使ってでもお守りします。もちろん可能な限り暴力なしで、とは思いますが。大切な人を守るためなら、私はためらわない」

「大切な人……」

カサンドラの小さな声に、ジャスティンの顔が急激に赤くなる。

「い、いや！　大切な護衛対象という意味でっ！」

「ええ、そうですよね」

カサンドラが微笑んだ。そして伏し目がちに「まさか、そんなわけがないもの」とつぶやく。動揺しているジャスティンはそれに気づかなかったようだ。

「カサンドラさんを守り切らないと、妃の庇護が上手くいかないというか。その、ミネルバの評判にも悪影響を与えてしまいますから。皇帝陛下の顧問官は大変な名誉ですし、私にとっては箔《はく》をつけるいい機会でもあるんですよ！」

「わかっています、すべてはミネルバ様のため。ご迷惑をかけないように、決してうかつな行動はしません。それに……ジャスティン様がよきパートナーに巡り合えるように、周囲を誤解させるような行動も慎まなければ。昨日は個人的な事情を事細かく打ち明け、弱いところを見せてしまいましたが。これからは控えますね」

「あ、いや。それは見せてもらっても……」

我が兄ながらなんて不器用な――ミネルバはそう思いながら、あれよあれよという間に誤解が生じていく様を眺めていた。

コリンが「くっ」とじれったげな声を漏らし、肩を上下させて息をつく。そして彼はミネルバに近寄ってきて、小さな声で囁《ささや》くように言った。

「カサンドラ嬢が抱えている事情はともかくとして、ジャスティン兄さんが彼女に好意を抱いていることは間違いないんだ。真面目すぎて異性関係が欠如しまくってる兄さんが、恋愛という大きな壁を飛び越える大ジャンプをするかと思ったけど。永遠に無理な気がしてきたよ」

　真面目なタイプで異性に免疫がないのはコリンも同様だ。マーカスも加えて三人で、子どものころからフィルバートに振り回されてきたせいで、女性とはあまり縁のない生活を送ってきたのだ。

「デメトラ様の相性診断のことは、カサンドラ嬢には言わないでくれってさ。護衛騎士たるもの、守るべき相手の心を惑わすようなことをしてはならないんだって。カサンドラさんは傷心していて、いまの自分に肯定的な感情を持っていないだろうし。これじゃ恋愛関係にはなりそうにないなあ」

「うん……」

　ミネルバは小さくうなずいたものの、ジャスティンとカサンドラの未来に対する考えは、デメトラからオーラについて教えられた時点とは違ってきている。

　相性がいいし、すばらしい夫になることもわかっているからといって、カサンドラがジャスティンを愛せるとは限らない。

　ジャスティンには自力で、カサンドラが自身を委ねることのできる男になってもらうしかない。彼女の心を摑めなかったら、それは当然ながら自分自身の責任だ。

　ミネルバが視線を戻すと、華麗な外見と奥手な性格の落差が激しい二人は嚙《か》み合わない会話を続けていた。

「ジャスティン様には本当に感謝しています。父さえ拘留されなければ、申し分ないお相手をご紹介できたのですけれど、いまは皆から距離を置かれていて。でも女官になれば、これまでとは違った観点から令嬢たちを見ることができますわ。素敵な女性を見つけるアドバイスができるよう、頑張りますね」

「いえ、お気遣いなく。紹介もアドバイスも、一秒たりとも欲しいとは思いません！」

「では、その。すでに意中の人がいらっしゃると。いやだわ、私ったら余計なことを」

「ああ、ええ……ちが、いや、ちがわ、うう……」

ジャスティンが頭を抱えている。壁際のロアンは好奇心いっぱいの顔つきで二人を眺めていた。

「僕が思うに、ジャスティン様は自分の嫁探しのことは置いておいて、護衛隊長としての職務に邁《まい》進《しん》したいってことなんですよね？」

「そうそう、そうなんです！」

ロアンの助け舟に、ジャスティンがぱっと目を輝かせた。

「いざというときに対処するのが護衛ですが、そのためにはカサンドラさんのことを詳しく理解しておかなければなりません。ただひたすら職務のために、カサンドラさんに精神を集中させてください!!」

「は、はい」

ジャスティンの謎の勢いにカサンドラが目を見張り、身をこわばらせる。ミネルバはこめかみをさすりながら、二人の間に割って入った。

「衣食住に護衛、カサンドラさんの安全のために必要なものが満たされたことだし。そろそろ次に移りましょうか」

「ああ。ニューマンについての情報を、ジミーが持ってきたんだ。まずは報告を聞こう。そのあとで、共有しておかなければならないことがたくさんある」

ルーファスもさりげなく、ジャスティンの視線に入る位置に移動する。まるで少女のように頬を染めていたジャスティンが、即座に冷静さを取り戻した。

「外国で暮らしていたニューマンの情報をひと晩で集めるとは、さすが凄腕《すごうで》諜報員ですね」

ジャスティンが感嘆の声を上げたとき、書類の束を小脇に抱えたジミーが部屋に入ってきた。

「お褒めに与《あずか》り光栄です。こういう仕事は年中無休、二十四時間営業ですのでね。大概は情報を一番多く持っている者が勝ちますから。スピード勝負というやつですな」

肩をすくめてジミーは笑い、早速報告書を配り始めた。

「ジェイコブ・ニューマンというのは、どうしようもない俗物ですな。妻のリリベス、娘のサリーアンも同様に、自分のことしか頭にないタイプです。グレイリングでも指折りの名家、メイザー公爵家の血縁だとはとても信じられませんよ」

ミネルバたちが椅子に腰かけると、ジミーはさっそく報告を始めた。ニューマンとリリベスはミネルバの両親と同年代で、サリーアンは二十歳。そろそろ行き遅れと言われる年齢だ。

「ニューマンは南の属国バルセート王国で宝石店を営んでいますが、あまり成功していませんね。資金繰りが苦しいのか、仕入れのために出向いた鉱山で安く値切って買おうとしまして。物の価値を正しく見分けることのできない男だと、業界内では悪い評判が立っていたようです」

「鉱山……」

ミネルバは口元に手をやった。ロバートが悪だくみをしていたディアラム侯爵領には、温泉地のほかに鉱山があったはずだ。

「ソフィー。ディアラム侯爵領にある鉱山からは、銀と鉛が採れるんだったかしら」

「え、ええ。かつては領民に豊かな生活をもたらしたけれど。鉱山の収益は年々減少し、かなりの勢いで衰退しているらしいわ」

ソフィーがこわばった声で答える。ロバートを思い出させてしまったことを申し訳なく思いながら、ミネルバはその事実を噛み締めた。

「宝石鉱山ではないから、ロバートとニューマンに繋がりがあるというのは……きっと私の考えすぎね」

「いや。ミネルバの勘は尊重すべきだ。調べる価値はある」

ルーファスはそう言ってジミーを見やった。ジミーが満面の笑みでうなずく。

「前回もミネルバ様の読みが的中しましたからね。私の仲間たちが、ロバートの行状を必死で掘り起こしています。過去にニューマンと接点があったかどうか、ついでに調べさせましょう」

「ありがとうジミー。前のはまぐれかもしれないし、今回は勘違いかもしれない。無駄足を踏ませたら申し訳ないけれど、どうしても気になるものだから」

ミネルバは浅く息をつき、ジミーに向かって微笑んだ。そして報告書に意識を戻す。

「それにしても後見人の立場にある人間が、こんなにも卑劣な仕打ちをするなんて……」

気分が悪くなるような文章を、ミネルバは目で追った。

メイザー公爵の拘留後、ニューマンと妻子が「これで金に苦労せずに済む」と喜び勇んで屋敷に乗り込んできたこと。

彼らがすぐに派手な散財を始めたこと。使用人たちへの恫喝《どうかつ》、カサンドラの食事を抜き部屋へ監禁したこと。そのすべてで、使用人から証言が取れている。

「これに加えて、メイザー公爵家の会計士の証言も取れました。カサンドラ嬢の日常生活用の手当てのみならず、持参金となるはずの金まで横領しています。ニューマンは悪い意味で手先が器用なようで、小切手のサインを偽造したようですな。カサンドラ嬢の財産がこれ以上目減りしないよう、そちらの銀行口座は凍結の手続きを頼んでおきました」

ジミーの言葉に、ジャスティンが安堵の息を漏らした。

「これだけの証拠があれば、いくら後見人でも優位に立つことはできないな。宮殿の侍医の診断書もあるし、こちらは妃の庇護の正当性を主張できる。カサンドラさんを金持ちの老人に嫁がせて利用することは、絶対にできない」

「ええ。ニューマンが宮殿に押しかけてきたら、追い払うだけだけね」

ミネルバが明るく答えると、ジャスティンの隣に座っているカサンドラが感動の面持ちでつぶやく。

「こんなに迅速に動いていただいて……」

彼女は報告書をぎゅっと抱きしめて、上半身を折り曲げた。

「ルーファス殿下、ミネルバ様、そしてジミーさん。本当にありがとうございます」

そう言って体を起こし、カサンドラは呼吸を整えた。

「次は、父の現状についての報告ですよね。私にとっては聞きたくないことかもしれませんが……覚悟はできています」

ニューマンによって屋敷に監禁されていたのだから、メイザー公爵の現状を詳しく知っているはずがない。しかしカサンドラは、問題が深刻であることに気づいているようだ。

ジミーは黙ってうなずき、報告書のページをめくった。

「メイザー公爵は、自らにやましいところはないと言っております。ロバートがなぜ作り話をするのかわからないと。ただ現状では、裁判で無罪を勝ち取ることは難しいでしょう。なにしろ、不利な証拠がいくつもありますのでね」

カサンドラは動揺を見せず、じっとジミーを見つめている。

ロバートによれば、メイザー公爵が彼を脅して、ギルガレン城の地下通路の秘密を盗ませたというのだ。公爵はルーファスが皇帝になることを望んでいた。だからトリスタンに反旗を翻そうとしたのだと。

そしてロバートは法廷に提供できる証拠を残していた。公爵からの手紙、公爵とのやり取りを事細かに記した日記、クレンツ王国の諜報員と公爵が密会していた現場の目撃者……報告書を読む限り、公爵は言い逃れのできない状況だ。

「これだけ目に見える証拠がたくさんあるにもかかわらず、未《いま》だにジミーが動いているということは……背後に探るべき真実があるということね？　舞踏会でも、特殊能力を使った調査に入ると言っていたし」

ミネルバはルーファスを見つめた。

「たしかに、妙な点が多い。第一に、合理的な疑問のない証拠が『多すぎる』んだ。なにしろ裏帳簿を極めて狡猾《こうかつ》に、用心深く暗号化していたロバートだからな。メイザー公爵に罪をなすりつけるために、わかりやすい証拠を偽造した可能性は捨てきれない。相手がありきたりの悪党ではない場合、ジミーのような特殊な能力を持つ人間が動くことになる」

ありきたりではない、一筋縄ではいかない事件といえば、アシュランで起きた国王夫妻殺人未遂事件がある。実はジミーもアシュラン入りしており、セリカの尾行や、偽者と本物両方のレノックス男爵の情報を収集する役目を担っていたらしい。

「第二の妙な点は、メイザー公爵の精神が非常に不安定ということだ。拘留によって大きなストレスに晒《さら》されているからというだけではなく、特殊能力が原因で起きる精神の異常が現れている」

ルーファスが眉間にしわを寄せる。ミネルバは口元に手を当てて考えをめぐらせた。

「誰かが特殊能力を使って、メイザー公爵の精神に働きかけているということ？　でもそれってありうるのかしら。公爵は拘置所にいて、そういう意味ではとても安全なのに」

魅了の能力を持つ異世界人のセリカが国王夫妻を殺そうとしたとき、自分の魔力を込めたものを王宮内のあちこちに仕掛けていた。そして、魔力の切れたものはこっそり回収していた。

つまり特殊能力の持ち主が不在の状態では、効果は長く続かないのだ。それに天才のロアンですら、標的に近づかなければ力を使えない。ミネルバの場合は多少離れた場所からでも心を繋げることができるが、長時間は無理だし、相手は信頼し合っている人物に限られる。

「警備の厳しい拘置所に、特殊能力を持った犯罪者が頻繁に出入りしているなんて、考えられないわ」

「そう、そこが妙なところなんだ。拘置所の職員は身元のたしかな人間ばかり。そして、強力な特殊能力は持っていない。ニューマン一家の面会には必ず職員が立ち会っているし、持ち物も厳しく見分される。万が一彼らに特殊能力があったとしても、そういった芸当ができる隙などない」

ルーファスが指先で眉間を揉みほぐした。ジミーが小さく肩をすくめる。

「いまわかるのは、メイザー公爵のまとう空気がおかしいということだけでして。うまく説明できないんですが、とにかく気味が悪いんですよ。特殊能力に影響されている兆候はあるのに、それが誰の力で、どこから来ているのか、まったくわからないんです。我が国の誇る天才のロアンですらね」

ミネルバは息を呑んだ。ロアンは強力な浄化能力を持っていて、国王夫妻がセリカの力に影響されていることを一瞬で見抜いたのに。

「悔しいことに、そうなんですよねえ。特定できないなんて初めての経験です」

ロアンが悔しそうに口をへの字に曲げる。

「メイザー公爵は日を追うごとに、不安定どころか正常ではなくなってきています。しきりにおかしなことを言っていますし」

「あ、あの。父はなんと？」

カサンドラが堪《こら》え切れないといった様子で身を乗り出した。

ルーファスの部下たちが特殊能力——人知を超えた不思議な力——の持ち主であることは、事前にざっと説明してある。ロアンやジミーは、特殊な事件に対応できる専門家なのだと。

「ええっとですね……」

ロアンが複雑な表情になる。自分の不甲斐《ふがい》なさに対する嫌悪感と、カサンドラへの同情が入り混じったような顔つきだ。

「その……『声が聞こえる』と、しきりにそう言っています。妄想癖があるとか、神経症とか、そういうのじゃなくて。誰かによる催眠暗示の可能性があると、僕は思っています」

ロアンの言葉に、カサンドラが大きく目を見開いた。

「僕がまだ特定できない何らかの力に、公爵は必死に抵抗しているんじゃないかというのが、僕の客観的な意見です。恐らくそのせいで、酷《ひど》い混乱状態にある」

カサンドラの食い入るような眼差《まなざ》しを受け止め、ロアンが言った。

「つ、つまり、ロバートが持っていた証拠は、お父様が不利になるように捏造《ねつぞう》された可能性があって、本当は罪を犯していないと？ 怪しげな声に翻弄されているだけで、むしろ被害者だと言えるということですよね？ それならば皇帝陛下もすぐに、寛大なご処置を――」

ロアンが少し困ったような表情になる。ルーファスは諭すような視線をカサンドラに向けた。

「気持ちはわかる。だがいまの時点では、公爵が潔白かどうかを判断することはできない」

「ルーファス殿下……」

カサンドラの目が、途方に暮れたような色を浮かべる。ジャスティンの顔が曇ったのは、彼女の心痛を察しているからに違いない。

そんな二人を見ながら、ルーファスがさらに言葉を続けた。

「君は特殊能力のことを詳しく知らない。私たちと共に行動することで理解が深まるはずだが、いまはわけがわからず不安が募っているだろうな」

カサンドラがはっと息を呑む。そして小さく首を横に振った。

「すべてを理解しているとは言えませんが、ロアンさんやジミーさんのことは信じていますし、特殊能力のことも信じています。私は先ほど感情に流されて発言してしまいましたが、国防に関わる事件ですもの」

様々な思いが押し寄せているのだろう、カサンドラの声は少し震えていた。

「父が催眠暗示を受けているとしても、ロアンさんが言ったように『それが誰の力で、どこから来ているのかわからない』のですから。皇帝陛下にご納得いただくには、確実な証拠が必要です。それが見つからない限り父が釈放され、刑を免れるなどということはない」

コリンが彼女に賞賛の目を向けた。さすがに輝かしい生まれの公爵令嬢だけのことはある――そんな風に思っているのだろう。実際彼女は希望的観測を即座に捨て、少しの時間で感情のコントロールを取り戻した。

ルーファスが口元に手を当て「その通りだ」とうなずく。

「兄上は公明正大な人だ。だからこそ公爵の身の上に起きていることを、正しく説明できなければならない。難問ではあるが、必ず何とかする。特殊能力の絡んだ事件を解決し、国のためになすべきことをするのが私の使命だ。決して背を向けるような真似《まね》はしない」

ルーファスが力強く言うと、それだけで安心感が得られるから不思議だ。

（誠実で勇敢で、国民に対して献身的な人だもの。絶対にくじけずにやり遂げるに違いないわ）

ルーファスがやらなかったら、一体誰が特殊能力を使う犯罪者を捕まえるというのだろう。自身も強い力を持ち、ロアンやジミーといった癖の強い部下を見事にまとめ上げている。

それに、ミネルバがまだ会ったことのない部下も大勢いるらしい。皆の力を結集させれば、きっと突破口が見つかるはずだ。

（それに、私もいる。ルーファスはひとりじゃない）

　ミネルバの思考を読んだかのように、ルーファスがミネルバの手を取った。

「数日中に、グレイリング勢力圏から人が集まる。特殊能力を専門にしている学者や研究者たちだ。変わり者が多いが、知識を惜しみなく提供してくれるだろう。私が絶対の信頼を置いているミネルバも、手伝ってくれるそうだ」

　カサンドラが驚いたようにこちらを見る。ミネルバは小さく微笑んでみせた。

「実は私にも、その方面の才能があるの。自分の能力を人のために役立てるのは、いつだって嬉しいことだわ。それに、あなたを助けるために何でもすると決めているから。皆で一丸となって立ち向かいましょう」

　カサンドラはほうっと息をついた。

「ミネルバ様は膨大な知識と善良な心だけではなく、特殊能力もお持ちなのですか。あらゆる意味で特別な女性なのですね」

「いえ――」

「ミネルバ様の能力は凄《すご》いですよ。まさしく『奇跡の起こし手』って感じです！」

「一緒にいると、どんなことでも乗り越えられると思わせてくれるのよね。優しいし賢いし勇ましいし、いろんな意味で強いのよ！」

　ミネルバの声をかき消すように、ロアンとソフィーが同時に言う。

能力は発展途上だし、制約もあることを伝えようと思ったのだが、カサンドラの瞳に尊敬の念が灯《とも》ったのがわかってミネルバは口を閉ざした。

自分が彼女の希望になれるなら、それでいいと思ったからだ。

ルーファスが身を粉にして働いているのに、自分だけ撤退するという選択肢はない。メイザー公爵を苦しめている『誰か』の力は超人的で、かつ危険なものだろう。ルーファスと共闘することが、気が楽になる唯一の方法だ。

「専門的な手助けをしてくれる人たちの到着を待っている間に、ニューマンとの決着をつけてしまいましょう」

ミネルバは力強く言った。そしてその場にいる人たちと、心の通い合った眼差しを交わした。

第四章

カサンドラが翡翠殿《ひすいでん》で暮らし始めて三日が過ぎた。

もちろん、ニューマンは初日に面会を求めて押しかけてきた。ミネルバたちがジミーからの報告を受けた後のことだ。

ニューマンは緊急の用件だと言い張ったが、まずはテイラー夫人に対応してもらった。

宮殿を訪問する際は、前日までに予告するのがマナーだ。皇族にすぐに面会できるのは大変に名誉なことで、ごく少数の者にしか許されない。

カサンドラの後見人とはいえ、いち商人にすぎないニューマンには許されないし、許すつもりもなかった。

中央殿には面会のための併設施設があり、ニューマンはそこでかなりの時間粘ったという。すでに公爵気取りで、自分が波風を立てればテイラー夫人が考えを変えると思ったようだ。

ニューマンの行いは少々の無礼ではすまなかったようで、静かに激怒したテイラー夫人が守衛の騎士たちに命じて、力尽くで追い払ったらしい。

誰であろうと無礼な真似《まね》をする人間を、夫人は許しておかない。結局ニューマンの面会日は、翌日どころか数日後に設定された。

父親に会いたいというカサンドラの願いは、二日目に叶《かな》えられている。昼夜を問わず謎の声に悩まされている公爵が、ちょうど眠りに落ちたタイミングだったそうだ。

カサンドラは公爵を起こすことを望まなかった。そして、やつれた父の寝顔を一時間ほど眺めて帰ってきた。彼女にとっては生涯で一番嬉《うれ》しい一時間だったらしい。

三日目までに、カサンドラは女官としての初歩の知識を身に付けた。テイラー夫人やソフィー、そしてミネルバから言いつけられた仕事を全力でこなし、少しでも早く新しい環境に慣れるよう努力を続けている。

ルーファスが心待ちにしている『専門家』たちの到着は、あと少し時間がかかりそうだ。彼らは特殊能力を高める『触媒』の探求のために、難破船が多く発見される絶海の孤島、人がほとんど足を踏み入れていない古代の遺跡、神秘的な地下洞窟の中などに姿を隠している。

皇族の使いである、高度な知性を持つハルムという鳥が連絡役だが、呼び集めるにはどうしても時間がかかるのだ。

そして四日目の早朝——ニューマンの面会当日——ルーファスや兄たち、護衛と一緒に翡翠殿の壁の内側を二十周したミネルバを、カサンドラが目をぱちくりさせて眺めていた。

「ミネルバ様は毎日、こんな朝早くからトレーニングをしているの……?」

花壇の手入れのために屈《かが》んでいたソフィーが「ええ」と立ち上がり、両手を腰に当てて背筋を伸ばした。彼女は緑の手の持ち主で、エヴァンの『魔女の薬草』の栽培も手伝っているので、ミネルバに負けず劣らず早起きだ。

「自分の身は自分で守れるようになりたいんですって。ルーファス殿下が引き受けている、特殊能力に関する仕事は困難が多いから、身近で助けたいそうよ。エヴァンさんから呼吸法とか型を習って、一歩一歩努力して、どんどん強くなってるの。凄《すご》い人でしょ」

ミネルバが膝に手を当てて呼吸を整えていると、カサンドラの「本当に」というため息交じりの声が聞こえた。

早朝に走り込みをしているのは、速く、そして長く走れるならそれに越したことはないからだ。護身術を完璧にマスターしたとしても、屈強な男性相手にどこまで通用するかはわからない。万が一ひとりでいるところを襲われたら、まず逃げることを考えるべきだし、一番近い仲間のところまで走った方がいい。

(かなり走れるようになったとはいえ、息も絶え絶えなのは私ひとりで、ルーファスもロアンも他のみんなも涼しい顔なんだけど)

ロアンは線の細い少年だが、まったく呼吸が荒くなっていない。ルーファスの部下としてかなり鍛えていることは察せられたけれど、それでも負けたくないと思う。

ルーファスたちも『触媒』を求めて、密林の奥地や砂漠地帯に行ったり、高い山に登ったりすることがあるらしい。一緒に行くためにもっと鍛錬しなければ。

竜手の練習に入る前の柔軟体操をし、エヴァンの最高の手本を見ながらいくつもの型をこなす。

竜手はゆっくりした動きながら、かなりの体力を要する運動だ。しかしほとんどの動きは反射的にできるようになった。

護身術の基礎である防御の構え——攻撃から頭や体を守る動きが、竜手にはすべて組み込まれている。正しい殴り方、蹴り方なども習得できる。無駄のない動きを習えば習うほど、ミネルバは竜手が好きになった。

組み手の練習も始めたが、しょっちゅう体と体が触れ合うので、相手はルーファスか兄たちと決まっている。ルーファス曰《いわ》く、エヴァンやロアンが相手でも嫉妬してしまうから、だそうだ。

頬を染めながら可愛《かわい》いことを言ってくれるのだが、ルーファスの指導は容赦がない。力のハンデを補うための動きを、ミネルバに徹底的に教え込もうとする。

それは彼が自分の身を案じているからだとわかっているので、ミネルバも積極的にトレーニングに励んでいた。

「よし、今朝はここまでにしよう。ミネルバ、今日教えた動きを忘れないように、部屋でもイメージトレーニングをしておいてくれ」

「はい。稽古をつけてくれてありがとうございました」

終了を宣言するルーファスに、ミネルバは息を弾ませてお礼を言った。訓練中は婚約者同士というより、師匠と弟子のような関係なのだ。

すっかり汗だくのミネルバに、タオルを持ったカサンドラが近づいてくる。

「ミネルバ様って本当に綺麗《きれい》」

「え!? すっぴんだし汗をかいてるし、適当にまとめた髪はくしゃくしゃだし、コリン兄様のおさがりのズボンとシャツ、履き古したブーツっていう格好なのにっ!?」

いまの自分がどれほど令嬢らしくないか、ミネルバにはよくわかっていた。カサンドラが「それはそうだけど」と微笑《ほほえ》む。

「それでもあなたは、私がいままで見た中で一番美しい女性だわ。普通の令嬢には決してできないこともやってのける、困難に屈しない人特有の美しさっていうのかしら」

「そ、そう?」

ミネルバは思わず苦笑した。必要に迫られたら——愛する人が見つかったら、カサンドラだってやってのけると思う。そう思いながら、受け取ったタオルで汗をぬぐった。

「男の人の格好をしたミネルバは、なかなか格好いいものね」

ソフィーが部屋に飾る摘みたての花を抱えて歩いてくる。

「でも、節度をわきまえた令嬢とは言い難い姿なのは間違いないわ。大急ぎで湯あみをして、髪を乾かして、ドレスに着替えなきゃ。今日はニューマンが面会に来る日なんだし」

ミネルバが答えようとしたとき「その通りです」という凜《りん》とした声が響いた。

「ここから先に必要なのは、美しく輝かしく立派な淑女の姿です。ヘアスタイル、メイク、ドレス、すべてを完璧に仕上げますよ。教育係としての私の手腕が問われるのですから」

建物の陰からテイラー夫人が出てくる。扇を揺らす彼女の後ろには、ミネルバがグレイリング入りしてから雇われたデザイナー、裁縫師、髪結師に化粧師がずらりと並んでいる。

彼女たちはミネルバだけではなく、なぜかソフィーとカサンドラも取り囲んだ。

テイラー夫人が扇を閉じる。彼女はその閉じた扇でミネルバたちの肩を順番に叩《たた》き――凄みのある笑みを浮かべた。

「さあ、女としての戦いの時間です。それぞれの役割をきっちり演じるために、最高に美しくなってもらいます。ぐずぐずしない！」

テイラー夫人の言葉に抵抗はできず、ミネルバたちは建物内に連行された。ジャスティンとマーカス、そしてルーファスの「頑張れ」の声を背中で聞きながら。

ミネルバの私室の前の廊下で、大勢の侍女が待ち構えていた。

「皆様、入浴をご所望とか。私たちでお手伝いいたします」

にっこり笑う侍女たちは、中央殿や他の翼棟から移動してきたベテランだ。ちなみにアシュランから連れてきた二人の侍女は、昨日コリンと一緒に故郷に戻った。

新しい面々は皇太后エヴァンジェリンや皇后セラフィーナの推薦を受けており、テイラー夫人のこともよく知っている。

迫力のある侍女に優しく手を取られて、カサンドラが盛大にうろたえた。

「あ、あの。私は汗もかいていませんし、花壇の手入れもしておりません。それに化粧も自分で済ませております。目元にこだわりがあるんです。ですから入浴の必要は……」

「ぐずぐず言っても無駄よ。テイラー夫人がこうと決めたら、私たちは抵抗できないの」

別の侍女に片方の手首を掴《つか》まれたソフィーが、諦めたように言う。ミネルバも静かにうなずいた。

逃れるすべなどない。三人そろって観念して、それぞれの浴室へと連れていかれる。

先日の舞踏会の準備のときよりも丁寧に洗われ、香油をすり込まれ、頭にタオルを巻いたガウン姿で部屋に戻る。最後にカサンドラがよろめきながら入ってきた。

いつもの妖艶な雰囲気とは真逆の、子犬っぽい垂れ目を見たソフィーが、あんぐりと口を開ける。

「あなた、本当に『あの』カサンドラなの？」

「ノーコメントにさせてもらえたら、本当にありがたいんだけど」

カサンドラが声を絞り出す。

テイラー夫人と髪結師と化粧師が、化粧台の前の椅子を引いた。それぞれの事情で疲れている三人は倒れ込むように椅子に座り、背もたれに寄り掛かった。

朝食もまだのミネルバたちのために、片手でつまめる軽食やフルーツのワゴンが運ばれてくる。

どうやら長丁場になりそうだ。

「髪を乾かしている間に顔のパックとマニキュア、それからヘアアレンジをしてメイクに取り掛かります。とにかく、私たちに任せておきなさい」

テイラー夫人が自信満々に言った。

ミネルバたちは彼女の腕前を『魔法の杖《つえ》のひと振り』と呼んでいる。美容に関する彼女のセンスは最高だ。

髪結師や化粧師との打ち合わせも済んでいるらしく、彼女たちは巧みな手つきでミネルバたちの世話に取り掛かった。すべてが終わったときには、それはそれは素敵な姿に変身しているに違いない。

デザイナーや侍女たちも総動員で、吸水性抜群のタオルと特殊な紙を駆使して三人の髪を乾かす。同時進行で、爪をやすりで整えマニキュアを施す。三人とも同じラベンダーの花のような色だ。

テイラー夫人と髪結師が、軽やかな手つきで髪をセットしていく。緩すぎず、それでいてかっちりしすぎないお団子をソフィーは右耳側に寄せ、カサンドラは左耳側に寄せる。真ん中で纏《まと》めたミネルバを挟んで、美しいシンメトリーになっていることに気が付いた。

テイラー夫人と化粧師が、怖いほど真剣な顔でメイクにかかった。

昼に人と会うとき用に、三人とも濃すぎず自然な仕上がりに。普段は黒のアイラインを愛用しているカサンドラも、柔らかい印象のブラウンで目元を完成させる。アイシャドウはベージュ、マスカラもブラウン系で上品だ。

いつものように派手ではないけれど、ちゃんと切れ長でクールな目元になっている。妖艶さが薄くなり、凜とした美しさが漂っていた。

化粧師がカサンドラに「いかがかしら?」と問いかける。

「すごく……気に入りました。何もかも素晴らしいわ。いつもは私だけ化粧が濃すぎて、ミネルバ様やソフィーさんと雰囲気が違っていたから」

カサンドラの返答に、椅子の後ろに立つ化粧師が満足げに微笑む。テイラー夫人と髪結師もだ。

彼女たちが、ミネルバたちを周囲にどう見せようとしているのかはわかってきたが、その努力をねぎらうのはドレスに着替えてからにすべきだろう。

「それじゃあ、ドレスを持ってきてちょうだい」

「はい、すぐに」

テイラー夫人の言葉に、デザイナーが答える。そして二人の侍女と衣装室の奥に消えていった。

三人分の上品な風合いのドレスを、それぞれが大切そうに両腕に抱えて戻ってくる。

穢《けが》れのない美しさと、なめらかな光沢があるクリーム色のシルクだ。派手すぎず優雅で品がある。

「舞踏会用のドレスと同じくらい気合を入れました。このドレスが上手《うま》く作用することを願いますわ」

デザイナーがにっこり笑う。ディリエラという名前の、二十代後半の女性だ。

彼女はグレイリング屈指の有名服飾店『リヴァガス』の元お針子で、テイラー夫人に見出《みいだ》されるまでは無名のデザイナーだった。

ミネルバがグレイリング入りした後、大勢のデザイナーが自らを売り込みに来たのだが、テイラー夫人はディリエラのデザイン画に、大きな可能性と秘めた才能を感じたらしい。

「とにかく着てみなくては。話はそれからです」

テイラー夫人の号令で、ミネルバたちの顔にフェイスカバーとして薄布がかけられる。三人とも着付け作業を大人しく受け入れ、背中の紐《ひも》がすべて編み上げられるのを待った。

「さあ。自分と、そして自分以外の二人を見てみなさい」

テイラー夫人がそう言って、ミネルバの体の向きを変えた。フェイスカバーが取り除かれ、夫人が後ろに下がる。

ミネルバはすぐに、目の前の光景にくぎ付けになった。ソフィーもカサンドラも、そして自分も――衝撃的なほど素晴らしい。

波のようなひだ飾りのついた襟元、デコルテ部分は繊細なレース、袖口にかけて広がるベルのような形の袖。

身頃と艶《あで》やかに足元まで流れ落ちるスカートには、鮮やかな蝶《ちょう》の刺繍《ししゅう》が入っている。一番大きな銀の蝶と、それより小さな金の蝶と赤の蝶が、生き生きと飛び交っているのだ。

「お揃《そろ》いのドレスなのね。蝶は私たちの髪の色よ。いい、いいわ。これこそ私たちに必要なドレスよ！」

こちらを見返すソフィーの瞳が、興奮で輝いている。

「凄いわ。本当に仲間になった気分……」

カサンドラは信じられないといった風に目をぱちくりさせ、それからうっとりした表情になった。

「ええ、完璧ね。三人ともタイプが違うのに、このドレスは全員の体にしっくりと馴染《なじ》んでいるわ」

シンプルだが独創的なデザインのドレスだ。まさにエレガンスの極みといった雰囲気がある。ミネルバは肩越しに鏡を見た。体の線にきれいにフィットしていて、後ろ姿も完璧だ。

「ディリエラさん、どうもありがとう。とても素晴らしいわ。同志であり仲間であり、主と女官である私たちの制服として、ぴったりの一着よ」

ミネルバが褒めると、ディリエラが嬉しそうに笑った。

「ミネルバ様もソフィー様も惚《ほ》れ惚《ぼ》れするほどお綺麗ですが、ドレスのテイストを合わせたらもっと素晴らしいだろうなって思っていて。そこにカサンドラ様が加わったから、よけいに」

カサンドラが納得したようにソフィーとミネルバを見る。

「たしかに、ソフィーさんは儚《はかな》い系よね。ミネルバ様は凜々《りり》しい系って言うのかしら。私は妖艶に見えるタイプだし。これだけ雰囲気の違う三人に似合うドレスって、凄いわ」

「あなた実際は子犬系だけどね」

「それは言わないで！」

ソフィーに茶化され、カサンドラが肩を怒らせる。ミネルバは「ふふ」と声を出して笑ってしまった。

メイクのテイストは統一され、ミネルバを挟んで髪型はシンメトリー、ドレスはお揃い。くすぐったい気分と心強さが入り混じる。ルーファスもきっと驚くに違いない。

「ミネルバ様とソフィーさんのドレスは、前からこっそり準備していたのです。カサンドラさんの分が追加になって、四日で仕上げるのは苦労しましたが、あの無礼な後見人に見せつけるために必要だと思いましてね」

テイラー夫人が満足げに扇を揺らす。

「では、効果のほどをたしかめましょうか。そこのあなた、ルーファス殿下たちを呼んできてちょうだい」

夫人が一番若い侍女に命じた。ほどなくしてルーファスとマーカス、そしてジャスティンが現れた。三人の青年たちがミネルバたちに目をとめて、はっと息を呑《の》む。

「これは凄いな。背筋がぞくぞくするぜ」

「ああ。それぞれがうっとりするほど綺麗だが、三人揃うと……強烈な存在感を放っているな」

マーカスが目を見開き、ジャスティンが口元に手を当てる。

ソフィーはカサンドラの背中を押すようにして歩き、彼女をジャスティンの前に押し出した。そして自分はマーカスの前に立ち、彼の目の前でくるりと回ってみせる。

「マーカス様、どうですか?」

「おうソフィー、とびきり綺麗だぜ！　エレガントでキュートで、いつもより凛々しくて、完璧以外の言葉が思いつかないっ！」

マーカスが拳を握って身もだえする。ほめちぎられてソフィーは嬉しそうだ。

「カサンドラさん。護衛としてではなく男として言わせてください。いまのあなたはとても綺麗だと。化粧が変わったことで、ミネルバやソフィーさんと調和して……劇的な効果を及ぼしている」

「あ、ありがとうございます。いつもの私には違いないのに、こんなに自然に見えるのは初めてで」

ジャスティンがため息交じりに言い、カサンドラの頰がピンク色に染まった。

四人の様子につい口元をほころばせていると、ルーファスに「ミネルバ」と呼ばれた。急いで彼を見ると、熱い眼差《まなざ》しを注いでくれている。

「気が遠くなりそうなほど綺麗だ」

「ありがとう。皆が私の全身をぴかぴかにしてくれたの」

褒められたのが嬉しくて、顔が赤くなるほどの喜びの波に襲われる。ミネルバは感謝の気持ちを込めてテイラー夫人やデザイナー、髪結師に化粧師、侍女たちを順番に見回した。

「お揃いのドレスをまとった君たちの迫力は圧巻だな。皆の注目を集めずにはおかないだろう。君が主人で、ソフィーとカサンドラが女官であることを、周囲に一秒たりとも忘れさせない」

ルーファスはテイラー夫人の意図を完璧に理解していた。夫人が表情を和らげる。

「今日は『たまたま』面会施設に、たくさんのお客様が来られます。貴族出身の使用人の家族の面会日が『たまたま』重なっていましてね。ニューマン一家は気合を入れて着飾ってくるでしょうが、皆から憧憬の眼差しを注がれるのはミネルバ様たちのほうですわ」

扇で口元を隠しながらテイラー夫人が微笑む。最高に頼りになる教育係にミネルバたちは目をしばたたいた。

戦闘開始時刻が迫ってきている。いまのミネルバたちの装いが誰にも負けないことは、疑いようのない事実だった。

「いやー、凄いものを見ましたよ。ニューマンの奴《やつ》が、約束の時間よりかなり早めに面会施設に来たんですけど――」

そんな声とともに、ロアンが部屋に駆け込んできた。

「うわ！　ミネルバ様もソフィーさんもカサンドラさんも綺麗ですねっ！」

ロアンがびっくりしたように立ち止まる。可愛い弟分の、こちらを見つめるまぶしげな目がとても嬉しい。

「ありがとうロアン。それで、ニューマンがどうしたの？」

「はい。あの、ニューマン一家がもう来ているんです、面会施設の控え室に。僕はちょうど、ミネルバ様たちが使用する予定の面会室の最終確認をしていて。大声で馬鹿なことを口走ってる奴がいるなー、でもニューマンにしては早すぎるなーと思ってたら、やっぱりニューマンだったんですよね」

ロアンは信じられないという口調で言った。

面会のための施設には、とても立派な控え室がある。名前に似つかわしくない広くて豪華な部屋だ。

宮殿で働く人々に会いに来る人物は、家族ばかりとは限らない。男性が未婚の侍女を訪ねてきた場合などは、ひと気のない個室で二人きりになるわけにはいかないから、控え室にいくつもある応接セットを使って面会できるようになっている。

礼節を保った上でプライバシーも守れるテラス席、バルコニー席などもあるが、そちらの利用は高位貴族が優先されている。

「今日は妙に面会希望者が多いらしくて、控え室も混み合ってるんですよ。だから僕、堂々とニューマンの様子を観察してきました」

ロアンはいたずらっぽく笑う。ミネルバも微笑んだ。

「想像がつくわ。爵位を継いだわけでもないのに、控え室にいる方々と対等――いえ、それ以上に偉くなったと勘違いしているんでしょう」

ロアンが「おっしゃる通りです」とうなずく。

ニューマンはまだ商人に過ぎず、貴族たちが集まる行事には参加できない。そして皇族に仕える使用人には、男爵家や子爵家の縁者が数多くいる。だからニューマンはこの機会に、控え室にいる下位貴族の関心を得ようとしているのだろう。

マーカスが呆《あき》れたように口元を歪《ゆが》める。

「テイラー夫人でさえ、ニューマンへの対応には手を焼いたらしいもんな。守衛の騎士に力尽くで追い払われたってのに、反省の欠片《かけら》もなしか。おいロアン、ニューマンはどんなことを言っていた？」

「やあやあ諸君！　さあ、最初に次期公爵と親しくなるのは誰だ？」

ロアンはすぐさまニューマンになりきり、横柄な態度でマーカスをじろじろ見た。そして彼の肩を強く叩く。

「ほう、君はバートン男爵というのか。最初に私に挨拶した礼儀正しさにはしかるべき敬意を払い、尊重してやろうではないか。そっちはモリソン子爵か。なんだと、屋敷に招いてほしいだと？　いいだろう、私たちはもっとよく知り合わなくてはな。公爵家のもてなしを存分に堪能させてやるぞ！」

大口を開けて笑うロアンを見て、カサンドラが「恥ずかしい……」と小さくうめく。

「とまあ、こんな感じです。注目の的になれて嬉しくてたまらないってとこですね。思いっきり有頂天になってます。もちろん渋面の人もいるんですけど、ものともせずに近づいては『商人風情と見下しているんだろう。私が公爵になったら後悔することになるぞ！』って叫んでますね」

「勘弁してくれ……」

ジャスティンがうめいた。

ニューマンはどうしてそこまで、自分が公爵になると信じ切れるのだろう。メイザー公爵の有罪が確定したわけでもないのに。

ミネルバはルーファスと静かに目を見交わした。ニューマンの態度の裏には、絶対に何かが潜んでいる。彼もそう思っていることが、容易に察せられた。

「これ、控え室にいる面会者の一覧です。ぱぱっと書き写してきました」

ロアンが胸ポケットから四つ折りにした紙を取り出す。彼は何でもかんでも面白がるような子だが、ミネルバの役に立ちたいという意思もはっきりと感じられるのだ。

紙に書かれた名前は、やはり下位貴族ばかりだった。次期公爵を名乗る人間を相手に、無言でいるわけにはいかないだろう。ニューマンは初めての社交の場で、骨の髄までいい気分になっているはずだ。

ミネルバは紙に書かれた名前をすべて記憶した。グレイリング貴族名鑑はすべて頭に入っているから、その配偶者や子どもの名前もすぐに思い浮かべることができる。

「どうするミネルバ。予定通り、個室でニューマン一家と面会するか？」

ルーファスに問われて、数秒考える。

「いいえ。真っすぐ控え室に行くわ」

ミネルバはきっぱりと答えた。

下位貴族の中には、雲の上の皇族に愛嬌《あいきょう》を振りまいても、あまり身にならないと考える人間が一定数いる。実用性があるのは上位貴族とのコネというわけだ。

「ニューマンに興味を示している下位貴族が大勢いる場所で、私たちの力を示した方がいいと思う。少し型破りではあるけれど」

ルーファスが「そうか」とうなずく。テイラー夫人は何も言わない。つまり賛成ということだ。

「ソフィー。それからカサンドラ――さん、はもう省略させてもらうわね。四日前よりも、あなたが身近に思えるから」

ミネルバはソフィーとカサンドラの背中に腕を回した。途端に二人とも笑顔になり、円陣を組んで見つめ合う。友情と、主人と女官との絆《きずな》を確認しあった。

「私の大切な友達、信頼する女官、ソフィーとカサンドラ。さあ、行きましょう」

ミネルバたちの警護には、ジェムやエヴァン、ロアン、そして普段はルーファスについているセスとペリルが総がかりで当たることになっている。

ルーファスはもちろん、ジャスティンもマーカスも待つのは耐え難いだろうが――あいにくニューマンには、皇弟やその婚約者の身内が直々に会ってやるほどの値打ちはない。何より『妃《きさき》の庇護《ひご》』は、ミネルバが上手く処理しなければならない問題だ。

ミネルバが歩き出そうとしたとき、テイラー夫人がごほんと咳払《せきばら》いをした。彼女は女官の総取締役でもあるので、もちろん付いてくるべきなのだが。

「扇を部屋に忘れてきました。私は三分ほど席を外します。戻ってから出発しましょう」

「ええ……テイラー夫人。じゃあ後で」

夫人は返事代わりにひらひらと『扇』を揺らした。状況を把握できないカサンドラとジャスティンが首をかしげている。

「あのばあさんも、ずいぶんと身近に感じられるようになったなあ」

「ええ。厳しい教育係以上の存在だわ。実の祖母ほど甘くはないけれど、作り物じゃない温かみを感じる」

テイラー夫人が出ていくと、マーカスとソフィーはあっという間に二人の間の距離を縮めた。そして鼻と鼻が触れ合うほど顔を近づける。

「マーカス様、行ってきます。私たちに何かあったら来てくださいますよね？」

「当たり前だぜ。ソフィーをどんなものからも守ってやるために、毎日鍛えてるんだからな！」

溢《あふ》れ出る愛が止まらない様子の二人を見て、ジャスティンが「なるほど」とうなずいた。礼節が守られているかどうか監視する人が、いちゃいちゃするための時間を与えてくれたことがわかったらしい。

「しかし、恋というのは人を変えるな。あんなに女性の扱いが下手だったマーカスが……」

「本当に。ソフィーさんって控えめで、人前ではしゃぐタイプじゃなかったのに……」

「ジャスティン兄さんもカサンドラさんも、恋したら変わるさ。ほら、三分を上手く使えよ！」

マーカスに背中を押され、ジャスティンはカサンドラと見つめ合うしかなくなった。

「あ、あの。私にとって大事なのは、あなたの身の安全です。中央殿の騎士と連携して、陰からしっかり目を光らせておきます。何かが起きたとしても、すぐさま駆けつけられる場所にいます。

ニューマンと対峙《たいじ》するのは疲れるでしょうが、頑張ってください」

「はい……怖いことがあったら、すぐにお呼びしてもいいですか？」

「もちろんです」

ジャスティンがおずおずと、でも心を込めてカサンドラの手を握った。護衛騎士としての熱意以上のものを感じたのか、カサンドラが顔を火照らせる。

ミネルバはルーファスの方へ顔を向け、にっこり笑った。

せっかくのドレスやメイクを崩さないためだろう、ルーファスがミネルバの肩にそっと手を置く。

「ミネルバ。君が誰の期待も裏切らないことはわかっている。未来の皇弟妃としての素晴らしさを、ニューマンにとことん見せてやれ」

これ以上嬉しい言葉はなかった。ミネルバが口を開こうとしたとき、ルーファスに左手を握られた。

彼は手の甲に口づけを落とし、さらに手を返して手のひらにも口づけを落とす。

「しかし必要なら、私を武器にしてニューマンをぶん殴ること。いいね？」

つまり、必要ならルーファスの権力と影響力を最大限に利用しろということだ。これについては遠慮してはだめだと、いつも言われている。

「賢く使って、ベストを尽くすわ」

もうすぐテイラー夫人が戻ってくる。ルーファスが放してくれた手を、ミネルバは自分の胸に当てた。

しっかりと見つめ合う。愛と尊敬が宿る目で。

壁際で遠い目をしていたロアンが「きっかり三分」とつぶやいたとき、テイラー夫人が部屋に入ってきた。

身も心も準備が完了したのだから、そろそろ対決しようではないか。

ミネルバたちは馬車で中央殿に移動し、十五分後には面会施設の廊下まで来ていた。ルーファスたちは最短距離を馬で駆けるので、五分もかからないはずだ。ヒーローたちは、きっと陰から見守ってくれている。

廊下でも多くの人々がミネルバたちの姿を目撃し、テイラー夫人の意図するところの『憧憬《しょうけい》の眼差し』が、十分すぎるほど注がれた。

何かをまくしたてている声がかすかに聞こえてくる。どうやらニューマンは、控え室にいる皆の注意を引くことに、無上の喜びを感じているらしい。何をわめいているのかは、容易に想像がついた。

「あらら。ニューマンは大いに楽しそうね」

廊下を歩きながらソフィーが言うと、カサンドラはため息をついた。

「あの人、目立つことが大好きなのよ。居合わせた人には同情を禁じ得ないわ」

下位貴族たちは、次期公爵を名乗る人間に相応の敬意を払って接しているようだ。表面上だけのことかもしれないが。

「普通の面会であれば、見物人はいないに越したことはないのだけれど。今回は問題解決の役に立つと確信しているの。さあ、中に入りましょう」

ミネルバの言葉を合図に、ロアンとエヴァンが両開きの扉を大きく開く。ソフィーを右に、カサンドラを左に、そしてテイラー夫人を背後に引き連れて控え室へと足を踏み入れた。

ざわめきがぴたりとやむ。椅子に腰かけていた人々が慌てて立ち上がる。全員の視線がミネルバたちを追う。あんぐりと口を開ける人がいる。まぶしい陽光を見るように目を細める人もいる。

いまのミネルバたちは格別に綺麗だ。三人並ぶと、どうにも無視しようのない強い磁力のようなものが出ているはずだ。見る者たちの反応から、どういった感想を抱いたのかを読み取れるくらいの社交経験は積んでいる。

皆の注意を自分たちに引きつけながら、洗練された気品を絵にかいたような完璧な歩き方で控え室の中央まで進んでいく。

足を止めたミネルバは、混雑した控え室を極めて冷静に見渡した。

ニューマンはすぐに見つかった。

貴族的ではないのは彼だけだったからだ。つむじが薄くなった髪、脂ぎった顔には貪欲さと狡《ずる》さが浮かんでいる。

派手に飾り立てた上着とズボン、妙な光沢のあるシャツにメイザー公爵家の紋章入りのクラバットという姿からも、公爵の位を継いだ未来しか思い描いていないことがわかる。

彼のすぐ近くに、唇を真っ赤に塗った二人の女性がいる。妻のリリベスと娘のサリーアンに違いない。不自然にカールさせた茶色の髪も、厚塗りのメイクもそっくりだ。香水の濃すぎる香りが、ミネルバたちのいるところまで漂ってくる。

彼女たちは、社交界をあっと言わせてやろうという野心に満ちたドレスを着ていた。恐らく『リヴァガス』のメインデザイナーが手掛けた特注品だろう。

現メイザー公爵の娘として、カサンドラが当然使えるはずだったお金をすべて取り上げておいて、これほど豪華《ごうか》絢爛《けんらん》な衣装でやってくるとは——さすがに酷《ひど》すぎる。

一歩前に踏み出すと、周囲の人々がミネルバの動きを追うように頭を動かす。自分が簡単に丸め込めるような小娘ではないことを、ニューマンにわからせる必要があった。

「あまりにもお美しくて、圧倒されそうだ」

「見て、あのドレス。うっとりするほど素晴らしいわ」

「遠巻きにお姿を見たことはあるけれど、間近でお目にかかれるなんて……」

控え室にいる人々が崇拝の眼差しでミネルバたちを見つめている。

何人もの下位貴族とその配偶者たち全員の名前を、ミネルバは正確に思い出すことができた。

うやうやしく拳を胸に当て、頭を垂れるオベール子爵。膝を曲げて深々とお辞儀をするパーマー男爵未亡人。ミネルバはゆっくりと歩み寄り、彼らと握手をしたり社交辞令を交わしたりした。

控え室は社交の場でもあるので、これはごく当たり前の行為だ。ニューマンとの約束の時間に遅れているわけでもない。

人々の関心がこちらに向けられている中、ミネルバはちらりとニューマン一家を見た。彼らの反応は、ミネルバの予想した通りだった。

ついさっきまで自分たちが燦然《さんぜん》と輝いていたのに、いきなり主役の座を奪われてしまった。それが癪《しゃく》に障ってならないのか、いまにも爆発寸前といった表情だ。彼らは腹立たしげな足取りでこちらに歩み寄ってくる。

ニューマンが人々の視線を遮るように、ミネルバたちの前に割り込んできた。

「こ、困りますなあミネルバ様、まず最初に私たちのところへ来ていただかないと！　こちらは緊急の用件で来ているのですよ。何より次期公爵が相手なのですから、道理をわきまえて――」

「おだまりなさい。道理をわきまえるべきはあなたのほうです」

ソフィーがぴしゃりと遮る。カサンドラが厳しく冷たい表情を作り、さらに言い添える。

「あなたはまだ公爵の身分ではありません。ミネルバ様に何かを要求できる立場ではないのです」

「な……っ」

ニューマンが怒りで顔を赤くする。しかし二人の女官が言ったことは事実だ。彼女たちはニューマン一家に、自分たちがこの場の誰より低い立場にあることを思い出させたのだった。

周囲の人々がざわつく。誰もがカサンドラの驚くべき変貌ぶりに衝撃を受けているようだ。

少し前までミネルバと敵対していたはずなのに、どこから見ても有能な女官そのものだし、お揃いのドレスにもミネルバの臣下であることがはっきりと打ち出されている。

ニューマンの娘のサリーアンが、険しいまなざしでカサンドラの全身を値踏みするように眺め回した。そして、瞳に小ばかにしたような光を浮かべる。

「素敵よ、カサンドラ。でもそれ『リヴァガス』のドレスじゃないでしょう？　あなた、子どものころからあそこのメインデザイナー、リヴァガス・ケントンがデザインしたドレスしか着ないって決めてたんじゃなかった？」

カサンドラが静かに答える。

「いまの私には、女官としてふさわしい装いをすることが重要なの。それにこのドレスはエレガントで独創的だわ。ディリエラ・トッドという新進気鋭のデザイナーの作品よ」

サリーアンが「聞いたこともないわ」と小声で言う。

「ちょっとシンプルすぎるんじゃない？　私はもっと高級感のあるデザインがいいと思うわ。ほら、私のこのドレスはリヴァガス・ケントンの最新作よ。私のほうが遥《はる》かに目立つわ」

そんなことを言いながら舐《な》め回すようにカサンドラを見ているのだから、こちらのドレスが素晴らしい出来だと認めているようなものだ。

ミネルバもソフィーも同じドレスを着ているのだが、サリーアンの目には入っていないようだ。

うぬぼれの強い彼女は、常にカサンドラに勝っていないと気が済まないらしい。

「サリーアン。ディリエラさんはリヴァガス・ケントンの弟子の中で、一番優れた人なの。リヴァガスを背負って、ミネルバ様のデザイナーに応募してきたのよ。これがどういうことか、あなたにわかるかしら？」

カサンドラはにっこり微笑んだ。

サリーアンがきょとんとした顔になる。言葉の意味がぴんとこないらしい。後ろにいた母親のリリベスが、慌てたように彼女の手を引っ張った。

「ちょっとお母様、私はまだカサンドラと話が――」

「いいから、あなたは黙っていなさい。ドレスのことは言っちゃ駄目！」

リリベスの叱責に、サリーアンはむっとした顔をした。彼女はもう二十歳になるというのに、いつも周囲を困らせている我儘《わがまま》娘であるらしい。

さらに何かを言おうとするサリーアンの口を、リリベスが手で塞いだ。

（ディリエラさんはリヴァガス・ケントンの秘蔵っ子。つまり、私たちのドレスを貶《けな》すことは、偉大なリヴァガスを貶すのと同じこと。ここにいる淑女で、リヴァガスもしくはリヴァガスを模倣したドレスを着たことのない人はいないものね）

つまりテイラー夫人はミネルバのために、誰も貶すことのできないデザイナーを選んだのだ。貶せば自らの装いまで否定することになってしまう。

サリーアンは不満そうな表情を隠そうともせず、母親を睨《にら》みつけると奥のソファへと走り、どさっと腰を下ろした。

ソフィーが呆れたように肩をすくめる。遠くから「あれが次期公爵の娘とは信じられない」という、誰かの小さな声が聞こえた。

マナーを重んじるなら、ここでサリーアンの無礼を責めるべきだが——皆の目の前で、こちらに都合よく動いてくれているので不問とする。

「ニューマンさん。私たちもあちらに座りましょうか？」

ミネルバは尋ねた。あの状態のサリーアンを移動させるのは至難の業に違いない。案の定、ニューマンが決まり悪そうな笑みを浮かべる。

「え、ああ……そうですな」

「これから意見を戦わせることになりますし。どちらが第三者の支持を得られるか、わかりやすくていいかもしれませんね」

ミネルバの言葉に、ニューマンがなるほどという表情を浮かべた。

彼の近くにいるモリッシー男爵、セルマー男爵は興味津々で好奇心丸出しだ。そして、ニューマンに取り入りたくてうずうずしている。

モリッシー男爵がずる賢そうな声で「よいではないですか」とニューマンの背中を押す。

セルマー男爵も「世間の目にどちらが正しく映るか、はっきりさせましょう」と猫なで声を出した。

「うむ、そうだな。他人の家のことにくちばしを挟むのがどれほど非常識なことか、ここにいる皆にも知ってもらう必要がある。ではミネルバ様、私たちもあっちのソファへ行きましょう」

へつらいの笑みを顔に貼り付ける取り巻きに励まされ、ニューマンが悦に入《い》っているのがうかがえた。マナーなどという彼にとってささいな問題は、頭から吹き飛んでしまったらしい。

ニューマンはリリベスを伴ってソファへと足を進め、すでに座っているサリーアンの右と左にそれぞれ腰を下ろした。

「ミネルバ様より先に座るのは失礼に当たります。未来の皇弟妃様の前では礼儀を守っていただきたいわ」

釘《くぎ》を刺すソフィーの声は凍りつきそうなほど冷たかった。

「次期メイザー公爵を名乗るなら、礼儀正しくすることにも慣れたほうがいいでしょう。いますぐ立ってください」

カサンドラが容赦のない厳しい声で言う。

ミネルバの頼もしい女官たちは、必要とあらば牙をむく。無礼を寛大に見逃すつもりはないのだ。その圧倒的な威圧感の前にニューマン一家が息を呑む。はねつけることはできないが、プライドが邪魔をしたらしく、三人はのろのろとした動きで立ち上がった。

ミネルバは優雅な身のこなしで、ニューマン一家の向かい側のソファに座った。ミネルバの右側にソフィー、左側にカサンドラが腰を下ろす。

控え室付きの使用人がティーワゴンを運んできた。テイラー夫人がお茶の給仕をするため、ポットに手を伸ばす。

揃ってむっとした表情を見せるニューマン一家も、再度ソファに身を沈める。全員にお茶が行き渡ったことを確認し、ミネルバはにこやかに口を開いた。

「それでは、話し合いを始めましょう」

ニューマンが目を細めて敵意をむき出しにする。

「私は法によって認められた後見人です。その私にカサンドラとの一切の接触を禁じるとは、極めて傲慢ではありませんか？」

彼は唾を飛ばしながら抗議を続けた。

「妃《きさき》の庇護《ひご》などという黴《かび》の生えた制度を持ち出すなど、言語道断。ミネルバ様は属国のご出身で、宗主国の皇弟の婚約者にまで上り詰めたのだから、舞い上がるのも仕方ないのかもしれませんが」

たまたまルーファスに愛されたおかげでいまの地位があるにすぎないのだから、でしゃばるなということだ。

部屋の温度がすっと下がったような気がした。ソフィーとカサンドラが殺気を漂わせている。

ニューマンがふんと鼻を鳴らした。

「カサンドラ。さっさと正気に返って屋敷に戻ってこい。ほんのわずかな血の繋《つな》がりしかないとはいえ、お前の父親が拘置所で、はっきりとこの私を監督義務者に指名したのだからな」

ふんぞり返るニューマンの横でサリーアンが口元を歪《ゆが》めた。真っ赤な口紅がまるで毒花のように見える。

「本当に、何が不満だったのかわからないわ。お父様もお母様も、あなたのために最善を尽くしたのに」

狡猾《こうかつ》そうな顔立ちをしたリリベスが、ハンカチを取り出して目に押し当てた。

「カサンドラさん、私はあなたにとって満足な母親代わりではなかったのね。たしかに私は平民の出よ。それでも精一杯尽くしたのに、あなたがミネルバ様に庇護を求めたと知ったときは、ショックだったわ……」

リリベスが嗚咽《おえつ》を漏らす。彼女の泣き落としは一種の才能だ。これならば周囲も同情を寄せるだろう。

ミネルバは穏やかに言った。

「たしかに、満足ではなかったでしょうね。自分の部屋に監禁され、十分な食事も与えられないような生活では」

「ま、まあ！　小娘のたわごとなんか真に受けないでくださいな！」

リリベスが大きく目を見開く。

凄腕《すごうで》の調査員であるジミーから情報を手に入れていることを、ニューマン一家は知らない。彼らは使用人を恫喝《どうかつ》しているので、カサンドラ以外の口から悪事が表に漏れるとは思っていないのだ。

「まったく、あなたって子はどうしてそんな嘘《うそ》をつくの？　ミネルバ様にお詫《わ》びしなくては。カサンドラは父親が拘留されて、ショックで食事が喉を通らなかっただけなんです。私たちが外に出るように言っても、問答無用で扉を閉めて……傷ついている娘に、あれこれ強いることはできないでしょう？　私たちは、良かれと思ってそっとしておいたんですよ」

リリベスの弁舌は巧みとしか言いようがなかった。こちらが黙っていると、ニューマンがぎらりと目を光らせ、前のめりな姿勢になる。

「まったく。一方の意見のみを鵜呑《うの》みにするなんて、恥ずかしいことですよ！」

してやったりという表情で、ニューマンはさらに言葉を続けた。

「カサンドラへの同情心から救いの手を差し伸べたのでしょうが、とんだ見当違いです。妃が個人的に使える保護制度など、百害あって一利なしだっ！」

ニューマン一家に存分に喋《しゃべ》らせるつもりだったので、ミネルバはただ超然としているだけなのだが——ニューマンはそれを、返す言葉がないと受け取ったらしい。

何人もの見物人の視線が、ニューマンの主張が正しいと思っていることを暗に示している。それも手伝って、彼は見事に調子に乗った。

「カサンドラは生まれ育ちゆえに、お高くとまった生意気な娘でね。おまけに父親が道を外れて恥をさらした。つまりカサンドラはもう、傷物なんです。甘い夢などは捨てなければならない」

「だから体よく追い払おうとしたのですか？　四十歳以上も年上の男性との、望まない結婚を押し付けて」

「父親が犯罪者という暗い経歴がついて回る娘に、熱烈な恋ができるとお思いですか？　傷物である以上、もはや選択の自由などないんです。地位も富もある相手を見つけてきただけでも褒めてほしいくらいですよ」

ニューマンはソファの背に寄り掛かって、不敵な笑みを漏らした。

「結婚してしまえば、愛情などというものは後からついてきますからね。生まれたときからいずれ結婚するために教育されてきた娘が、いつまでも独身で働けば後ろ指をさされてしまう。ミネルバ様はカサンドラに、そんな悲惨な人生を送れとおっしゃるんですか？」

悪びれもせずに言うニューマンを、リリベスが誇らしげに見つめている。サリーアンは飽きてしまったのか、コンパクトを開いて化粧を直し始めた。

「カサンドラ。さあ、帰ると言いなさい。親代わりの私が決めた相手と、黙って結婚すればいい。それでこそ公爵令嬢だろう？　リンワースは裕福で、新しく生まれ変わるメイザー公爵家の役に立つ。大事なのはそれだけだ」

取り巻きのモリッシー男爵が軽く咳払《せきばら》いをして「おっしゃる通りですな」とつぶやく。ミネルバの近くに立っていた何人かの貴族が、おずおずとニューマン側へと移動した。

「ミネルバ様、考えを変えるならいまですぞ。ルーファス殿下との結婚前から貴族の反感を買うのは、皇帝陛下もいい顔をなさらないでしょう」

「なるほど、よくわかりました」

ミネルバは肩をすくめて言った。ニューマンが「では」と身を乗り出したところで、遮るように厳しい声を出す。

「あなたたちがいかに品性下劣であるか。良心も道徳心もない後見人が、どんな恐ろしい仕打ちをするのか」

「な、なんですと？」

穏やかながら、ぞっとさせる威力のあるミネルバの声に、ニューマン一家が当惑している。

「メイザー公爵家を支配している気でいるのはただの錯覚でしかないと、いまから教えて差し上げますわ」

冷たく威圧的なまなざしで、ニューマンを真っすぐに見つめる。この男がいつだって自分の利益しか考えない最低の人間であることは、十分すぎるほどわかった。

必要なら、私を武器にしてニューマンをぶん殴ること――ルーファスの言葉が脳裏に蘇《よみがえ》る。いまがまさにそのときだと、ミネルバは思った。

「テイラー夫人、例の物をニューマンさんに」

ミネルバがさっと片手をあげると、テイラー夫人が「はい」と答えてニューマンを一瞥《いちべつ》する。

夫人が書類を手に近づいてきたので、ニューマンが眉をひそめた。こちらの意図がわからないいま書類を受け取り「なんですかな」と低い声でぼそぼそと言う。

「報告書です。あなたが後見人として不適任だということを証明するための、必要な情報がすべて書いてあります。ひとつひとつ読み上げる気はありませんので、ご自分で目を通してください」

「じょ、情報？」

ニューマンの体がわなわなと震えた。

ミネルバは彼の心の声が聞こえたような気がした。いくら皇族とはいえ、たった四日で正確な情報を手に入れられるはずがない——そんな風に、自らに言い聞かせているのだろう。

一家の座っているソファの後ろに人々が集まってきている。

ニューマンは体をひねってセルマー男爵をはじめとする着飾った男女を見回し「散れ！」と叫んだ。

蜘蛛《くも》の子を散らすように人々が逃げたのを確認し、ニューマンが前に向き直る。しかしミネルバからは、モリッシー男爵が抜き足差し足で忍び寄ってくるのが見えた。

彼は間違いなく、盗み見た内容を控え室の外に漏らすだろう。ミネルバは少し考えて、ニューマンのために追い払ってやる義理はないと結論付けた。それもまた、ニューマンの行為にふさわしい報いだ。

「急いで集めた情報というのは、しばしば信用できないものですよ」

ニューマンはそんな強がりを言いながら、恐る恐るといった手つきで表紙をめくった。リリベスとサリーアンも、ニューマンにぴったりくっついて報告書を覗《のぞ》き込む。

しばしの沈黙が流れた。

読み進める三人が頬を赤く染める。冷や汗を拭い、動悸《どうき》を鎮めるように胸に手をやり、歯を食いしばり——読み終わるころには、彼らはすっかり顔色を失っていた。

後ろから盗み見ていたモリッシー男爵が、下品としか言いようのない笑みを浮かべる。

「ご、誤認情報だ。でたらめだ。いわれのない侮辱だ！」

モリッシー男爵の視線に気づいたニューマンが、力任せに報告書を握りつぶした。しかし男爵は人がたくさんいる方へ去ってしまった。かなり足早に。噂話《うわさばなし》になるのは防ぎようがないだろう。

「う、うちの使用人がこんなことを言うはずがないっ！」

「驚くのも無理はありません。あなたは使用人を恫喝し、注意深く監視していたのですから」

控え室にミネルバの声が響く。威厳と落ち着きが満ち溢《あふ》れた態度で、さらに言葉を続けた。

「ジェイコブ・ニューマン。あなたが相手にしているのは、世界の陸地面積の三分の一にも及ぶ巨大な帝国を統治するグレイリング皇家です。私たちの勢力圏内で、私たちに知られずに済むことなど何ひとつないのです」

ミネルバは精一杯の威厳を込めて言った。人々をかしこまらせる皇家特有の威厳が、己の姿からも滲《にじ》み出ていたらいいのだが——そんな風に思っていたら、ニューマンが本能的な恐れを感じた小動物のように背中を丸めた。

ニューマンを容易ならざる状況に追い込んだ報告書には、カサンドラが非人道的な扱いを受けたこと、彼女個人の財産を浪費したこと、使用人たちが絶えず脅されていたことが詳細に書かれている。

さらにバルセート王国に滞在している諜報員《ちょうほういん》が、伝書鳥ハルムを飛ばして追加の情報を送ってくれた。グレイリング帝国の情報伝達の速さには目を見張るばかりだ。

ニューマンが営んでいた宝石店が抱える、緊急に返済しなければならない借金問題。リリベスとサリーアンによる従業員へのいじめや嫌がらせ。その他にも、ニューマン一家に不利な証拠が大量に出てきた。

「あなた方の行いが、皇帝陛下と皇弟殿下の不興を買うのは明白です。遠からず、公正な決断が下されるでしょう」

「わ、私から後見人の権限を奪うと？　そんなことをしても、私は公爵になるんだ。カサンドラに対して責任がある！」

「責任には誠実な行動が伴わなければなりません。あなたの振る舞いは決して容認できない。後見人として失格です。私はこれに関して、譲歩の気持ちなど持ち合わせておりません」

ミネルバはきっぱりと言った。

「こ、この娘の父親は罪を犯したんだぞ。他国に極秘情報を売ろうとしたんだ。グレイリングに対する反逆だ。あ、あんた、重罪人の娘をどうして庇護するんだよ!?」

「たとえそうだとしても、親の罪で子が苦しむことのない世の中でなければならないからです」

この場を支配しているのが誰であるかを知らしめるように、ミネルバはニューマンを睨《にら》みつけた。

「それにメイザー公爵の有罪は、まだ決まったわけではありません。多少なりとも血の繋がりがあるのなら、潔白を信じるべきではありませんか？　それなのにあなたは、公爵が有罪になればいいと思っている。それを通り越して、有罪を確信しているようにも見えます」

「ぐ……っ！」

ニューマンは喉の奥が締め付けられたような声を出した。

彼の目が揺らいだのを、ミネルバは見逃さなかった。やはりこの男、何かを隠している。さらに人員を割いて、しらみつぶしに調査したほうがよさそうだ。

カサンドラを取り戻すというニューマンの野望は、粉々に打ち砕くことができた。もうお引き取り願ってもいいのだが、あとひとつ、どうしても伝えておきたいことがある。

「ニューマンさん。妃の庇護が滅多に使われないのは、どうしてだと思いますか？」

ミネルバは真っすぐにニューマンの目を見据えて言った。

ニューマンが「え？」と聞き返すまで、一瞬の間があった。何を聞かれたのかよくわからないという顔をしている。

「そ、それは……父親や後見人の権限を奪うような真似《まね》を、グレイリングの貴族が許さないからなのでは……？」

「そうではありません」

ミネルバは首を横に振った。

「歴代の皇帝陛下や皇弟殿下が、女性の権利を尊重してきたからです。力を合わせて帝国を統治するパートナーとして、妃を愛し、敬意を払っている。皇家と帝国への忠誠心に溢れる貴族たちはそれを見習い、自分に未来を託してくれた妻や、生まれてきた娘を大切にしています」

実際グレイリングの皇家では、婚約破棄などただの一度も行われたことがない。どの夫婦もお互いを愛し、尊敬し、頼りにしてきた。

「グレイリングは女性の権利に対して、世界で最も先進的な立場をとっていると言えるでしょう。土地や財産の所有が認められていますし、皇帝トリスタン様は女性の社会進出の推進派でいらっしゃいます。皇太后エヴァンジェリン様と皇后セラフィーナ様は、女性の権利を守る運動をしていらっしゃる」

妃は女性たちの見本だ。妃が夫と対等であれば、他の女性たちもそれに倣おうとする。

もちろん、誰もが幸せな結婚ができるわけではない。その場合グレイリングの女性は、自ら夫に離婚を突きつけるという、強くて勇気ある行動に出ることが多い。

「女性を物扱いし、不幸な暮らしを強いるような男性と結婚するという事態が、他国よりずっと少ないのです。だから妃の庇護は、あなたが言うところの『黴の生えた制度』になった」

ニューマンが冷水を浴びせられたような顔になる。リリベスは怯《おび》え、サリーアンは弱気になっているようだ。

「メイザー公爵家はグレイリングでも屈指の由緒ある旧家です。その家を継ぐということがどういうことか、あなたは全くわかっていない。傲慢な態度と、それに見合わない教養のなさが明らかになるばかり。高位貴族ほど、より厳しい基準で判断されるというのに」

ニューマンがぱっと顔を赤くする。

ミネルバは立ち上がった。ソフィーとカサンドラも後に続く。

「私の婚約者ルーファス殿下は、トリスタン陛下の御代《みよ》をよりよくするために尽力しています。皇弟としての責務の重要性を認識しているからです。ですから私も、己の責務を決して怠りません。血の繋がりのある人間が守ろうとしないのだから、カサンドラは私が守る。何があっても妃の庇護をやり抜きますから、これ以上議論を続けてもあなた方に得るものはありません」

ミネルバの落ち着きぶりは、狼狽《ろうばい》するニューマン一家とは見事に対照的だった。決意を込めた目で彼らを見つめ、最後の言葉をはっきりと告げる。

「さあ、出ていきなさい。選択肢はありません、これは命令です」

ニューマンが「世間知らずの小娘がっ!」と小声で毒づく。

「あなたがどれほど愚かか、わかるくらいには知っています。無礼も度が過ぎると、さらなる報いを受けることになりますよ」

ミネルバが静かに答えると、ニューマンの傲慢な顔が歪んだ。

「ど、どうすることが一番得か、よく考えた方がいいですぞ。属国出身のミネルバ様には支持者が必要でしょう。私はいずれ公爵になる人間だ。あなたにとって、頼りになる支持者になりますよ。カサンドラに肩入れして、愚かな決断をするべきじゃない」

ニューマンの猫なで声には白々しい響きがこもっている。

「支持者は自力で増やします。属国出身だからこそ、皇弟妃の重責を担う能力があることを証明しなければなりませんから。それに価値観が合わなければ、長続きする良好な関係は生み出せません。あなたのような人間は、私の人生の邪魔になるだけです」

ミネルバはきっぱりと言った。ニューマンは舌打ちし、媚《こび》を含んだ視線をカサンドラに向ける。

「カサンドラ、温室の花のように育てられたお前に、自立なんて無理に決まってる。リンワース子爵に嫁げば、女官よりずっと行動の自由があるぞ。どうしても嫌なら、違う男を探してやろうじゃないか。それに本当は、自分よりも出自が卑しい女に頭を下げるなんて嫌なんだろう?」

「いまの私は、ミネルバ様に崇拝の念を抱いています。私のために勇気ある行動を起こし、未来を開いてくださった。知性のレベルは私と互角にやり合えるほどですし、心の美しさは私など足元にも及ばないほどです」

カサンドラから賞賛の眼差《まなざ》しを注がれて、ミネルバは心から嬉《うれ》しく思った。彼女の言葉にふさわしい人間にならなければ。

ソフィーが厳しい目でニューマンを見つめながら、彼に口を開く隙を与えずに言葉を発する。

「私たちはミネルバ様の女官であることに、大いなる誇りを抱いています。いずれこの国のすべての人間が、ミネルバ様の価値を知るでしょう。心から尊敬するでしょう。ここにいる貴族の皆様は、すでに同じ思いのようですが」

ニューマンが「なんだと？」と目をきょろきょろさせる。次の瞬間、彼は全身を稲妻に貫かれたかのようにぎくりとした。ようやく自分が危険な状況に置かれていることに気づいたのだ。

「な、なぜそんな目で私を見るんだ……」

いまや全ての貴族がミネルバの側に立っていた。

彼らがニューマンに注ぐ視線は、軽蔑すべき類の人間を見るものだ。モリッシー男爵のおかげで、ニューマン一家の卑劣で愚かな行為がよく伝わったらしい。

誰もが視線で彼らを非難している。リリベスとサリーアンが、恥ずかしさと悔しさに身もだえしている。さんざんお山の大将を気取っていた一家だから、軽蔑のまなざしがよけいに強烈になっているのだ。

下位貴族の前で何かが起きれば、それはすぐさま上位貴族の耳に入る。万事休す、サリーアンの社交界デビューも絶望的だろう。

「次にカサンドラの周囲に現れたら、腕の立つ護衛が相手をします。何を言われても、私の気持ちは揺るがない。これ以上恥をさらす前に帰りなさい」

ミネルバは威厳のある強い声を響かせた。目にも力を入れる。こちらの力には対抗できないと悟らせなければならない。

ソフィーとカサンドラの全身にも力がみなぎっている。同じドレスの三人がにらみを利かせる光景は、迫力に満ちていることだろう。妃と女官だけが発することのできる威圧感だ。

「こ、これで終わりではないからな……っ！」

ついにニューマンが、こちらの視線の強さに負けた。捨《す》て台詞《ぜりふ》を残し、小走りに扉に向かう。

逃げていく彼を見て、リリベスとサリーアンはパニックに襲われたようだ。二人して同じ方向に逃げ出そうとして体をぶつけ、激しく床を踏み鳴らした。

息を切らし、髪を振り乱して走るニューマン一家の姿があまりにも強烈だったので、彼らが姿を消した後も、控え室はしんと静まり返っていた。

ミネルバがほっと安堵《あんど》の吐息をついた次の瞬間、大きな歓声が上がり、拍手が響き渡った。

「ミネルバ様、期待通りの素晴らしさだったわ！」

見上げると、バルコニー席でしきりに拍手をしている老女がいる。

「デメトラ様!?」

驚きのあまりミネルバは小さく叫んだ。それは『世話焼きおばさん』ことロスリー辺境伯夫人デメトラだった。

どうやら高位貴族用のバルコニー席から、こっそり下の様子を窺《うかが》っていたらしい。バルコニー席は巧みに設計されており、下からは見えにくいが、上からは見渡せる構造になっている。

ミネルバは「いらしたんですか」と笑みを浮かべた。

「ええ、ひっそりこっそりね。だって、何ひとつ見逃したくなかったんですもの。名目上は親友のグヴィネスに会いに来たんだけど」

グヴィネスというのは、前侯爵の妻であるテイラー夫人の名前だ。二人は同年代だし、いかにも頑固そうなところがよく似ているし、親友だと言われたらすんなり納得できる。

「あなたの教え子はとても立派だったわねえ、グヴィネス。ここまで教育したのはさすがだわ」

「まあ、厳しくは躾《しつ》けたけれど。でもね、私が教える前から実力があったのよ」

テイラー夫人が顔をほころばせる。滅多に褒めない人から褒められて、ミネルバは目を輝かせた。

色鮮やかな扇を揺らしながら、デメトラも微笑《ほほえ》んだ。

「グヴィネスにここまで言わせるなんて、ミネルバ様は本物だわ。カサンドラさんもソフィーさんも、実に勇敢だったわよ。見事なまでに落ち着いていたわね」

「ありがとうございます」

「立派にふるまえたのは、ミネルバ様が側《そば》にいてくれたおかげです」

ソフィーとカサンドラが誇らしげに答えた。ミネルバは感謝の目で彼女たちを見た。彼女たちの顔にも同じ表情が浮かぶ。

「立派な主と、献身的に尽くす女官。あまりにも素晴らしくて、感動しないではいられないわ。グヴィネスは他にも若い友人を招いてくれたんだけど――彼女たちもとても感動したみたいよ」

デメトラは温かな声で『若い友人』というところを強調した。

「さあ、あなたたち。出ていらっしゃい。ミネルバ様たちを見習って、しっかりと謝罪をやってのけるのよ」

誰かがおずおずと出てくる、小さな足音がした。その姿を見た途端、カサンドラが大きく目を見開く。

「あなたたち、どうして……」

キャメロン公爵家の双子のリオナとメイリン。モーラン公爵家のベルベット。予期せぬ客は、かつてカサンドラと結託していた公爵令嬢たちだった。

さすがのミネルバも、驚きの表情で令嬢たちを見上げた。

下位貴族たちがバルコニーへ凝視の目を向けている。誰もが、この出来事を絶対に見逃すまいとしていた。

「バルコニーから謝罪するのは礼儀に反するわ。なにはさておき、まず下へ行かなければ。あなたたち、私についてきて！」

デメトラが言葉と同時に、軽快な足取りで階段へ向かう。令嬢たちも後をついて行く。

（ニューマンを撃退した直後に、こんなことになろうとは……）

ミネルバは姿勢を正して、こちらに歩いてくるデメトラと令嬢たちを待ち受けた。様々な思いが頭の中を駆け巡る。

婚約式の直前、カサンドラと三人の令嬢は共謀して策略を巡らせ、嫌がらせを仕掛けてきた。ミネルバのいないところでソフィーを窮地に追いやろうとしたのだ。

ソフィーが責め立てられるところを、ミネルバは千里眼で見ていた。外出を制限される清めの期間でなかったら、中央殿まで走って行って受けて立つことができたのに。

悔しい思いをしたことでさらなる透感力が開花し、ソフィーと心を繋げることができたわけだが。酷《ひど》く消耗したことで倒れてしまい、ルーファスが烈火のごとく怒ったのだ。公爵令嬢たちが許せないと。

いつかみんなが自分の価値を理解してくれる日が来ると信じたい。そんな日が来るように、とにかく死ぬ気で努力したい――ミネルバは必死の思いでルーファスを宥《なだ》めた。

（そういった経緯があるとはいえ。皇族に次ぐ身分の、令嬢の中の令嬢を見世物にするわけには……）

公爵令嬢が公衆の面前で謝罪すれば、必ず噂になる。この場にいる下位貴族たちが目と耳を駆使して情報を集め、噂好きな社交界の人々を喜ばせることは間違いない。

（ニューマンの場合は狙い通りだったけれど。やっぱり、公爵令嬢たちを好奇の目に晒《さら》すわけにはいかないわ。彼女たちをしかるべき場所へ連れて行こう）

ミネルバはそう心に決めた。

デメトラと三人の令嬢たちが前に進み出て、深々とお辞儀をする。顔を上げたデメトラの手を取って、ミネルバはにこやかに言った。

「ようこそいらっしゃいました。思いがけず皆様をお迎えできて、とても嬉しいわ。個室が空いておりますから、そちらへ移動しましょう」

「いきなり押しかけたのに、この子たちの立場を尊重してくださるのね。でも、御心配には及びません」

デメトラが真剣な表情で令嬢たちを見据える。

「いまのこの子たちには、ミネルバ様にもてなしていただく価値がないの。いい機会だからこの場で謝罪して、心から反省していることを皆様にも伝えなければ」

プライドの高い公爵令嬢が、皆が見ている場所で自ら進んで恥をかく――そのような話はいままで聞いたことがない。しかし令嬢たちの表情は真剣そのもの、すでに覚悟を決めていることがわかる。デメトラの言う通り、心から反省していなければできないことだ。

「……わかりました。皆さんがご希望なら、そうしましょう」

それが令嬢たちの誠意ならば、受け取らなければならない。ミネルバは優しくうなずいた。

彼女たちがソフィーを糾弾し、汚いやり方でミネルバを侮辱したことは貴族たちにも伝わっている。特殊能力のことをつまびらかにするわけにはいかず、ソフィーがひとりで立ち向かったことになっているが。

カサンドラが令嬢たちの顔を心配そうに見つめている。ソフィーは戸惑い気味だ。

いまこの瞬間、ルーファスと二人の兄がどこかに潜み、耳をそばだてていることはたしかだ。

彼らがニューマンのときに動く気配を見せなかったのは、きっとミネルバたちを信頼してくれていたから。いま息を押し殺しているのは、令嬢たちの謝罪の言葉を遮らないためだろう。

「ミネルバ様、そしてソフィーさん。本当に申し訳ありませんでした。私たちはあのようなことをするべきではありませんでした」

モーラン公爵家のベルベットが真剣なまなざしを向けてくる。

「ミネルバ様の経歴を聞いただけで、すべてを知ったつもりになって……負の感情にすべてが覆いつくされてしまいました。愚かな自分が恥ずかしいです」

キャメロン公爵家の双子の姉、リオナが申し訳なさそうに両手をぎゅっと握り合わせた。

双子の見分け方は、例の一件の後ソフィーから習っていた。髪が右肩にかかっているのが姉で、左肩なのが妹だ。

「皇帝陛下をお支えすることを第一に考えるルーファス殿下が、皇弟妃にふさわしくない女性を選ぶわけがないのに、あのような暴言を……心よりお詫び申し上げます」

妹のメイリンの目に、罪悪感が揺らめいている。

すでに謝罪の済んでいるカサンドラが、彼女たちと一緒になって反省している気配が伝わってくる。

ミネルバがルーファスの婚約者に決まったという一報が飛び込んできたとき、デメトラですら憤慨したという。カサンドラたちがどう思ったかは、手に取るように想像できた。

属国の人間が皇弟妃になることは、まさに異例の大抜擢《だいばってき》。その上婚約破棄歴まであるというのだから、稲妻を食らったような衝撃だったはずだ。

異世界から舞い降りてきたセリカのことをミネルバが信用できなかったように、公爵令嬢たちが反射的に警戒し、感情が拒絶の方向に高ぶってしまったのも無理はない。プライドの高い女性にとって、格下の相手よりも弱い立場になるのは屈辱的なことだ。

「メイザー公爵が拘留された後、私たちは何もできなくて。こちらの信用にまで影響が及ぶからと、父から接触を禁じられてしまったんです。カサンドラがミネルバ様から庇護されたと聞いたときは、嬉しかった……」

「ミネルバ様ほど優しくて、寛大で、勇気のある女性はいません。あの身の毛もよだつような後見人からカサンドラを守ってくださって、ありがとうございます。ご尽力に感謝するばかりです」

「あの男は、あくまでもカサンドラを利用するつもりでしたし。これほど迅速に動いてくださらなかったら、きっと取り返しのつかないことになっていました。本当に良かった、本当に……」

三人が口々に言い、目に涙を浮かべる。カサンドラの目からも涙が溢れ出した。

（ああ、彼女たちの間にも本物の友情があったのね）

全員公爵令嬢で、優秀で、ずば抜けて美しくて。一見すると友情が存在しないライバルのような関係でも、温かな思いを常に胸に秘めてきたのだろう。

アシュラン王国には七つほど公爵家があるが、たまたまミネルバと同年代の令嬢がいなかった。同じ立場ゆえに分かり合える存在というものが、とても羨ましく思える。

（彼女たちはニューマンのような卑劣な人間とは違う。済んだことにこだわっていては駄目だわ。

大切なのはこれから先のことなのだから）

ミネルバは心からの笑みを浮かべた。社交用の、実際の年齢よりも大人びて見えるものではなく、十八歳の娘らしい笑みを。

「謝ってくれてありがとう。ここまでの誠意を示してくれたあなたたちに、怒り続けるなんてできない。私たち、初めからやり直しましょう。きっといい友達になれるんじゃないかと思う。だから、いつでも自由に翡翠殿《ひすいでん》に遊びに来て」

泣き止《や》んでほしくて言ったのに、カサンドラと三人の令嬢はさらに激しく泣き出してしまった。

カサンドラの化粧が剝げてしまう懸念があったので、急いで顔を隠せる大判のハンカチを手渡そうとしたら——胸にすがりつかれてしまった。

「こんなに……嬉しいことって……他にないわ。ありがとうミネルバ、ありがとう……」

自然に敬語が外れていて、より関係が深まったのだと実感できた。

「私にとっても、こんな嬉しいことはありませんよ。生まれた国は違っても、同じ公爵令嬢です。あなたたちの友情は、必ずやグレイリングの役に立つでしょう」

デメトラがそう言って、扇を揺らしながら楽しげに笑う。

「ちょ、ちょっとカサンドラ。そんなに泣いたら、化粧が酷いことになっちゃうわよ」

ソフィーが近寄ってきて、カサンドラの耳元で指摘した。

「だって。な、泣かずに、いられなくて」

カサンドラがしゃくりあげる。三人の令嬢がはっと我に返り、急いで彼女を取り囲んだ。

「泣き止むのよカサンドラ、ひた隠しにしてきた垂れ目がばれちゃうわ」

ベルベットが囁《ささや》く。カサンドラは垂れ目をひどく気にしている。令嬢たちは彼女が、隙のない化粧で自分を保護してきたことを知っているのだ。

ミネルバは必死で涙を止めようとするカサンドラを抱きしめ、背中をとんとんと叩《たた》きながら途方に暮れていた。

ニューマンを撃退する方法ばかり心に思い描いていたから、これは正直なところ考えもしなかった展開だ。

「カサンドラ、ほんのちょっとだけ顔を上げて。大丈夫、皆でガードしてるから」

カサンドラは「うん」とつぶやいて、くしゃくしゃになった美しい顔を上げた。そしてすぐにミネルバの胸に顔を埋《うず》める。

リオナとメイリンが、どうしようもないというように首を横に振る。ナチュラルながら手の込んだ化粧は、涙ですっかり落ちてしまっていた。

「やっぱりまずいわよね。これでみんなにばれてしまうわ……」

カサンドラの声には絶望的な響きがあった。

「自業自得だから仕方ないけど。ごめんなさいミネルバ、せっかくのドレスを汚しちゃって。私ったら女官失格ね……」

「翡翠殿の侍女頭は染み抜きのプロだから問題ないわ。それに私、あなたに心を開いてほしいって毎日思っていたのよ。だから抱きついてくれて嬉しかった」

ミネルバはカサンドラの背中を撫《な》でながら言った。ここは何としても乗り切らなければ。他のことはともかく、カサンドラのコンプレックスを噂話として持ち帰らせるわけにはいかない。

護衛たちに視線を走らせると、エヴァンが前に進み出てきた。彼のこそこそした様子は大変珍しい。

「私たちで壁を作りましょうか？」

「そうしてくれると助かるわ。全員でカサンドラをガードしながら歩きましょう」

素早く近づいてきたロアンのオッドアイが、いたずらっぽいきらめきを見せる。

「ちょっと面白い歩き方になっちゃいそうですけどねえ。横歩きっていうか、蟹《かに》歩き？」

ミネルバは「そういうこと言わないの」とロアンをたしなめた。

こうして互いに小声で内緒話をしていても、下位貴族たちの視線を感じる。ニューマンからの流れで彼らは好奇心を露《あら》わにしまくっているし、じろじろ見るなと言っても無理だろう。蟹歩きでも何でもいいから、早くカサンドラを誰もいないところへ連れて行ってやりたかった。

「私とグヴィネスが大喧嘩《おおげんか》して、周りの目をそらしてあげてもいいけれど」

事情を察したデメトラが、ミネルバにこっそり告げる。テイラー夫人がそっと口をはさんだ。

「おやめなさい、私たちまで出しゃばったら噂話が大渋滞を起こすわ。社交界の人々に肝心なところが伝わらなくなるでしょう」

「皆さん悩ませてすみません、私のせいで……」

カサンドラがくぐもった声で謝った次の瞬間、控え室の扉が勢い良く開く音がした。それから、こつこつという靴音。あえて鳴らしているようでもあるが、その力強さから男性の足音だとわかる。

ミネルバは首をめぐらした。そして息を呑《の》んだ。ルーファスが歩いてくるではないか。明らかに兄弟とわかる二人の青年——ジャスティンとマーカスまで引き連れて。

下位貴族たちも驚きを隠しきれない。口をぽかんと開けている中年紳士、仰天している老婦人、頰を赤く染める既婚女性、ぱっと目を輝かせる青年。ルーファスたちの登場に、誰もが目を奪われている。

ルーファスの人を圧倒する威厳と貫禄《かんろく》、ジャスティンの上品で穏やかな雰囲気、マーカスの持つ荒々しさから滲む男性美。揃《そろ》って最上級の仕立ての黒い騎士服をまとい、皇弟と顧問官の証《あかし》である勲章や肩章をつけた姿がまぶしい。

立ち止まったルーファスが控え室を見回す。長いまつ毛に縁取られた漆黒の瞳が輝いた。

「たくさんの土産話ができたようだが、みんな疲れただろう。いまこちらに、軽くつまめるものとコーヒーを運ばせている。私たちも飲んでいくつもりだから、ミネルバの武勇伝を語って聞かせてくれないか」

下位貴族たちが歓声を上げ、顔を輝かせた。忙しいルーファスと会話ができるのは、かなり珍しいことなのだ。

タイミングを計ったように銀のトレイを持った給仕人たちが入ってくる。ありとあらゆる菓子の並んだワゴンも運び込まれた。

ルーファスがミネルバを見てウインクをした。後は任せろと言うように。ミネルバたちの退室を円滑にするために、ジャスティンとマーカスも接待役を忠実にこなしている。

（ありがとうルーファス、兄様たち）

さっきまで決して放っておいてくれなかった人々の視線が、いまではルーファスたちに集中している。

ミネルバたちはカサンドラをガードしながら、もう一つの出入り口のあるバルコニーへと急いだ。

必死で歩を進め階段を上り切る。

バルコニーの中ほどまで行ってしまえば、もう下からは見えない。

「上手なやり方ね。ルーファス殿下と交流できるのは嬉しいことだし、話題がミネルバ様の武勇伝となれば、事実を捻《ね》じ曲げるような無礼は決して働けない。みんな、こちらにとって具合のいい記憶だけを持って帰るに違いないわ。モリッシー男爵辺りは面白おかしく誇張しそうで、危ないと思っていたのよ」

「私はちょうどいいところで助けが入ると信じていましたよ。殿下はミネルバ様に全神経を集中していらっしゃるから。常にミネルバ様の喜ぶこと、助けになることを考えておいでなのよ」

テイラー夫人が当然だと言わんばかりにうなずいた。

ロアンが先頭に立ち、面会用の個室にミネルバたちを案内した。元々ニューマン一家のために押さえておいた部屋だ。

廊下にひと気はなく、誰にも見られずに部屋に入ることができた。きっとルーファスが、人払いを済ませておいてくれたのだろう。

ロアンが「さすが！」と歓声を上げる。テーブルの上にはお茶のセット、美味《おい》しそうなお菓子の皿がすでに載っていた。新品のメイク道具一式に、ミネルバの胸元のメイク汚れを隠せるストールまである。

多くの人が訪れる面会施設には、不測の事態に備えて様々な準備が整っている。ルーファスが抜かりなく、すぐに使えるように手配してくれたのだ。

「カサンドラさんはこっちの椅子に座りなさい」

化粧道具を手にしたテイラー夫人が言う。カサンドラは言われたとおりに夫人の横の椅子に座った。

「気分を落ち着けるにはお茶が一番ね。ちょっと待ってて、すぐに淹《い》れるから」

ソフィーが令嬢たちに明るく声をかけ、ティーポットに手を伸ばす。

三人とも椅子に座って、居心地が悪そうにもじもじしていた。似たような個室でソフィーを糾弾したことが思い出されるのだろうか。

「私たち、追い返されないだけよかったと感謝するべきなのに」

「もてなしを受けるなんて、申し訳ないわ」

「本当にそう。すぐにおいとましないと」

令嬢たちの遠慮がちな言葉を聞いて、ソフィーが明るい笑みを浮かべる。

「あら。一緒にお茶を飲むのが友達ってものでしょう！」

「ソフィーさんも友達に……なってくれるの？」

ベルベットがおずおずと尋ねる。「喜んでなるわ」と答えるソフィーの目には偽りがなかった。

令嬢たちの顔から怯えた表情が消え、代わりに穏やかな笑みが浮かぶ。ミネルバはストールを羽織りながら、室内の雰囲気が一変するのを眺めていた。

ソフィーがお茶を配り終える。温かさを感じさせるどこかアットホームな雰囲気の中、デメトラの目も喜びに輝いていた。

「ルーファス殿下もジャスティン様もマーカス様も、とっても男前だったわねえ。特に殿下は、恋愛小説のヒーローさながら。思い出しただけで震えがくるわ」

デメトラはうっとりとため息をついた。リオナが微笑みながらうなずく。

「殿下の瞳に、ミネルバ様への愛がはっきりと表れていましたわ。この部屋の特別な心遣いを見ても、ミネルバ様の望みにすべて応えたいという気持ちが伝わってきますもの」

「ミネルバ様を愛しているルーファス殿下は、とても素敵ですわ。以前は魅力的だけれど黒い彫像のようというか……氷のようなお方でしたけれど。ミネルバ様だからこそ、氷の心を溶かすことができたんですね」

メイリンが穏やかな口ぶりで言った。

ここにいる公爵令嬢たちは、ルーファスの心の内を知るチャンスをほとんど得られずにいた。彼が彼女たちを、ひとりの女性として見ることはなかったのだ。

それぞれの父親は、娘を皇弟妃にしようと互いに牙をむいていたが、彼女たちはルーファスにあからさまな色目を使ったりはしなかったらしい。彼のことをもっとよく知りたいと努力はしたそうだが。

過去にはルーファスの妃になるために、父親とグルになって卑怯《ひきょう》な手段に出る娘もいたと聞くが──カサンドラたちがそうではなくて、ミネルバは心から嬉しく思った。

「私たちもこれから、素敵な恋ができるかしら。家の助けとなるため、お父様を喜ばせるためだけじゃなくて。運命の出会いなんて、私たちとは関わりのないことかもしれないけれど」

ベルベットが自信のなさそうな声で言う。デメトラがにんまり笑いながら扇を揺らした。

「私にまかせておきなさい。この社交シーズン中に、素晴らしい紳士を探してあげるわ。それはあなたたちにとってすべてとなる人、どきどきするような世界を見せてくれる人よ。『世話焼きおばさんコンテスト』なんてものがあれば、私は間違いなく優勝なんだから」

「たしかに、おせっかいという点では他の追随を許さないわね」

カサンドラの化粧を直しながら、テイラー夫人がつぶやく。

デメトラならばきっとやり遂げるだろう。令嬢たちをどの社交行事に出席させるか、明日には具体的に決まっているに違いない。

「あなたたち、素敵な人と出会ったら報告に来てね。一緒に喜んだり祝ったり、友達はそのためにいるんだから」

ソフィーが令嬢たちに言う。ミネルバは微笑まずにはいられなかった。

デメトラが優しさのこもった目をカサンドラに向ける。ちょうど、テイラー夫人による入念な化粧直しが終わったところだった。

「運命的に結ばれる男女といえば、あなたとジャスティン様はすごくお似合いのカップルだと思うのだけれど。彼には王妃の責任を果たす妻が必要だし」

世話焼きおばさんとして、どうしても探りを入れたいらしい。

ジャスティンは確実に、カサンドラに恋をしている。彼女の方も好意を抱いていることは、日に日にたしかになっているのだが――。

「馬鹿なことをおっしゃらないでください。いったん噂になったら、あっという間に広がってしまいます。私は単なる護衛対象で……ジャスティン様のような方とは、間違いなく縁がないのです」

カサンドラの表情が陰る。

「こうして女官になれましたけれど、自分が傷物であることは十分わかっています。私は一生結婚しません。ミネルバ様を支えながら、自立して生きていければそれでいいのです」

表面上は落ち着いた様子でカサンドラは言い切った。しかし心の奥底に悲しみを秘めているのがわかる。

ミネルバはあえて明るい声を出した。

「そうね、あなたの未来はあなた自身の手に握られているわ。私はこれから、諸外国の王族とお付き合いしていかなくちゃいけない。私の出自では簡単じゃないだろうし、責任も大きいし、あなたの助けが必要なの」

ミネルバが笑いかけると、カサンドラの唇もほころんだ。

「ありがとう、ミネルバ。あなたがよりよい行いができるように、全力で後押しをするわ」

メイザー公爵が無実であれば、カサンドラの気が変わるかもしれない。彼女が王妃になった姿を思い描くのに何の苦労もないが、無理強いすることなんてできない。

ただ、彼女の心のとげは抜いてあげたいと思う。メイザー公爵にだけ聞こえる『謎の声』や、獄中で不遜な態度を取っているというロバートのことだ。明日からはそれらに対し、最大限の力と集中が必要になるだろう。

「ミネルバ様はこれから、諸外国で素晴らしい皇弟妃であることを身をもって示さなくちゃいけないものね。苦労が次々襲ってくるように思えるだろうけれど、人生は山登りと同じなのよ。ひとつ山に登ると、その向こうにまた山が見えるの。友達がいれば、山登りも楽しいわ」

世話焼きだけれど頑迷ではないデメトラは、もうジャスティンの名前を出さなかった。ミネルバは改めて彼女を尊敬した。

それ以降はたいそう賑《にぎ》やかで、楽しい時間を過ごすことができた。悩みや秘密を打ち明け合い、小さいころの思い出や将来の夢を分かち合う。

生まれて初めての大勢の友達とのお茶会を、ミネルバは十分に楽しんだのだった。

第六章

ニューマンを撃退した日の夕方から翌日にかけて、特殊能力を専門にしている学者や研究者たちが続々と翡翠殿《ひすいでん》に到着した。

ミネルバは翡翠殿の女主人だから、使用人たちに応対を任せてのんびり過ごすなんて考えられない。ソフィーとカサンドラも客人の接待に奔走し、力強い支えになってくれた。

大会議室の名にふさわしい広々とした部屋は、最高の盛り上がりを見せていた。普段は『触媒』の探求のために方々に散っている専門家たちが一堂に会したのだ。うんとにぎやかになるのも当然だろう。

「いやー、これだけの古代遺物が一箇所に集まると、熱気がすごいですねえ」

ロアンが顔を輝かせる。彼の言う通り、大理石のテーブルが古代の遺物の収集品で埋め尽くされていた。

神話の勇者が戦闘に用いたとの言い伝えがある、銘文の刻まれた剣。失われた王国の女王が神から賜ったという首飾り。山の中の洞窟で発見された千年近く前の巻物。海に沈んだ難破船から回収した世界最古の金貨。古代遺跡から発掘したという彫像や、きらきら光る宝石、女神を象《かたど》った模様が刻まれた腕輪。

「すごいわ。特殊能力がない私でも、不思議なエネルギーが感じられる」

「どれも歴史的に意義のある、貴重なものだわ。こういったものが『触媒』になって、特殊能力を高めてくれるのね」

ソフィーもカサンドラも目を丸くして、それらをじっと見つめている。いまではカサンドラも、ミネルバの尋常ならざる能力について詳しく知っていた。

「実際には触媒として使えないものもありますし、能力者との相性もあるんで、どんなものからでも簡単に力を借りられるわけじゃないんですけど。ふさわしい触媒を使いこなせれば、きっと成功します。それに専門家がこれだけいるんですし、力を合わせて解決策を練ってくれますよ」

ロアンが少年らしい笑みを浮かべる。彼は本当に不思議な子で、なぜかみんなが気を許してしまう。励まされたカサンドラは、弟を見るような目で「ありがとう」とつぶやいた。

専門家は老若男女を問わず大勢いた。彼らは常にチームで動いているらしい。

それぞれチームのトップにいる人々が、かなりの老齢であることはひと目で見て取れた。百戦錬磨のおじいさんたちは元気そうで、揃《そろ》って声が大きい。

「ぼうずが書いた聖遺物についての論文、ありゃあよかったのう。はて、ぼうずはいまどこにいるんじゃったか」

げじげじ眉の老人が、長年の調査で傷だらけになった手を振り回しながら問う。

「たしか、ルピータ神殿じゃなかったか？　上陸の難しさから、近年まで誰も足を踏み入れなかったスロニエ島にある古代神殿じゃよ。ぼうずは伝説の『純聖女』との関連を確認しに行ったはずじゃ」

ふさふさとしたひげの老人が、目を輝かせながら答えた。

「スロニエなら伝書鳥もたどり着くのに苦労するじゃろうよ。こりゃあ、ぼうずは欠席かのう」

白髪頭で腰の曲がった老人が残念そうに言う。

歯がほとんど残っていない老人が「いやいや」と首を横に振った。

「ぼうずは謎が大好きじゃろう。来ないわけがあるまい」

老人たちが「そうさなあ」とうなずき、わいわい言い合うのを聞きながら、ミネルバは思わず首をひねった。『ぼうず』が誰なのかも謎だし、『純聖女』というのも初めて聞く言葉だ。

「ねえロアン、ぼうずって……?」

ミネルバはこっそりロアンに話しかけた。おじいさんから見た『ぼうず』が中年なのか青年なのか言葉通りの少年なのか、まったく想像がつかない。

「ええっと。それは後のお楽しみということで！」

明るく答えるロアンは、見るからにわくわくしていた。この様子だと、かなり面白い人物が来るに違いない。

ルーファスは専門家と順番に言葉を交わしている。ミネルバもそれからしばらくの間、客人たちの要望に対応した。

そうこうするうちに、翡翠殿の使用人が新たな客人の到着を告げた。扉の向こうから現れたのは、細くしなやかな体つきの青年だった。

くせのある茶色い髪と緑の瞳、優しい顔立ちに丸眼鏡をかけている。

（ニコラスさん!?）

ミネルバはびっくりして目をしばたたいた。

ニコラス・フィンチ――アシュラン王国に駐在しているグレイリング帝国の特命全権大使で、伯爵の爵位も持っている人物だ。会うのは数か月ぶりだが、すぐにわかった。

彼は単に顔見知りというだけではなく、ミネルバにとっては恩人だった。かつての婚約者フィルバートから危害を加えられそうになったときに、治外法権の大使館内で保護してもらったのだ。

ニコラスが丸眼鏡越しに、やさしい眼差《まなざ》しを向けてくる。ミネルバは思わず駆け寄りそうになったが、彼の歩き方を見てはっと我に返った。

（いいえ、あの人はニコラスさんじゃない）

外見はニコラスそのものだが、歩き方や仕草が微妙に違う気がする。

「こら、ぼうず。年寄りを待たせるなと、前にも言ったじゃろ」

「遅刻癖は、ガキのころからまったく変わらんな」

「すみません。でも、ルピータ神殿でとんでもなく凄《すご》いものを見つけたんですよ。先輩方が腰を抜かすような」

「ぼうず、その言い訳は上手《うま》くない。まったく上手くないが、凄いものってなんじゃ？」

おじいさんたちに捕まっているニコラス似の青年は、到着が最後になった後ろめたさなど欠片《かけら》もなさそうな顔だ。そういうところも、記憶にあるニコラスとは違う。

（でも、まるで生き写しみたいにそっくり。双子みたいに……双子？）

双子というのはありえない話ではないし、ロアンがわくわくしていたのも合点がいく。いたずらっ子の彼のことだ、ミネルバが見破れるかどうか試したかったのかもしれない。

おじいさんたちを振り切った青年が、ミネルバの前に立つ。

「はじめまして。ようこそお越しくださいました」

ミネルバは青年に、淑《しと》やかに笑いかけた。青年が丸眼鏡の奥の目をぱちくりとさせる。

ニコラスと彼が双子かどうか、いきなり不躾《ぶしつけ》な質問をすることはできないと思った。貴族名鑑に双子の記載がないということは、幼いころに養子に出された可能性が高いからだ。

「ミネルバ様、お会いできて光栄に存じます。兄が言っていた通り、あなたはなんとも鋭い方ですね。グレイリング貴族はともかく、事情を知らない人にひと目で見抜かれたのは初めてです」

「じゃあ、やっぱり……」

「はい。ニコラス・フィンチの双子の弟、アイアス・カーターと申します。カーター家はフィンチ伯爵家の親戚筋で、学者を多く輩出する家系でして。双子は縁起が悪いということで、赤ん坊のころに養子に出されました。私はただ研究ができればいいので、いまでは幸運だったと思っています」

重たいことを言いながらも、アイアスはにこにこしている。

「あ、兄弟仲が悪いわけじゃないので、そこは心配いりません。真っ先に慮《おもんぱか》ってくださってありがとうございます。兄も言っていましたが、本当に優しい方なんですねえ。双子であることを秘密にしていた兄と、ルーファス殿下とロアンを叱らないであげてください。どんな人間が来るのか、あえて伏せておいてもらったんです。私の特殊能力的に、そっちの方が助かるというか。ええっと、能力ついては後でゆっくり話しますね」

アイアスはどこまでも穏やかな口調だった。ニコラスと違って、ちょっと浮世離れした人という感じだ。でもニコラスと同じで、信頼できる人だという気がした。

「よし。これでみんな揃ったな。席に着いてくれ」

ルーファスの声が響き渡り、大会議室は張り詰めた空気に包まれた。全員が与えられた席に腰を落ち着ける。

「我が国が誇る特殊能力の専門家である君たちに、こうして一堂に会してもらったのは、力を結集して解決すべき問題が起きたからだ。まずは状況について詳しく説明する。共有しておかなければならない情報が山ほどあるんだ」

メイザー公爵とロバートの捜査に関わった人たちが前に出て、話せることをすべて話す。ルーファスの言葉通り、やはり長い話になった。

「――というわけで、メイザー公爵の身に常ならぬことが起こっています。何らかの特殊能力が、公爵の精神に影響を及ぼしていることは間違いありません。しかし感覚を研ぎ澄ませても、それが誰の力で、どこから来ているのかがわからない。強い能力が使われたときに計測できるはずの、力の波動が見えてこないんです」

ロアンの言葉に、おじいさんたちが首をひねる。

「最新の測定器は、強い特殊能力なら計測できるはずじゃがのう。弱すぎて測れんのか？」

「謎の能力者の力が、計測器の目盛りを超えとるんじゃろ。並外れた能力の持ち主っちゅうことじゃ」

「いやいや、使っとる『触媒』の問題のほうが大きいかもしれんぞ。わしらが知らん、何か独特なものを使っとる可能性がある」

「いずれにせよ、特殊能力を悪い目的のために使っとることはたしかじゃ。徹底的な捜査を行うために、メイザー公爵とロバートに会わねばならんのう」

おじいさんたちはすっかり乗り気になっている。触媒の研究をしているだけあって、彼らも何らかの特殊能力を持っているらしい。傍目《はため》にはまったくわからないけれど。

「証拠が十分に出揃《でそろ》わないと、悪人を裁きの場に引きずり出せませんね。もたもたしていると、メイザー公爵の心の問題にされてしまう。役人たちは簡単な結論を好みますから」

アイアスが腕組みをして、大きく息を吐きだした。

カサンドラは下唇を噛《か》んで、じっと聞き入っている。ミネルバは「大丈夫よ」と声をかけた。

「きっと大丈夫。専門家がこれだけいるんですもの」

カサンドラが笑みを浮かべ「私もそう信じるわ」とうなずいた。

「明日から、各チームのトップは私と行動を共にする。残りの者たちには、私たちがこれまでに入手した手がかりを再検証してもらいたい」

ルーファスが言う。つまりアイアスと四人のおじいさんが、ミネルバたちと行動を共にするということだ。彼は壁時計に目をやった。

「すまない、長くなってしまった。大食堂に温かい食事と酒が用意してある。腹を満たして、残っている旅の疲れをすっかり取り去ってくれ。明日から忙しくなるからな」

ルーファスの言葉を聞いて、おじいさんたちが勢いよく立ち上がる。

「腹を満たすのは常に重要じゃからなあ」

「遺跡の中で食べるパンはぱさぱさで、まずいからのう」

「ルーファス皇子や、プティングはあるかの？　硬いものを食べると寿命が縮まるでな」

「老いぼれめ、皇子じゃのうて皇弟殿下と呼ばんか。わしはワインがあれば十分じゃ」

「爺様《じいさま》たちの好物は、もちろん全部揃えてある。私が持っている最高のワインを振舞うよ」

ルーファスを取り囲むおじいさんたちを見て、ミネルバはつい口元が緩んでしまった。子どもだったころのルーファスも、このおじいさんたちが大好きだったに違いない。

大食堂へ移動し、ミネルバとルーファスはおじいさんたちと同じテーブルを囲んだ。もちろんアイアスも、二人の兄とソフィーとカサンドラも一緒だ。

翡翠殿の料理長が腕を振るってくれたので、料理は実に美味《おい》しい。おじいさんたちも出された料理をすみやかに平らげている。彼らがいまも現役である理由がわかった気がした。

ミネルバの隣の席はアイアスだったので、話題は自然とニコラスのことになった。

「アシュランでの任務はとてもやりがいがあると、兄からの手紙に書いてありましたよ」

「ニコラス様は、新しく生まれ変わったアシュランにあらゆる面で力を貸してくださっていて、本当にありがたいですわ」

「兄は小さいころから、驚くほど面倒見がよかったですからね。何度も伯爵家を抜け出して、私に会いに来てくれたんです。離れていても心はちゃんとお前の側《そば》にいるよ、なんて言ってね。そうそう、兄が外交官になったのは、語学に特別な才能があるからなんです」

「それは存じ上げませんでした。どれくらいの言葉を理解できるのですか？」

「十以上は流暢《りゅうちょう》に話せます。読み書きだけならその何倍も。語学に関して、兄は呑《の》み込みが驚くほど早いんです。学ぶ意欲だけでは兄のようにはなれません。あれも特殊能力の一種ですね」

アイアスが誇らしそうな表情になる。別々に育ったとはいえ、双子の絆《きずな》はしっかりあるらしい。

「ああ、私の特殊能力についてお話ししないといけませんね。ごく限られた範囲でしか役に立たない力なんですけど」

ミネルバは「ぜひ教えてください」とうなずいた。元々勘は鋭かったが、グレイリング入りしてから特殊能力に対する敏感さが高まっている。アイアスの力は凄いものだ、という確信に近い感覚があった。

「言うなれば私は『歩く計測器』なんです。目の前にいる人間が、特殊能力の持ち主かどうか見分けることができます。どんな性質なのか、どれくらいの強さなのかまで。実際の計測器では測れない弱い力も、強すぎる力も、私ならわかるかもしれません」

「まあ……っ！」

ミネルバは思わず息を呑んだ。それこそいま最も求められている能力ではないか！

「ただ、制約がありまして」

デザートのスプーンを置いたアイアスが、申し訳なさそうに頭を掻《か》く。

「相手が身構えていると、上手く計測できなくなってしまうんです。私という人間を、あまり意識してほしくないというか」

初対面のときのアイアスの言葉が思い出された。

『どんな人間が来るのか、あえて伏せておいてもらったんです。私の特殊能力的に、そっちの方が助かるというか』

つまりあのとき、ミネルバは計測されていたのだ。ちょっと恥ずかしくて、頬がかすかに熱くなる。

「すみません、どうしてもミネルバ様のお力を測りたくて、ルーファス殿下に我儘《わがまま》を言ったのです。御気分を害してしまい、誠に申し訳ありません」

「い、いいえ、不快になんて思っていません。客観的に自分の力を知ることができるのは、とても有益なことです。相手の力を計測できる人がいると事前に聞いていたら、どうしても警戒の目を向けたはずですし」

ミネルバはアイアスを安心させるために、穏やかな笑みを浮かべた。

「ロバートとの面会では、身構えさせないために上手くやらないといけませんね。あの人はきっと、当代のフィンチ伯爵と見分けがつかないでしょうし。私がニコラス様に保護されたことが、グレイリングでも話題になったようですから。ロバートはあなたのことを、私側の人間と判断する可能性があります」

「やはりミネルバ様は聡明《そうめい》ですね。それに、真に強い心をお持ちだ。私が見たところ、あなた様の透感力は本当に並外れています。ガイアル陣営にも、これほどの能力者が姿を現すことはほとんどないでしょう。触媒次第で、さらに大きな力を使えるようになるに違いありません」

「あ、ありがとうございます。ちょっと褒められすぎな気がしますけれど……グレイリングの人々のため、ルーファス殿下のために頑張りますわ」

同じテーブルにいる面々が、驚いたような感心したような目でこちらを見ている。ルーファスに目をやると、おじいさんたちと談笑していたはずの彼が、どこか誇らしげな目でミネルバを見ていた。

翌日の早朝、ミネルバはルーファスの私室で二人きりの時間を過ごした。

「エヴァンの薬でかなり持ち直したが、まだ少し頭が痛いな……」

ルーファスが眉間に皺《しわ》を寄せる。おじいさんたちの勧める酒を断れず、珍しく二日酔いになってしまったらしい。

「婚約者たるもの、このような状況では『痛いの痛いの飛んでいけ』をするべきかしら」

「それもいいな。でも、キスをしてもらえるともっといい」

看病にかこつけていちゃいちゃする、というのは二人の裏技だ。大義名分さえあれば、テイラー夫人の厳しい目に睨《にら》まれることはない。

ミネルバは身をかがめ、椅子に座るルーファスの唇に唇を寄せた。愛情をこめてそっとキスをする。

「ああ、癒される。何とも心地いい」

キスをして安心させ、元気づける――これも立派な治療だ。

今度はルーファスの唇がミネルバの唇を覆った。優しくて情熱的なキスに、他のことをみんな忘れそうになってしまう。

「アイアスのことを秘密にしていて、すまなかった」

キスの合間に、ルーファスが申し訳なさそうに言う。ミネルバは「ううん」と短く答えた。

どんなささいなことでも隠し事はしないと誓い合っているが、特殊能力が絡んでいては仕方がない。

「ちっとも怒ってないわ。必要なことだったって、ちゃんとわかってる。アイアスさんに分析してもらうことで、私に合った新しい『触媒』が見つかるかもしれないのよね」

ミネルバは微笑《ほほえ》んで、再びキスをした。

「もう大丈夫だ。ミネルバの熱い口づけで、二日酔いの頭痛はどこかへ飛んで行ってしまった」

ルーファスはそう言うが、ミネルバの腰を抱く手と切なそうな瞳が、彼の名残惜しい気持ちを示している。でもいまはメイザー公爵の謎を解くことが一番大事。それは明らかだ。

ミネルバたちは、これから出かける準備をしなければならない。アイアスやおじいさんたちと一緒に、ロバートのところへ行くのだ。

おじいさんたちにも立派な名前があるのだが、全員が呼ぶのが大変な長い名前だ。だから本人たちから「爺でよいぞ」と言われている。

廊下に出ると、ロアンがすべてお見通しだと言わんばかりの表情で待っていた。

「いやー、ミネルバ様印の薬が効いたみたいでよかったですね。テイラー夫人に叱られる危険はあるけど、最高に効果のある秘薬ですもんね。ルーファス殿下の顔つき、いつも以上に幸せそうですよ！」

ロアンがにんまり笑う。どうやら気を利かせることは覚えたが、からかうのをやめるつもりは微《み》塵《じん》もないらしい。

ルーファスが怖い顔でロアンの耳元に口を持っていく。

「か、ら、か、う、な」

一音ずつ区切って警告しているが、多分ロアンは懲りないだろう。ミネルバは思わず苦笑した。

共用の居間へ入ると、ソフィーとカサンドラが待っていた。二人の兄も準備万端だ。彼らと談笑していると、扉がさっと開いた。

戸口に立っているのは眼鏡をかけた男性だった。恐らくアイアスだと思うのだが——寝起きのようなぼさぼさの髪で、外見には一切構わないといった風情だ。

ジャケットもズボンもくたびれている上に、ぶかぶかでまったく体型に合っていない。緑の瞳は、妙に大きな眼鏡に隠れてよく見えなかった。ニコラスと見紛《みまが》うほどだった昨日とは、まったく違った雰囲気が漂っている。

ミネルバは目を凝らした。眼鏡のレンズに反射する光のせいで、やはり顔がはっきり見えない。よく考えるとおかしい。アイアスは窓からは一番遠いところにいるのに。

「おはようございます。念のため申し上げますと私、アイアス・カーターです。そしてこちらは、グレイリングの技術力の粋を集めた『瓶底眼鏡』です。どうです、私にニコラスの面影はほとんどないでしょう？」

アイアスがおどけるような声で自分の眼鏡を指さす。そんな彼をロアンが面白がるような目で見ている。

ミネルバは目の緊張を解いて、アイアスに話しかけた。

「な、なるほど。ロバートを身構えさせないために変装なさったんですね。素晴らしい出来栄えですわ」

ロアンが人差し指を立てて、左右に振る。

「違いますよミネルバ様、こっちがいつものアイアスさんなんです。昨日は翡翠殿入り初日だから、仕方なく正装してただけで。顔がよく見えなくなる眼鏡を『ニコラス様と間違われると面倒くさい』という理由だけで開発しちゃうんだから、大天才ですよね。ちなみにルーファス殿下もお忍びのときに使ってるんですよ」

驚きを感じながら「そうなの？」とルーファスを見る。彼は静かにうなずいた。

「この地味な格好だと透明人間みたいに誰も私を気にしなくなるので、ロバートの前でも上手くいくでしょう。それに今日の主役は、私ではなく爺様たちですし」

アイアスがそう言った次の瞬間、彼の後ろにおじいさんたちが現れた。全員が一般的な役人の制服を着ている。

「昔から制服っつーやつを着てみたかったんじゃ」

「しかし、わしらに尋問なんかできるかのう」

「触媒のことは忘れんが、興味のない話はすぐ忘れてしまうからなあ」

「絶対に忘れんと気合を入れても、結局忘れてしまうしな」

「大丈夫ですよ爺様たち、私が付き添いますから。爺様たちの『嘘《うそ》を見抜く能力』『年代測定能力』『残留特殊能力を感知する能力』『痕跡を見る能力』が、どうしても必要なんです。のんびりと座ってロバートの話を聞いているだけで、何もかも上手くいきますから」

「まあ『三人寄れば文殊の知恵』というからのお。はて、異国の言葉じゃったか異世界人が残した言葉じゃったか」

「それ以前にわしらは四人じゃぞ」

「和をもって貴しとなすじゃ。みんなで協力すりゃあええ」

「緊張をほぐすためのワインが欲しいのお」

「さあさあ、行きましょう！　私たちの素晴らしい上司、ルーファス殿下を助けるためですよっ！」

アイアスが両手を打ち合わせた。

これだけ目を引くおじいさんたちの付き添いなら、たしかに彼が目立つことはないだろう――この場にいる全員がそう思っていることが伝わってきた。

アイアスがおじいさんたちを連れて出ていく。ソフィーが落ち着きなく身じろぎしたのを、ミネルバは見逃さなかった。

ロバートが収監されている牢獄《ろうごく》には『透視鏡』が設置された部屋がある。あちら側からは鏡にしか見えないが、こちら側からは向こうの姿がはっきり見えるという優れものだ。

そこでミネルバたちは、ロバートの尋問を観察することになっている。ニコラスのいる大使館でフィルバートの姿を観察したときのように。

（ソフィーにとってロバートは憎い相手。緊張するなと言うのは簡単だけれど……実際は難しいわよね）

ミネルバが声をかけようとしたとき、マーカスがぎゅっとソフィーの手を握りしめた。

「ソフィー。臆することなく、ロバートの話に集中しよう」

「マーカス様……私、ロバートがあなたを侮辱するのが怖いの。あの人、絶対に酷《ひど》いことを言うわ」

「俺たちが本当に怖いのは、お互いの愛を失うことだけだろ？」

マーカスがにっこり笑う。

「そんなことありえないんだから、俺たちは怖いもの知らずってことだ」

「マーカス様……」

ソフィーが頬を赤くする。我が兄ながら最高にかっこいい、とミネルバは感動した。

「素敵……」

感動したような声でカサンドラがつぶやく。感銘を受けている彼女の横で、ジャスティンは少しだけ悔しそうだった。

「よし、行こうか」

ルーファスに促され、ミネルバたちは部屋を出た。手際のよい部下たちのおかげで、乗り込んだ馬車がすぐに動き出す。

ロバートのいる牢獄は帝都デュアートの中心部から外れた場所にある。道路の改良が日々進んでいるおかげで、馬車は広くて滑らかな道を快走した。二時間もしないうちに、高い塀に囲まれた要塞のごとく堅牢《けんろう》な建物が見えてきた。

馬車が牢獄の裏門に乗りつけた。出迎えの刑務官たちはいずれも筋肉質で、爺様たちが着ているのと同じ制服を身に着けている。

年配の刑務官が前に進み出て挨拶をし、ミネルバたちを中に案内してくれた。

ソフィーもカサンドラも落ち着いた足取りだが、優雅な身のこなしとは裏腹に緊張しているのがわかる。マーカスとジャスティンも、真剣な面持ちで辺りに視線を走らせている。

特別な通路を歩き、建物の奥へと向かう。ひと気のない、薄暗い通路の先に『秘密の空間』があるのだ。かつてフィルバートが閉じ込められた大使館にも、これと似たような通路があった。

壁に見せかけた扉を抜けると、ソフィーが息を呑む気配がした。すぐ近くにロバートが立っていて、ミネルバたちを――彼の側からはただの鏡にしか見えないものを――睨みつけていたからだ。

透視鏡の向こうに、ロバートの姿がよく見えるから驚くかもしれないと事前に伝えてはあったが、やはり驚いてしまったようだ。

（ギルガレン辺境伯家のソフィーとミーアの姉妹仲、カサンドラの普通の暮らし、そして恐らくメイザー公爵家の精神までずたずたにした男……）

ミネルバが誰かを嫌うことはめったにないが、彼のことはさすがに許せない。

フィルバートのときと同じく薄暗い空間なので、転ばないようにルーファスが椅子まで導いてくれた。

ミネルバたち女性陣が椅子にかけ、ルーファスたち男性陣はその後ろに立ってロバートを観察する。

彼の外見は、相変わらず美しく上品だった。中身は不誠実で女たらしで、かなりずる賢い性格だけれど。

少し痩せたようだが顔色はよく、健康状態は悪くなさそうだ。以前は巧みにカットされていた金色の髪が伸びているが、ちゃんと櫛《くし》でとかしてある。グレイリングは人権を重んじるので、囚人を虐げるようなことはしないのだ。

ロバートは自分の着ている囚人服が気に食わないのか、鏡を見ながら指先で服を摘《つま》み、しきりに眉をひそめている。そしてきゅっと結んでいた唇から、ため息を漏らした。

「特別な尋問官なんて、いつまでたっても来ないじゃないか。おい、もう座ってもいいか？」

ロバートが後ろを振り返って言った。苛立《いらだ》ちに満ちた、尊大で傲慢な声だった。壁に特殊な加工が施されているので、向こう側の声が聞こえるようになっているのだ。

「駄目です。尋問開始までそう長くはかかりません」

直立不動の姿勢を崩さない見張りの刑務官が答える。

自分はメイザー公爵にそそのかされただけ――そう言って己の所業を正当化しているロバートを再尋問するために、経験を積んだ専門家が派遣されてくる。ロバートにはそう伝えてあるらしい。

おじいさんたちは誰よりも優れた特殊能力の専門家だし、長い人生でたくさんの経験を積んでいるから、まったくの嘘というわけでもない。

ドアが開く音がして、ロバートが慌てて姿勢を正す。戸口から姿を現した人物がゆっくりと歩いてくるのを見て、彼はぎょっとした表情になった。

のろのろと、もたもたと、やけに用心深い足取りで四人の老人が入ってくる。それから、てきぱきと彼らに手を貸す地味な男がひとり。ミネルバの耳に、ロバートの顎が外れる音が聞こえた気がした。

「こ、この爺さんたち、現役の役人なのか……？」

アイアスの手を借りながら椅子に腰を下ろすおじいさんたちを、ロバートはあっけにとられて見ている。

いかめしくて、恐ろしげで、人を震え上がらせるような強面《こわもて》の役人が来ると思っていたのだろう。

おじいさんたちの立ち振る舞いは、もちろんわざとだ。彼らに当惑の眼差しを向けるロバートは無防備極まりなく、アイアスからつぶさに観察されていることに気づきもしない。

「老いぼれがいきなり現れて、さぞかし驚いたじゃろうなあ」

「心配しなくてええぞ。わしらはこう見えて『その道』のプロじゃからのう」

「この仕事は耳が聞こえれば十分なんじゃ。お前さんの主張をな、一から十まで聞かせてくれるだけでええ」

「牢屋《ろうや》暮らしに心底嫌気がさしているんじゃろ。何をすることが自分のためになるか、わかるよなあ？」

「た、たしかに驚きましたが……喜んでお話ししますよ。私の主張を受け入れてくれる人に、何としても会いたいと思っていましたし」

おじいさんたちを見下す態度が、どれだけ自分の損になるか瞬時に計算したのだろう。ロバートは額に手をやり、髪をかきあげた。そして美しい笑みを浮かべる。

その笑顔はまぶしいほどだった。ほとんどの女性の目に、とても魅力的な男性として映るに違いない。

女性をとりこにすることにかけては、ロバートには稀有《けう》な才能があるらしい。彼の笑顔に騙《だま》され、ミーア以外にも多くの女性が関係を持ったという。彼女たちの男性を見る目のなさは悲惨だったが、悪いのは不誠実なロバートだ。

「座って楽にするがええ」

げじげじ眉のおじいさんがロバートに椅子を勧める。己の美貌と優雅さを見せつけるように、ロバートは椅子に座ってゆっくりと足を組んだ。

おじいさんたちと、彼らの後ろにひっそりと立つアイアス。実用的な大きなテーブルの向こうにロバートという配置だ。

多くの罪を犯したロバートの主張を聞くときが、いよいよ来たのだ。

ソフィーもカサンドラも耐え難い言葉を聞くことになるだろうが――彼女たちはロバートの姿を記憶に焼き付けるように、じっと目を凝らしていた。

「それじゃあ、洗いざらい聞かせてもらおう」

ふさふさとしたひげのおじいさんが言った。

「恫喝《どうかつ》なんぞはせんからな、怖がることはないぞ。わしらがお前さんのことを何もかも理解することが重要なんじゃ。まず、ここでの待遇はどうじゃ？」

「酷い場所ですよ。食事はまずいし、枕は硬いし、おまけに雑居房だ。プライベートがないんですよ」

ロバートが肩をすくめる。歯のないおじいさんが「ふぉっふぉ」と笑った。

「繊細じゃのお。早速、独房に移れるよう手配してやろう。このじいさんにまかせておきなさい」

おじいさんたちの愛想がいいのは、ロバートとの間に和気《わき》藹々《あいあい》とした雰囲気を作り上げるためだ。彼の機嫌を取ることで無防備にさせ、アイアスが『計測』しやすいようにしているのだ。それと同時に、ロバートが油断して本音を漏らすのを待っている。

「侯爵家の嫡男にふさわしい部屋をお願いしますよ。専用の浴室とトイレがあることが望ましいですね」

「了解じゃ。そういえばお前さんとこは、ロマンティックな保養地じゃったなあ。わしらが若いころは、誰もがハネムーンでディアラム領を目指したもんじゃ。しかしここ数年は、経済的な面で少々失敗しているようじゃな?」

かなり腰の曲がったおじいさんが、テーブルの上の資料を読みながら尋ねる。

「ええまあ、そうですね」

ロバートがため息をつき、髪をかき上げた。

「温泉の泉質は最高なんですが、ホテルやスパといった施設が老朽化しまして。銀や鉛の鉱脈も尽きかけていますし。従業員が将来に不安を抱かなくて済むよう、あらゆる方法を模索する日々でした」

ディアラム侯爵家の事業が急激に傾いた原因は、ロバート本人の愚かな浪費だ。鉱山物が枯渇しつつあるのは事実だが、温泉地をあと十数年は維持できる収益はあったのだ。

己のぜいたくな暮らしのために施設改修のための費用を使い込み、従業員の賃金まで低くしたと、領地の人々からも批判されている。

「なるほど。領地の人々のために別の収入源を見つけるか、新しい出資者を探さなければならなかったと。お前さんなりに模索した結果、温泉地の顧客から集めた情報を売ることにしたんじゃな?」

「いまさら否定はしません。無分別な行為でした。追い込まれていたんですよ、本当に」

ロバートはふっと笑みを漏らした。

「一生続けられる仕事ではないということは、私だってわかっていたんです。メイザー公爵が情報を必要とする間だけ続けるつもりでした。彼は自分の娘が首尾よく皇弟妃になったら、温泉地の改修に必要な資金を投入すると申し出てくれまして」

「ふうむ。お前さんから集めたゴシップで、他の貴族をまんまと出し抜くつもりだったのかのう」

「そのようです。メイザー公爵にとって、自分の娘がルーファス殿下と結婚するほど望ましいことはなかった。ただ、カサンドラ嬢は見た目のわりに『売り込み活動』が下手でしてね。慎みや道徳をかなぐり捨てて、エロティックに殿下に迫ることができなかったんですよ。彼女は男並みの教養を身につけるより、色目の使い方を習うべきでしたね。仕方がないからライバルを蹴落とそうと、公爵は躍起になったわけです」

ロバートはひとりでうなずき、にやにや笑っている。

カサンドラが椅子の肘かけをぎゅっと握るのが見えた。彼女の後ろに立っているジャスティンは、ロバートを殺しかねない形相になっているに違いない。

「できる限り最高の人生を我が娘に与えたいという親心が、暴走してしまったわけじゃな」

「ええ。しかしルーファス殿下がミネルバ様と婚約して、状況が大きく変わってしまった。激怒した公爵は、殿下に意趣返しをすることにしたんです」

「それでギルガレン城の地下通路の秘密を、ガイアル陣営のクレンツ王国に渡そうとしたと？　ただの意趣返しにしちゃあ危険すぎるのう。国家に対する反逆じゃぞ」

「ミネルバ様の登場が、国家に尽くすことを忘れてしまうくらい衝撃的だったんじゃないですか。実際、最初は彼女に期待する貴族なんていなかったでしょう。ほとんどが反発していましたし」

ロバートが肩をすくめた。

「お前さんは、なぜメイザー公爵に手を貸した？　危ない橋であることはわかっていたはずじゃろう」

「私に選択の余地があったとでも？」

ロバートが驚いたように目を見開く。

「私は公爵の命令に従うことを強制されただけの、哀れな手駒ですよ。逆らうには弱みを握られすぎていた。そりゃあ、上手くいけば見返りに莫大《ばくだい》な金が手に入る。でもそれは従業員の賃金を払うため、領地の未来のために使うつもりだった。私はろくでもない計画に引っ張りこまれた被害者なんです」

「ううむ。まったく罪のない被害者とは言えんと思うがのう」

「わかってくださいよ、私はメイザー公爵の手伝いをしただけ。信頼すべき人を見誤ったせいで泥沼にはまったんです。あんなことをするべきではなかったけれど、領地の人々を人質に取られていたも同然なんです」

ロバートは深々と息を吐いた。

「危険であることは百も承知でした。でもギルガレン辺境伯家から適切な情報を引き出せなければ、私の身も危うかったんです。上手く情報を摑《つか》めなかったら、メイザー公爵は私を殺したに違いない。あいつはそういう男です」

「ふうむ。ルーファス殿下とミネルバ様がギルガレン城にいた日に、悪だくみが露見してよかったのう。お前さんは命を救われたわけじゃ。ついでに温泉地の情報売買のことで、メイザー公爵の評判は急落。社交界の人々は、この件をいつまでも不快に思うじゃろう」

「でも、クレンツ王国との関わりではすべての非難が私に集中した。責任を取るべきはメイザー公爵のほうなのに」

「そりゃあお前さん、クレンツの諜報員《ちようほういん》と密会している現場を押さえられちゃあ仕方あるまい」

「私みたいな小者を断罪したところで、何の役にも立ちませんよ。諸悪の根源はメイザー公爵です。嘘偽りありません、信じてください」

ロバートは形のいい唇を一直線に引き結んだ。そして目に力を込めておじいさんたちを睨みつける。

「私はいま、湧き上がる悲しみと懸命に戦っています。私が十分な証拠を提出してから、一か月以上も公爵が処断されないのはどうしてなんですか？　あれだけ揃っていれば、誰にも覆すことなどできないはずなのに」

「なにしろ相手が公爵じゃからな、忍耐強く慎重に調べを進めている。すべての証拠を洗い直すのは時間のかかる作業なんじゃ」

ひげのおじいさんが言い、歯のないおじいさんが言葉を続けた。

「それに、メイザー公爵がいま置かれている状況は最悪でなあ。ひどい混乱状態にあるんじゃ。わしらは拘留のストレスが原因になっていると考えているんじゃが」

「混乱状態?」

ロバートが前のめりになる。ほんの一瞬、彼の唇にいやらしい笑みが張り付いた。

「公爵は会話もできないほど、精神に異常をきたしているんですか?」

「いや、そうではないよ。自分は無実だ、と主張することはできておる」

ロバートは「ふうん」と口元に手をやった。

「情緒不安定ということですか。まあ、心の健康など取るに足りないことですが。きっと罪の意識にさいなまれているせいでしょうね。私はそのうち、あの男は自白すると思いますよ」

ロバートは自信たっぷりな態度だ。そんな彼をアイアスがじっと見つめているが、瓶底眼鏡のレンズに光が反射して、表情はまったくわからなかった。

「こりゃまた、自信たっぷりじゃのう」

ひげのおじいさんが目を丸くする。

ロバートが慌てて居住まいを正した。

「牢獄で正気を保つためには、根拠のない自信であっても必要でしょう?」

さりげない口調だったが、彼の薄い唇には獲物を追い詰めてとどめを刺そうとする狼《おおかみ》のような笑みが浮かんでいた。

腰の曲がったおじいさんが首をかしげて尋ねる。

「たとえメイザー公爵が自白したとしても、精神状態が普通でない場合は、それは信憑《しんぴょう》性《せい》がないものとされるんじゃあないか?」

「そうだとしても、私は牢獄の隅で小さくなっているつもりはありません」

ロバートがにやりと笑う。

「首謀者が自白する。あるいは罪の意識に耐えかねて、完全に気が触れる。その陰で、無実を訴える私が牢に繋《つな》がれているとわかったら——グレイリングの善良な国民はどう思うでしょうね?」

歯のないおじいさんが、テーブルの上で両手を組み合わせた。

「ほう。どうやら、大衆伝達に望みを託すつもりらしいな」

「現実的な話だと思いますが。人の口に戸は立てられませんから、こういう話はあっという間に広まります」

ロバートが長い指で前髪を掻き上げ、さらに言葉を続けた。

「捜査の陣頭指揮を執《と》るルーファス殿下は大衆の人気者だ。それと同じくらい、悲劇のヒーローのストーリーも大衆に人気がある。無実の私が牢屋でどう扱われているか、一族総出で大々的に宣伝してもらう予定です。大衆の心の中にある正義の天秤《てんびん》は、私と殿下のどちらのほうへ傾くでしょうねえ」

ロバートが悦に入ったような表情を浮かべ、わざとらしくため息をついた。

「ルーファス殿下にお伝えください。このまま私を牢に入れておくのは、賢明な判断ではないと。自ら災いを招くようなものだと。大衆から非難のまなざしを向けられ、間抜けな晒《さら》し者になってしまいますよ、と」

ロバートが何と言おうが、ルーファスは己の評判が危険に晒された程度で、追及の手を緩めるような甘い人間ではない。

しかしおじいさんたちは、すっかり圧倒されたような表情になっている。

他の人たちであれば、ロバートに言いくるめられてしまったと思うだろう。

五感ではわからないことを感じ取ろうと、おじいさんたちとアイアスが特殊能力を働かせていることは、ミネルバたちしか知らないのだから。

「とにかく、メイザー公爵が牢に入れられるよう最善を尽くしてください。本来なら、いまここに彼がいるべきなんですからね」

自分が優位に立っていると信じて疑わないロバートが椅子にふんぞり返り、余裕たっぷりに言う。

げじげじ眉のおじいさんが、考えをまとめるように額をさすった。

「なるほど、よくわかった。何が正しいのかという観点に立ち、ベストを尽くすと約束しよう」

「よろしくお願いしますよ」

己の奥深くを覗《のぞ》き込まれていることなど知る由もないロバートは、勝ち誇った顔をしている。

「それにしてもお前さんは男前じゃのう。外見も素晴らしいし、ええ声をしとる。女の目と耳を喜ばせそうじゃ」

「ありがとうございます。うれしいことを言ってくれますね」

歯のないおじいさんが「ふぉっふぉ」と笑う。ロバートも声を上げて笑った。

「好奇心から尋ねるんじゃが、お前さんが関係を持った女の数が百人近いというのは本当かい？本当だとしたら、ガールハントの天才じゃ」

「いやまあ、本当ですけどね。でも、僕はガールハントなんかしていません。むしろその逆です。女たちのほうから言い寄ってくるから、うんざりしているんですよ」

雑談が始まったと思ったのだろう、ロバートはすっかりくつろいだ顔つきだ。さっきまで礼儀正しく『私』と言っていたのが、プライベートで使う『僕』に変わってしまっている。

「うらやましいのう。女をその気にさせるのに、苦労したことがないらしい」

「まあね。いつだって、僕の魅力が女を夢中にさせるんですよ。僕の言うことなら何でも耳を傾ける。勝手に愛のとりこになって、言い方は悪いが奴隷のようになってしまうんです」

ロバートがほくそ笑む。あまりにも自信たっぷりで、あまりにもいやらしい印象を与える笑顔だ。

「しかし元婚約者のお嬢さんは、お前さんの魅力にうっとりする女たちとは違ったようじゃなあ。

彼女から情報を聞き出すのが至難の業じゃったから、妹と『いけない関係』を結んだんじゃろう?」

「たしかにソフィーは、ミーアに比べて守りが固かった。両親が何よりの良縁だと言ったし、妻としては申し分のない女だと思ったが……」

ロバートの顔に、はっきりとした嫌悪が滲《にじ》んだ。

「いつもきちんとしていて、隙がなくて、人形みたいな女でしたよ。あれは多分、ろくな結婚はできないな。必要以上に禁欲的ですし、まともな男なら逃げていきますよ」

「そうかい? お前さんが投獄されたあとに、ミネルバ様の二番目の兄と婚約したんじゃなかったかのう」

「マーカスとかいう、脳みそまで筋肉みたいな男でしょう」

ロバートがふんと鼻を鳴らした。自分より劣っている者——属国の人間を見下すのは当然だと思っているようだ。

マーカスもソフィーも身じろぎすらしない。自制心をマントのように身にまとい、じっとロバートを見ている。

「あいつには、女性に自分を特別な存在だと思わせるテクニックなんかないでしょう。いくらミネルバ様の兄でも、あらゆる点で僕に劣っている。家同士も親しく、つり合いが取れていた僕を失って、ソフィーはきっとやけになってしまったんでしょうね。頭は悪いが成り上がり精神の強い男と婚約するなんて、馬鹿な女ですよ」

苦痛と屈辱がミネルバの胸を満たす。大切なマーカスとソフィーのことを、そんなふうに言わないでほしかった。実際の二人の仲のよさは誰もがうらやむほどで、その愛は日ごとに深まるばかりに見えるのに。

「わしにはそうは見えんかったがなあ。ソフィーさんは教養豊かで貞淑で、マーカス殿は心が広く、温かくて優しい人柄じゃ」

「そうじゃそうじゃ。自分の魅力を見せつけてもソフィーさんが落ちなかったからといって、負け惜しみは言わんことじゃ」

「必要なことはもうすべてわかった。目減りしたわしらの忍耐力が、完全になくなる前でよかったのう」

ついさっきまで友好的な会話をしていたおじいさんたちから鋭い視線を向けられ、ロバートが「失礼なっ！」と顔を赤くする。彼は拳で威嚇するように、両手を固く握りしめた。

「失礼なのはどっちじゃ」

げじげじ眉のおじいさんが冷たい声で言う。

「名誉毀損罪や侮辱罪という言葉を知っとるかい。知らんのじゃろうな、お前さんの頭にあるのは女の尻を追いかけることだけじゃ。大声で無実を訴えるのは結構だが、勉強もしておいたほうがええぞ。出てきた途端、訴えられたくなけりゃあな」

おじいさんたちが勢いよく立ち上がる。ロバートは口をぽかんと開いて彼らを見上げた。

「これで尋問は終わりです。お疲れさまでした」

ずっと感情を露《あら》わにしなかったアイアスが、やはり冷たい声で言った。

おじいさんたちが機敏な動作で向きを変え、扉へと歩いていく。彼らが出て行ったあとには、訳がわからないといった表情のロバートだけが残された。

「ロバートには人を魅了する能力がありますね。人の心を操るという点では催眠術と同じです。能力の強さをランク分けすると、一番弱い部類に入りますが」

ロバートを隅々まで探索したアイアスが、瓶底眼鏡を外しながら言う。

「やはりか。最も可能性が高いのはそれだと思っていた」

ルーファスが指先で眉間を揉《も》む。

ミネルバたちは刑務官用の会議室に集まっていた。アイアスとおじいさんたちに、ロバートから感知できたことを報告してもらうためだ。

「力の強さをわかりやすく十段階に分けるとして、私の見るところロバートは一程度です。そんなに力はありません。魅了もガードの弱い、ごく限られた人間にしか効かないでしょう。参考までに言いますと、アシュラン王国に降臨した『劣等生の異世界人セリカ』でも八はありました」

「弱くても魅了は魅了だ。軽い女なら誘惑できて、自分に夢中にさせることができたわけか。ちなみにその基準だと、ミネルバやルーファス殿下、そして天才ロアンはどれくらいになるんです？」

マーカスが質問する。

「殿下とミネルバ様は極めて高いレベルですね。九はあるでしょう。ロアンは十……いや、彼は規

格外なので十を超えているかも」

「ロバートの力が一で、アイアスさん以外には感じ取れないほど微弱なのに、牢獄《ろうごく》から拘置所に向かって催眠暗示をかけられるものですか？　恐ろしく強いロアンをあざむいて？」

マーカスが首をひねる。

「それを可能にするのが『触媒』ということになるんですが……考えれば考えるほど疑問だらけです」

アイアスが大きく息を吐いた。

「私の疑問は一旦置いて、触媒についておさらいしましょう。触媒は特殊能力者の力を強めます。盾にもなってくれます。それから、力を集中させる助けにもなってくれます。高度な力を使うには、どうしても高い集中力が必要になりますから。忘れてはならないのは、何らかの神の加護を持っている異世界人と違って、私たちが特殊能力を使うには多大なエネルギーを消耗するということ。場合によっては命まで削ることになる。それでは困るから、強い力を使う場合は触媒を利用するわけですね」

アイアスがハンカチで瓶底眼鏡を拭き始めた。そして言葉を続ける。

「いくら触媒があっても、一レベルの力を九や十にまで引き上げるのは難しい。そんな桁外れの力を持つ触媒が存在する可能性は、限りなくゼロに近いんです」

アイアスはため息をつき、綺麗《きれい》になった眼鏡をかけた。

「爺様《じいさま》たちに探ってもらった結果、ロバートが触媒を隠し持っているという線は消えました。ここ一か月以内に、大きな力を使った痕跡もない」

「じゃあ、倫理観のない特殊能力者がロバートの他にもうひとりいるかも？　僕が姿を見たり力を感知したりできないように、隠れ身の術を使えるようなやつが」

ロアンがパチンと指を鳴らす。アイアスが首を横に振った。

「この世界で最強の能力者である君を上回るとなると、それはもう異世界人しかいません。セリカのような劣等生とは違う、本物の力の持ち主ということになる。しかし異世界の人間は、こちらの世界にとっては異分子。特にこのグレイリングで、異世界人が自分の存在を隠すというのは容易ではない」

「うーん、つまりどういうことです？」

「奇妙な性質を備えた触媒が、メイザー公爵の近くに隠されていると思います。先ほどは限りなくゼロに近いと言いましたが、世界中の触媒を調査したわけではないので」

「こっちの目をごまかせて、ロバートの力を飛躍的に高めて、エネルギーも消耗しなくて、一か月以上も更新なしで力を保持できる触媒って、どんなのが考えられます？」

「自分で言っておいてなんですが、見当もつきませんね。いや、私の頭の中のデータベースに、可能性として考えられるものがあるといえばあるんですが、まさかそんなはずがないだろうって代物で。とにかくメイザー公爵を調べるまでは、海の物とも山の物とも……」

アイアスが深々とため息をついた。

「なあロアン、魅了って定期的に更新しないとまずいのか?」

マーカスがロアンの肩を抱く。

「どんな力でもそうです。一発勝負じゃなくて、長期間触媒を作用させるならね。異世界人のセリカだって月に二、三回は、自分の力を込めたブツを交換してたくらいですし」

「更新しなかったら、普通はどうなる?」

「催眠暗示が長く続きません。相手を思い通りに動かすのって、めちゃくちゃ力がいるはずなんです。新しく力を注ぎこまなければ、かなり早く効果がなくなると思います」

マーカスが「そうなのか」と唸《うな》る。歯のないおじいさんが「ふぉっふぉ」と笑った。

「わしには嘘《うそ》をついている人間が放つ、独特の熱を感知する能力があるんじゃが。ロバートはそりゃあ熱かったぞい。特大級の嘘をついているのは間違いない。まあ、それを証明するのが難しいんじゃが」

残りのおじいさんたちが「頑張るしかないのう」と一斉に笑う。ルーファスがこほんと咳払《せきばら》いをした。

「とにかく、ロバートに微弱ながらも特殊能力があることはわかった。急いでメイザー公爵のいる拘置所に移動しよう。グレイリングの威信にかけて、この状況を徹底的に解明しなければならない」

ルーファスがその場にいる全員を見まわす。その目は圧倒されそうなほど真剣だった。

ミネルバたちは急いで馬車に乗り込んだ。座席に腰を下ろすと、マーカスが身を乗り出して向かいに座るソフィーの手をきつく握った。

「もう大丈夫だぞ。もう二度と、あの男の顔を見ることはない。いや、あるとしてもそれは、俺がこの拳でやつの顔をぶん殴るときだけだ」

「そのときは私も殴ってやるわ。あの人は本当に見下げ果てた男よ。私の拳だって、マーカス様の役に立つんだから」

ソフィーの勇ましい返事にマーカスが目を丸くする。彼は「頼もしいな」とつぶやき、いとおしそうな顔で笑った。

ミネルバは左隣に座るカサンドラを見た。顔が少し青ざめていて、元気がないのが気になる。

「ぜひ私も参加させてくれ。メイザー公爵やカサンドラさんと同等の苦しみを、あいつに味わわせてやる」

ジャスティンが珍しく拳を握って言う。それを見たカサンドラが、なんとも表現しがたい顔つきになった。

「ジャスティン様、お願いがあるんですが……」

「なんですか?」

「い、一緒にロバートを殴ってもらえますか。チャンスが来たら私、絶対に失敗したくないんです！」

今度はジャスティンが目を丸くする番だった。カサンドラの顔に血色が戻ったのを見て、彼は「喜んで」と微笑《ほほえ》んだ。

「ソフィーとカサンドラが殴りかかる前に、ロバートをしっかり弱らせておかないといけないわね」

ミネルバもぐっと拳を握りしめた。自分もできることならロバートを力いっぱい殴ってやりたい。

「令嬢の手は、悪人と殴り合いをするようにはできていないからな。竜手の訓練に励んでいる君を除いて」

ルーファスが優しい声で言う。

「だったら、俺が『正しい殴り方講座』を開きますよ。まず、手を握るときに親指は――」

マーカスの即席講座がミネルバたちの気を紛らわせてくれる。そして馬車での移動はなごやかな雰囲気のうちに終わった。

馬たちが頑張ってくれたおかげで、一時間もかからずにメイザー公爵のいる拘置所に到着できた。そこは牢獄よりは街の中心部に近い場所で、メイザー公爵は厳しい監視下に置かれている。

出迎えてくれたのはルーファスが組織した医療チームの責任者だった。メンバー全員がジェムのように、特殊能力による健康被害の知識が豊富であるらしい。

「メイザー公爵はとても幸運ですよ。こういったケースでは、わけがわからないうちに命を落とすのも珍しいことではないのです。ルーファス殿下のご指示で、できることはすべてやっています。精神面に比べて、体の状態は落ち着いている。そうはいっても、弱りつつあることは否定できませんが……」

メイザー公爵の部屋は一番広い個室だ。ミネルバたちが足を踏み入れると、公爵はベッドでうとうとしていた。

（たった一か月で、こうも変わってしまうなんて……）

公爵の顔を見た途端、ミネルバは衝撃に襲われた。かなり顔色が悪いし、目の下には濃い隈《くま》が出ている。

以前はなかった髭《ひげ》がかなり伸びていた。一分の隙もなく整っていた髪も、くしゃくしゃに乱れている。公爵の髪は栗《くり》の実のような色だが、半分以上が白髪になってしまっていた。

それでもセリカに呪われたアシュランの国王夫妻よりはましだった。彼らの場合は、医学に関しては素人のミネルバでも絶望的な状態にあることがわかったから。ルーファスの助けがなければ、公爵もそうなっていたかもしれない。

「お父様……」

カサンドラがベッドの脇に膝をつく。公爵が目を開け、真っすぐに娘を見つめ返した。

「カサンドラか。また声が聞こえたよ。手の届かない闇の中から、ざらざらした声がするんだ」

カサンドラは父親の手をぎゅっと握った。公爵が起き上がろうとする。聴診器をつけた医師が即座に介助に当たった。

体を起こした公爵が、驚きの浮かぶ目で周囲を見回す。

「ルーファス殿下、ミネルバ様。私はこれまでの非礼を、どうお詫《わ》びしたらいいのか……。その上ニューマンが、品性下劣なろくでなしであることも見抜けず……」

どうやら深く恥じ入っている様子だ。ルーファスが重々しくうなずいた。

「非礼については、カサンドラ嬢から十分すぎるほど謝罪してもらった。そして罪のあるなしにかかわらず、まずは貴殿が回復することが重要だと思っている。ミネルバの側《そば》にいれば、カサンドラ嬢は安全だ。いままでは翡翠殿《ひすいでん》が彼女の家だ」

「ありがとうございます。ミネルバ様がしてくださったことは、一生忘れません……」

公爵は深々と頭を下げた。そしてそのまま頭を抱えてしまう。

「お父様、頭が痛いの？」

「ああ……よくこうなるんだ。頭ががんがんする」

公爵が頭を上げる。ひどく顔色が悪くなっていた。おまけに下唇が震えている。

「声が聞こえるなんて、私はもうまともではないんだ。いまとなっては、以前の自分がまともだったのかどうかもわからない……」

公爵の顔に、いくつもの感情が次々と現れた。最初に現れたのは怒りだろうか。そして苦悩に顔が歪《ゆが》む。悲しみが顔をよぎり、最後に諦めが浮かぶ。疲れた目が一層光を失って、心を閉ざしてしまったのがわかった。

「私がやったんだ。でも、何をやったのか覚えていない。私の意思などどうでもいい。いや、どうでもよくなどない……。私は認めなければならない。一体何を？　いいから意思を捨てろ、その瞬間に身を任せろ……」

公爵が話せば話すほど、どんどん支離滅裂になっていく。何かに取り憑《つ》かれたような目をしている。どうやら急速に正気を失いつつあるようだ。

「いくつか検査します。スタッフの皆さんも、ミネルバ様たちも下がってください」

壁際にいたアイアスが飛び出してきた。おじいさんたちも後に続く。ミネルバはカサンドラの肩を抱いて、邪魔にならない位置まで下がった。

ひどく深刻な事態に陥っているようだ。いつも飄々《ひょうひょう》としていたおじいさんたちが、かなり険しい表情になっていた。

「いまこのとき、メイザー公爵の頭の中で何かが起きている。爺様たち、探査の用意はいいですか？」

アイアスがてきぱきと言う。

「大丈夫じゃ。メイザー公爵よ、じかに触れるのを許してくれよ」

ひげのおじいさんが全員を代表するように、公爵に向かって宥《なだ》めるような声を出した。

おじいさんたちには『嘘を見抜く能力』『年代測定能力』『残留特殊能力を感知する能力』『痕跡

を見る能力』がある。じかに触れることで、公爵に影響を及ぼしている隠れた力を捕まえ、分析しようとしているのだろう。

「ああ、頭が痛い。痛くてたまらない。私がすべて悪いんだ。私は、私はすべての責任を負わなければならない！」

「声がそう言っとるんじゃろう。お前さんの心を弱らせて、間違った記憶を植え付けようとしとるんじゃ。負けちゃいかんぞ」

「無理だ……ひどく気分が悪いんだ……」

謎の声に襲いかかられて、公爵は朦朧《もうろう》としている。

ミネルバは邪魔にならずに観察できる場所で、青ざめるカサンドラをしっかりと抱きしめていた。

ジャスティンがこちらに気づかわしげな目を向けてくる。

対面の壁際にいる医療スタッフたちが、慣れた手つきで何かを調合している。すぐに不思議な香りが漂ってきた。恐らく、公爵の苦痛を和らげるためのものだろう。

「メイザー公爵、あなたに何かを命じる声は、ロバートのものですか？」

「わからない……。もう、ロバートの声すら思い出せない。私は駄目な人間なんだ……」

「自分を責めちゃだめですよ。あなたは弱くない、むしろ強い。医療チームのサポートがあったとはいえ、特殊能力に一か月も抗《あらが》える人間なんて滅多にいないんですから。さすがは建国にも携わった名家の当主だ」

公爵の気持ちを紛らわせるためだろう、アイアスが明るい口調で言った。

公爵のために調合された香りは、眠気を引き起こす力があるらしい。公爵が目を閉じ、眠りに落ちたのがわかった。それでも謎の力が、彼の頭の中でささやきを発しているのは間違いない。

「メイザー公爵自身に特殊な力はありませんね。精神力はかなり強いですが」

「嘘もないようじゃ」

「ごくわずかじゃが、ロバートの力の影響が感じられる。存在を消すことが随分上手《うま》いのう。こりゃあ触媒の力じゃろうな」

「触媒が働いた痕跡があるぞい。大きな痕跡じゃ。ううむ、このような痕跡とは、これまで接したことがない。この世界の物質が残したものと、明確に区別がつく」

「新旧二つの力を感じる。新しいほうはロバートのじゃろう。もうひとつはとんでもなく古い。こりゃ、半端な古さではないぞ」

アイアスとおじいさんたちが、ほとんど同時に息を呑《の》んだ。

「こりゃあ大変じゃ。とんでもないことになった」

混乱したように目を見張る彼らを見て、ロアンが口を開いた。

「ロバートの力の影響はあるけど弱くて、触媒のほうは大きな痕跡を残すくらい強くて、それはこの世界のものじゃなさそうで、遥《はる》か昔のものっぽい？」

ロアンがかなり緊張しているのをミネルバは感じ取った。恐ろしいほどの緊張感は、ルーファスの周囲にも漂っている。

「つまり、ロバートが使っている触媒は『召喚聖女の遺物』だということか？」

ルーファスが激しく動揺しているのがわかる。これはかなり珍しいことだった。いつもの彼は誰よりも自己抑制が強いのだ。

（『召喚聖女』というのは、セリカと同じように儀式によって召喚された異世界人？　そういえば初対面のとき、おじいさんたちから『純聖女』という言葉を聞いたような……）

緊迫感がびりびり伝わってきて、疑問を口に出すのは憚《はばか》られた。

「でもそんなこと、本当にあり得るんですか？　召喚聖女の遺物がかなり古いってことは、本人はもうこっちの世界にはいませんよね。仮に何かが残っていたって、動力源を失えば役に立たなくなるはずでしょ？　異世界人が残したものは、本人がいなくなれば数か月で朽ちるってのが定説じゃないですか！」

激しい口調でロアンが言う。息を詰めているミネルバの様子に気づき、ルーファスが片手で髪をかき上げた。

「アイアス、メイザー公爵の探査はもういいか？」

「ええ、もう充分です」

「それなら、あとは医療スタッフに任せて私たちは別室に移動しよう。純聖女と召喚聖女の違いと、両者の尋常ならざる能力について、ミネルバたちに説明する必要がある」

いつも通りの、落ち着き払った声。しかし未《いま》だにルーファスの心が動揺しているのが、ミネルバには手に取るようにわかった。

「応接室にご案内します、ルーファス殿下」

医療スタッフの青年が言う。ルーファスは穏やかな顔で「ああ、頼む」とうなずいた。しかしミネルバの目には、さっきの彼の緊張した表情がくっきりと焼き付いていた。

ミネルバは胸に手を当てた。手のひらの下で心臓が激しく鼓動している。不安で心がかき乱されているが、自制心を失ってはならないと己に言い聞かせる。落ち着いて、何が起きているのか把握しなければならない。

青年に案内されて、ミネルバたちは応接室の中に入った。ルーファスと並んで、テーブルの上座の椅子に腰を下ろす。

全員が席に着くと、ルーファスが口を開いた。

「私とロアン、そしてアイアスと爺様たちは、気を鎮め、混乱した頭を整理する必要がある。ミネルバたちは、あれこれ疑問を持っていることだろう。まずは聖女の伝説について研究しているアイアスから、ひと通り説明してもらいたい」

「は、はい。わかりました」

アイアスが素早く立ち上がる。目は眼鏡で見えないが、震えた声から動揺がまだ収まっていないことが伝わってきた。

「すみません、信じられないという気持ちがどんどん強くなっていて。皆さんに詳しく説明しているうちに、落ち着いてくると思いますので」

アイアスが眼鏡を外し、強張《こわば》った顔で無理やり笑った。

「異世界人召喚に関する書物は禁書ですから、普通の人々にとっては『純聖女』も『召喚聖女』も、神話や伝説よりも遠い話になっています。だからグレイリングの勢力圏で、異世界人の能力を当てにする者など皆無に等しいわけですが……」

ミネルバは偽者のレノックス男爵のことを思い出した。

彼はアシュラン王家を破滅させるために、禁書を求めて二十年近く放浪生活を送っていた。彼の未熟な召喚術に応じた唯一の異世界人が、ミネルバから王太子妃の座を奪ったセリカだったのだ。

「まずは『純聖女』ですが、これはかなり古い話になります。グレイリング帝国の建国よりもずっと昔、国という概念や世界秩序が確立する前のことです。人々を教え導くために、神がひとりの女性を遣わしました。彼女は神の寵愛《ちょうあい》を受けており、類まれなる特殊能力を備えていました。神と心を繋《つな》げることができ、魔を退ける浄化能力があり、結界を作って人々を災いから守ることができた。おまけに膨大な知識を惜しげもなく披露して、人々に助言を授けたんです。いつしか人々は、彼女のことを『聖女』と呼んで崇《あが》めるようになりました」

アイアスがふうと息を吐く。幾分落ち着きを取り戻したようだ。彼は眼鏡をかけると、さらに言葉を続けた。

「聖女と共に幾多の困難を乗り越えた人々は、平和で豊かな聖女との暮らしがさらに続くと信じて疑いませんでした。しかし神は人々に自立を求めた。そして聖女がある日突然消えてしまったのです。それこそ神隠しにあったみたいに。もちろん人々は混乱状態に陥りました」

ロアンのように魔を清める能力を持ち、ミネルバのような透感力があり、ルーファスのように結界を作ることができた聖女。自分たちよりももっと力が強かったはずで、人々にはまさに神そのものに見えたに違いない。

「神が聖女を隠した理由は、人々が欲張りになったからだと言われています。しかし神は残された人々が困らないように、贈り物を授けていました。聖女自身が力を込めた物がいくつか残された。それらがこの世界で最初の触媒です。だが人々は、神の望みである自立とは違う目的のために触媒を使うようになってしまった」

アイアスが口元を歪め、眼鏡のブリッジを指で押し上げた。

「人々は触媒を使って、天の国に帰ったと思われる聖女に接触を試みたんです。しかし成功した者はひとりもいなかった。人々はいつまでも聖女がいた時代の記憶から抜け出せず——とうとう異世界の神に接触し、その神から祝福された娘を呼び出してしまいました。一度だけではなく、何度も……それ以降、この世界の神が遣わした女性を『純聖女』、異世界の神の加護を受けた娘たちを『召喚聖女』と区別して呼んでいます。ここまででご質問はありますか？」

ミネルバは「あの」と右手を挙げた。アイアスが「どうぞ」と答える。

「召喚聖女たちは、セリカと同じように自らの意思でこちらの世界に来たのですか？」

「私の知る限りではそうです。セリカのように元の世界で辛《つら》い思いをしていたり、病気や事故で死ぬ間際であったり。彼女たちに共通していたのは、こちらの世界で生き直したいという強い気持ちです」

ミネルバは「ありがとうございます」と小さく頭を下げた。召喚聖女たちが無理やり呼び出されたのではないと知って、ほんの少し安堵《あんど》していた。それでも古代の人々が愚かであったことに変わりはないのだが。

今度はジャスティンが「はい」と手を挙げた。

「アシュランの元王太子フィルバートはセリカを召喚した事実を隠し、彼女は天から降ってきたのだと主張していました。実際にそういった現象は世界各地で見られるそうですが、彼らは召喚聖女とはまったくの別物ですか？」

「突発的に異世界人が降ってくるのは稀《まれ》な話です。彼らは召喚聖女とは明確に違います。召喚が頻繁に行われていた時代に、異世界との繋ぎ目に『穴』が開いたようなんですね。我々は穴から落ちてきた異世界人には、助けの手を差し伸べることにしています。彼らが悪意を持っていない限りは」

ジャスティンが頭を下げる。アイアスは全員を見回し、こほんと咳払いをした。

「では、他にないようなので話を続けます。異世界の神の加護を持つ召喚聖女の力は、とても強かった。当時の人々が総力を挙げて呼びかけただけのことはありました。そのころには世界はいくつかの国に分かれていて、人々は彼女たちの力を国の保護や作物の豊穣《ほうじょう》のためだけでなく、軍事力としても使うようになりました。中には攻撃力や治癒力を持つ娘もいたそうなので。完全なる召喚聖女依存です」

アイアスが小さく肩をすくめた。

「そういった国々がその後どうなったかというと、悲惨としか言いようのない滅び方をしました。王族は異世界人の力を自分たちの利益のためだけに使っていたので、召喚聖女が寿命で亡くなった後に、のっぴきならない状況に陥ったんです。彼女たちが残した物は、本人がいなくなると必ず朽ちる。儀式の訓練を積んだ王族や神職者などが、すぐに次の聖女を召喚しましたが、誰が応じてくれるかは毎回予測がつかない。首尾よく成功しても、道徳心のない娘が召喚に応じることもあるわけで」

ミネルバはごくりと息を呑んだ。超人的な力を持った、倫理観の欠如した娘――セリカよりももっとたちが悪い。

「そういった娘は、天与の才能を自らの欲望のためだけに使いました。こちらの世界の特殊能力者は、人々を彼女たちから守らなければならなくなった。まさに本末転倒です。彼らは純聖女が残した触媒を使って戦いに挑み、勝利しました。召喚聖女を擁していたいくつもの王家が途絶え、彼らがそれぞれの国を引き継いだ。そして過ちを繰り返さないために、召喚術を封印したんです」

「ありがとうアイアス。純聖女と召喚聖女の違いが、皆よくわかったことだろう」

ルーファスが静かに言う。

「召喚術について記した古代の書物は、間違った者の手に落ちれば危険極まりない。だからグレイリングの勢力圏では禁書になっている。偽者のレノックス男爵の召喚陣が不完全だったように、現在では邪悪な目的で強い聖女を召喚することはほぼ不可能だ。口頭で伝えられていた技術は完全に失われているから、ガイアル陣営であっても難しいと思う」

ルーファスが口を閉ざして、指先で眉間を揉みほぐした。何かを考えているような仕草だ。そして再び口を開く。

「純聖女の遺物は、現在までに大半が失われた。召喚聖女との戦いで壊れてしまったんだ。そして召喚聖女の遺物が人知れずどこかに眠っているということは、基本的にはあり得ない。この世界が異世界人を受け入れても、異物は異物だ。召喚聖女がいなくなれば、残した物は数か月で朽ち果てる」

ロアンが両手を握りしめ、テーブルの上に身を乗り出した。

「でも、アイアスさんと爺様が調査した結果はどれもこれも、ロバートが召喚聖女の遺物を触媒に使ってるって告げてるんですよ。まさしく予想外で、本当だとしたら事態が一段と厄介になります。どう考えてもまずいんです」

かつてないほど真剣なロアンの声を聞いて、マーカスがごくりと息を呑んだのがわかった。

「大前提として、術者である僕らが触媒に力を込めても、術者不在の状態では効果は長くは続きません。さらに魅了とか催眠とか、自分の発する命令で他人を操るときは、標的に近寄る必要がある」

「お、おう。だからロバートが力を保存できる新種の触媒を見つけて、メイザー公爵の近くに仕掛けてるんじゃないかって推測してたよな」

「そうです。でも触媒が召喚聖女の遺物となると……こっちの世界の法則が通用しない。『術者』と『触媒』と『標的』の三つが遠く離れた違う空間にあっても、きっと成り立ってしまう」

ロアンがそこで口を閉ざした。マーカスが考え込むような顔つきで「つまり」とつぶやく。

「触媒を見つけ、証拠を押さえる仕事はルーファス殿下やロアンの肩にかかっているのに、難易度が爆上がりしたってことか」

「そうです。さらに悪いことに、残された時間は限られてる」

緊迫した口調でロアンが言った。

「永久凍土の中で冷凍されてた古代動物みたいに、召喚聖女の遺物が何らかの方法で封じ込められていたとして。取り出して使い始めた時点で、消滅までのカウントダウンが始まっている。僕らが見つけられなければ、物的証拠が一切残らない」

マーカスがまたごくりと息を呑む。

「つまり俺たちは、ロバートが力を使っている現場を押さえることも、触媒がメイザー公爵に影響を及ぼしている確証を得ることもできない。召喚聖女の遺物が消えてしまえば、証拠は何もない。

傍目《はため》には、単にメイザー公爵の気が触れたように見えるだけ……」

「召喚聖女の遺物が消滅するまで、メイザー公爵が生きていられたらですけど。このままだと彼の精神状態はますます悪化します。魅了は心を支配して、体にも影響を及ぼしますから……命を落とす可能性もある」

カサンドラが「そんな」とつぶやく。華奢《きゃしゃ》な体が、息をし続けるのが難しそうなほど震えているのがわかった。

ロアンが彼女を見て、申し訳なさそうな表情になる。カサンドラは「大丈夫です」とロアンを見返した。

「あなたは単純に事実を——厳しすぎる現実を述べただけ。私は知る必要があります。どうか続けてください」

「ありがとうございます。とにかく急ぐ必要があるので、遠慮なく続けます」

いつもは悪戯《いたずら》っ子のようなロアンが、美しいオッドアイに知性を漂わせている。グレイリングが誇る天才児は、大人びた顔つきで再び話し始めた。

「メイザー公爵を救えるかどうかは、多分僕の浄化の腕にかかっている。怖気《おじけ》づいてるとかじゃなくて、これも単に事実として聞いてほしいんですが……基本的に浄化って、恐ろしく危険な仕事なんです。術者も触媒も、消されまいと抵抗してきますんで」

「お前、すごく簡単にやってるように見えたけど……そりゃそうだよな。敵意に溢《あふ》れている相手と戦うんだよな」

マーカスが目から鱗《うろこ》が落ちたような顔で言う。

「そうなんですよ。だからほんのささいな失敗でも命に関わるんです。まあ僕は天才なんで、これまで失敗したことないんですけど」

ロアンは小さく笑って、すぐにまた厳しい表情になった。

「簡単にやっているように見えて、事前準備はしっかりしてます。相手のことを前もって調べて、正しい触媒を選択します。セリカの魅了は国王夫妻の体からだだ漏れでしたから『あ、こいつ僕より弱いな』って心の準備ができたんですけど。でもロバートは召喚聖女の遺物を隠《かく》れ蓑《みの》にしてます。そして召喚聖女がどんな力を持っていたのかも、僕は知らない」

「つまり、揃《そろ》えておいたほうがいい情報がまったくないってことか」

「そうなんですよね。何事にも備えが肝心だってのに。あ、でも自分の務めや責任は心得てるんで、誤解しないでくださいね。どんなに難しかろうが、戦う覚悟はできてるんで。いろんな意味で難航しそうだけど、時間とのつばぜり合いだし、すぐに取り掛からないとまずいかなって思ってます」

ロアンが胸を張る。十五歳の少年の顔に浮かぶ決意のほどが、苦もなく見て取れた。

「お前は私が守る」

ずっと何かを考え込んでいたルーファスが口を開いた。彼には結界を作る力があるので、たしかにロアンを守ることができる。

いくら彼らが特殊能力に詳しくても、何もかもを経験しているわけじゃない。召喚聖女の遺物からロアンを守るためには、ルーファスは能力を限界まで高めなければならないだろう。それでも命に関わる攻撃を受けるかもしれない。

ルーファスと婚約した瞬間から、ミネルバなりに覚悟はしていた。超常的な力から人々を守る人間は必要で、彼こそがそうなのだと。だが現実として直面すると、予期していた以上の恐怖が込み上げてくる。

「私も手伝うわ。メイザー公爵の体に触れたら、千里眼で召喚聖女の遺物のありかを突き止められるかもしれない。公爵の体内に隠れているロバートの力のありかを、ロアンに教えることもできるかもしれない」

「言っておくが、体力をかなり消耗するぞ。本物の召喚聖女の力はセリカとはまったく違う。正直に言えば、君に手伝ってもらいたい気持ちより、安全な場所にいてほしい気持ちのほうが勝る」

「こんな状況で過保護になるのはやめて。私が大人しく引っ込んでいると思う？」

ミネルバはルーファスと目を合わせた。傍目からはにらみ合っているように見えることだろう。

「私はあなたの支えとなり、魂を分かち合う伴侶よ。グレイリングの勢力圏の人々を守るのがあなたの仕事で、それは私の仕事でもあるんだわ。竜手の訓練のおかげで、体力ならどんな令嬢にも負けない。お願い、手伝わせて」

ミネルバは胸の前で両手の指を組み合わせた。緊張のあまり、心臓がどくんどくんと打っている音が聞こえた。

ルーファスが考え込むようなまなざしを向けてくる。ミネルバの意思を尊重したい気持ちと、守りたい気持ちの狭間《はざま》で葛藤しているのだろう。

ミネルバがさらなる言葉を探していると、立ち上がったルーファスに両肩を摑《つか》まれた。

〈きっと、ありったけの力を振り絞ることになるぞ。君と出会う前の私なら、臆病風を吹かせたりしなかった。自分が傷つくのは怖くないから。でも君が危険に晒《さら》されることだけは……〉

心を開いて共鳴状態に入ると、すぐにそんな声が聞こえてきた。ルーファスの言葉に込められた深い愛に胸が痛くなる。

〈私も同じよ。あなたを守りたいと思わずにはいられない。差し迫った危険に、真っ向から立ち向かうあなたを手助けしたい。私たちは特殊能力を混ぜ合わせることができるのよ。召喚聖女の遺物が相手だとしても、上手くいくかもしれないわ〉

ミネルバは彼を見上げた。漆黒の瞳に恐怖の色が浮かび、口元は苦しげに歪んでいる。出会ってから初めて見る表情だった。

〈わかっている。現実問題として、君の手助けは必要だ。でもどうしても怯《おび》えてしまうんだ。愛する人が矢面に立つのがこんなに怖いなんて、知らなかった〉

〈あなたの愛を感じるのは、いつだって嬉《うれ》しいものだわ。でもお願い、あれこれ考えないで。私を守られるだけの存在にしないで。遠慮なく頼って。あなたが責任を負っている人たち……グレイリングの人々を守ることを優先して〉

その場にいる誰もが、自分たちの横顔を不安そうに盗み見ているのを感じる。でも、これは二人にとって必要な時間なのだと、口出しを控えてくれている。

〈私は……情けない男だな〉

〈その意見には反対よ〉

ミネルバはわざと怒ってみせた。お互いに長い間恋を知らず、出会ってからようやく人生を楽しめるようになったのだ。慣れない感情に振り回されるときだってある。

ルーファスが小さく微笑んだ。そしてミネルバの肩から手を離す。

「ミネルバの千里眼の手助けが必要だ。よろしく頼む」

ルーファスが力強く言う。二人の兄もソフィーもカサンドラも、そしてロアンも安堵の思いに包まれたのがわかった。

「ロアンの話を聞きながら思案していたのだが。ひとつ、ピンときたことがある」

いつもの冷静沈着な声で言い、ルーファスは椅子に腰を下ろした。

「ロバートが召喚聖女の遺物をどこで手に入れたか。その答えはディアラム領にあると思う。ミネルバの勘が部分的に当たっていたんだ」

「ミネルバ様の勘……。もしかして、銀と鉛の鉱山ですか？」

ロアンがテーブルの上に勢いよく身を乗り出した。

「たしか鉛は、特定の波長を遮断できるんでしたっけ。だから召喚聖女の遺物が朽ちなかった？」

「それもあるが、一番の理由はあの土地特有の自然エネルギーだと思う」

ミネルバは「あ」と声を上げた。ロアンもほとんど同時に口を開いていた。

「自然のエネルギー、つまり地熱！　ディアラム領は有名な温泉地だっ！」

ロアンの興奮が目に見えて高まった。ルーファスが「そうだ」とうなずく。

「古代の人間も、召喚聖女の遺物を長持ちさせる方法を探したことだろう。鉛は古くから利用されている金属だから、実験に用いられたとしても不思議ではない。だが、鉛だけでは成功しなかったはずだ」

「手に入りやすい金属ですし、上手くいったんなら似たような装置を作ったはずですもんね。そんでもって、召喚聖女の遺物もいくつか後世に残ったはず。ないってことは鉛だけじゃ駄目なんだ」

「けれど鉛鉱山に、自然の強力なエネルギーが掛け合わされたら話は別かもしれない……」

ミネルバは口元に手を当てた。ソフィーが「たしかに」とつぶやく。

「ディアラム領の温泉地は施設こそ老朽化しているけれど、グレイリングいちの湧出量を誇っているわ。あの土地が、他の場所に比べてエネルギーが高まっていると言われても納得できる。遥か昔から人々の傷や心を癒していた名湯で、神秘的な雰囲気があるもの」

マーカスが小さく口笛を吹いた。

「鉛が強い自然エネルギーと合体することで、超常的な力を持ったってことか。そんな環境を人工的に作り出すことは不可能だ。ロバートと召喚聖女の遺物という、悪魔的な組み合わせが誕生した説明がつく。よっしゃ、これでちょっと光が見えてきたぞ。ディアラム領をくまなく捜索したら、ロバートが召喚聖女の遺物を発見した場所を押さえられるはずだ」

ルーファスが「そうだな」と応じる。

「証拠がひとつ手に入る可能性が、かなり高い。ミネルバの進言のおかげで、ジミーが仲間内のかなりの人数をディアラム領に送り込んでいる。早速ハルムを飛ばして、昼夜を問わず捜索に取り組んでもらう」

おじいさんたちが「興奮するのう」「興味深いのう」などとうなずき合っている。アイアスが眼鏡のブリッジを指で押し上げた。

「ガイアル陣営は恐らく、召喚聖女の遺物のことは知らないのでしょう。ロバートが道を踏み外した要因は金ですから、真の価値を知っていたら絶対に売り渡したはずです。術者がレベル一のロバートでなかったら、もっと大変なことになっていた。ガイアルは遺物の力を存分に使って、縄張りを拡大しようとしたに違いない」

「あいつは狡猾《こうかつ》でずる賢いだけの小者ですからね。よくわからないまま、自分自身の邪悪な目的に利用したんでしょう」

マーカスの口元が軽蔑もあらわに歪む。

ずっと黙っていたジャスティンが「殿下」と口を開いた。

「ミネルバの勘のもう一端……ロバートとニューマンに繋がりがあるというのも、当たっているのではないでしょうか。カサンドラさんがメイザー公爵に付き添っている間、私をそちらの捜査に回していただけませんか」

カサンドラがはっと息を呑んだのがわかった。そして「私にも手伝わせてください！」と叫ぶように言う。

「メイザー公爵邸のことを一番よく知っているのは私です。あの人たちが何かを隠しているとしたら、見つけられるのは私しかいません」

ジャスティンが首を横に振った。

「カサンドラさん、それは危険――」

「あの人たちは素顔の私を知りません！」

カサンドラが勢いよく立ち上がった。

「リリベスとサリーアンに、ドレスや宝石は取り上げられてしまったけれど。二人とも使いかけの化粧品には目もくれなかったんです。だから化粧だけは完璧にしていました」

カサンドラは胸の前で両手の指を組み合わせた。ルーファスと見つめ合ったときのミネルバのように。

「使用人たちもきっと力になってくれます。ジャスティン様、どうか私を有効活用してください。

ミネルバが……大切な友達が、私のために力を振り絞ってくれるんです。私も精一杯のことをしなくちゃいけません。少しでもミネルバの助けになりたいんです！」

「カサンドラさん……」

ジャスティンが言葉を失う。

彼女の言葉に、ミネルバは深く感動していた。そこまで言ってくれて嬉しいと思う。涙がこみ上げてきそうなほどに。

じっと見つめ合う二人を、ルーファスが交互に見た。

「ニューマンに的を絞って調べてくれと、ジャスティンにはこちらから頼みたいところだった。わずかな時間も惜しいいま、カサンドラ嬢は大きな助けになる。ジャスティン、彼女を守れるか？」

「守ります」

ルーファスの問いに、ジャスティンが即答した。

「アイアスと爺様たちは、翡翠殿からすべての触媒を運んできてくれ。私とミネルバ、そしてロアンはメイザー公爵のところへ戻る。マーカスとソフィーには、私たちの執務の肩代わりと、名代として社交行事への参加を頼む。全員一丸となって、召喚聖女の遺物の力に打ち勝つぞ」

ルーファスの言葉に、その場にいる全員が「はい！」と大きな返事をする。どれほどの苦労が待ち受けていたとしても、皆と一緒ならば頑張れる。ミネルバはそう強く思った。

ミネルバたちはメイザー公爵のもとへ戻り、召喚聖女の遺物の力についての情報を集めることに労力を集中させた。

本当はロバートの力もろとも、いますぐ追い払いたい。しかし相手がどれほどの力を持っているかわからない以上、用心に用心を重ねなくてはならないからだ。

「うーん、難しいなあ。アシュランの国王夫妻のときは、フル稼働中のセリカの力が感じられる場所に、一点集中で浄化力を叩《たた》き込めばよかったんだけど。召喚聖女の遺物の力は、ロバートの力の隠《かく》れ蓑《みの》になっていると同時に、自分のことも上手《うま》く隠してる。メイザー公爵の体のどっかに引きこもってるんだ」

制服の上着を脱いでシャツとズボン姿になったロアンが、両手で頭を掻《か》きむしる。

強い浄化力を長時間注ぎ込むのは、メイザー公爵の体の負担が大きいらしい。だから力を極限まで弱くして、公爵の頭のてっぺんからつま先まで少しずつ注いでいく。

もどかしさで胸が締め付けられるほど長い時間がかかり、ようやく作業を終えたのは夜もかなり更けたころだった。

「結局、どこに隠れているのかはわからなかったけど。浄化に対する相手の出方はわかりましたね。

精神攻撃を仕掛けてくるなんて、生きてたころの召喚聖女はロバートに負けず劣らずの嫌なやつだったはずですよ」

エヴァン特製の滋養強壮剤をぐっと飲み干し、ロアンは盛大に顔をしかめた。そして冷肉にフォークを突きさす。

ロアンは特殊能力を使うとお腹《なか》が空《す》くタイプだ。精細な力の制御が必要な作業だったものだから、よけいに食欲旺盛になっている。

食料は医療スタッフの青年が、拘置所の食堂から調達してきてくれた。ロアンがひっきりなしにおかわりを要請するので、彼はいろんな意味で悲鳴を上げていた。ミネルバがエヴァンに指示して、食材の仕入れ強化と応援要員を手配したから、明日には解放されるだろう。

「メイザー公爵の頭の中……ぐちゃぐちゃだったわ」

グラスを握りしめて、ミネルバはため息をついた。自分も竜手の訓練のときに着るシャツとズボンという格好だ。てんやわんやになるのは目に見えていたから、とにかく動きやすさを重視した。

「あの不快な状態を、メイザー公爵がどうして耐えていられるのかわからないくらい」

メイザー公爵の体内で何が起こっているのか。それを千里眼で見るのは大変な作業だった。

ルーファスの結界に包まれた状態でベッドの端に腰かけ、眠り続けるメイザー公爵の手を取った。

感覚を鋭くしても、ほとんど何も見えなかった。

視界を覆う黒い霧のようなものに邪魔をされて、いつものように感じ取ったものを球体に映し出すこともできなかった。

不安や悲しみ、痛みや憎しみ、恨みや怒り——黒い霧は負の感情で満ちていた。あまりにも不吉な世界だった。逃げられるうちに逃げたほうがいいと、ミネルバですら恐怖に屈したくなるほどに。

「召喚聖女の遺物はこう言っているみたいだった。『私に従え、さもなければ恐ろしい結果が待っている』って。精神力の弱い人だったら、すぐに偽りの自白をしてしまうと思うわ」

「生まれつきの精神力の強さもあるのだろうが。メイザー公爵の場合は、カサンドラ嬢をひとりにしたくないがゆえの必死の抵抗なんだろうな。専用に調合した香りで意識レベルを下げているが……いずれ神経がぼろぼろになることは間違いない」

ルーファスはそう言って、滋養強壮剤をぐっと飲んだ。

目の前にいるルーファスは落ち着き払った表情で、ちっとも疲れているように見えない。でもミネルバには、彼が無理をしているのがわかっていた。

召喚聖女の遺物を相手に、ミネルバにもロアンにも守りが必要だ。必ずルーファスと二人ひと組になる必要がある。

ほとんど休む時間がなかったのに、ルーファスの結界は最後まで完璧だった。疲労が激しいだろうに、まったく表情を変えない彼を見ていると、切なさと愛《いと》しさで胸の奥がきりきりと痛む。

「ミネルバはもう休むといい。君が『見て』くれたおかげで、方向性がわかってきた。私とロアンはこれから、爺様《じいさま》たちが持ってきた新しい触媒の制御と運用について研究する」

ルーファスが笑みを浮かべる。いかなるときもミネルバを労《いた》わるのは彼の特徴のひとつだが、うなずくわけにはいかない。ミネルバは断固として己の意思を通すことにした。

「私も手伝うわ。疲れているのは体じゃなくて神経のほうだから、気分転換できたほうがありがたいの」

本当は無理をしていても、子どものころから感情を封じ込める訓練をしてきたせいで、決してそうは見えない——ルーファスはそういう人だ。

自分にとって何よりも大切な人が苦労しているときは、少しでも近くにいて助けたい。

「私には、ルーファス殿下もミネルバ様もロアンも、緊急に休息が必要に見えますが……」

アイアスが心配そうな顔でため息をつく。

彼は翡翠殿《ひすいでん》から触媒を持って戻ってきたあと、ミネルバたちの作業に立ち会い、懸命にメモを取っていた。

おじいさんたちは早寝早起きなので、一足早く休んでもらっている。拘置所の空き部屋を急遽《きゅうきょ》宿泊用に改造したため、ベッドの寝心地はあまりよくないだろうが。

ロバートの協力者——ミネルバの勘が正しければ恐らくニューマン——に気取られては困るため、メイザー公爵を拘置所から運び出すことはできない。所内の人々に害が及ばないよう、普段は使われていない半地下の部屋ですべての作業を行っている。

「僕ら三人とも、一旦こうと決めたら引かないし、諦めないんで仕方ないですよ。時間がない中で新しい触媒を試さなきゃならないから、睡眠不足は覚悟の上です。それにエヴァンさんの強壮剤、本当によく効くんですよ。僕の保証付きです。アイアスさんも飲みます?」

ロアンが新しいグラスを手に取り、ピッチャーから強壮剤を注ぐ。

グラスを差し出されたアイアスは「得体の知れないものを飲むのは……」と顔をひきつらせた。

エヴァンが魔女の薬草を用いて調合した薬は、市販品とはひと味違う。

きっとミネルバたちを思って、効果を高めてくれたのだろう。いつもの強壮剤よりもずっと、おどろおどろしさが増していた。

「信じられないかもしれませんが、美味《おい》しいですよ。ソフィーさんのアイデアを取り入れて、改良されているんで」

「そ、そうですか……それじゃあ、勇気を出して飲んでみます。長い夜になりそうですしね」

アイアスが半信半疑といった顔でグラスを受け取り、目をつぶって一気に飲み干す。目を開いた彼の口元に笑みが広がった。

「本当だ、すごく飲みやすい。これでもうひと頑張りできそうだ」

肩を回しながら意気込んでいるアイアスを見て、ミネルバは思わず微笑《ほほえ》んだ。彼もまた、己が定めた目標に向かって努力を続けることができる人だ。

そんな彼にどうしても聞きたいことがあったので、ミネルバは口を開いた。

「あの、アイアスさん。私の記憶が正しければ、翡翠殿に到着なさった日に『ルピータ神殿でとん

でもなく凄《すご》いものを見つけた』とおっしゃっていたと思うのですが。それは純聖女と関連のあるものなのですか？」

「関連があるというか、ずばり純聖女の遺物そのものなんですが……残念なことに、取り扱いが非常に困難なんです」

真っすぐにミネルバを見ながら答えるアイアスの眉間に、深い皺《しわ》が刻まれた。

「触媒としての力が強すぎて、制御が大変だということですか？」

ミネルバは必死に考えを巡らせた。

『召喚聖女』の遺物は、レベル一の力を九や十にしてしまう。術者と離れていても制御や運用ができてしまう。異世界人の力が込められているから、こちらの世界ではありえないような離れ業ができるのだろう。

『純聖女』の遺物では、そのような反則技は使えないと考えるのが妥当だ。こちらの世界の神も純聖女も、古代の人々に自立への努力を求めたそうだから。

こちらが考えていることを見抜いたかのように、アイアスは「きっとそうなんでしょう」と穏やかに言った。

「でも召喚聖女との戦いの後、純聖女の遺物をちゃんと機能させたという報告例は、残念ながらまったくないんです」

「そうなんですか……。あの、どうしてなのか教えていただけますか？」

アイアスは微笑みながら「もちろん」と答えた。

たしかに、少しおかしいとは思っていた。純聖女の遺物は深い意味がある品だ。召喚聖女の遺物と戦うという目的にぴったり一致するのに、ルーファスもロアンもおじいさんたちも、これまで一度もアイアスの発見に言及していなかったから。

「現在までに純聖女の遺物の大半が失われたことはご存じですよね」

「はい。召喚聖女との戦いで壊れてしまったとか」

「そうです。私が見つけたものは、ルピータ神殿で人知れず眠っていた。壊れなかったから残ったわけではなくて、そもそも戦いに参加しなかったんです。人々の愚かさに絶望し、心に鎧戸《よろいど》を下ろしていたから」

そう言ってアイアスはジャケットのポケットを探り、象嵌《ぞうがん》細工の小さな箱を取り出した。彼が蓋を開くと、そこには白い宝石が散りばめられた猫の彫像が鎮座していた。

「ベレーナといいます。純聖女のしもべだった猫です。伝説によれば、非常に高い能力を備えていたようですね。人間に愛玩される猫ではなく、神や純聖女に似た遠い存在です」

「綺麗《きれい》……。純聖女は、自らのしもべを模したものに力を込めたんですね」

「他にもたくさんの動物が純聖女に仕えていたそうですが、ベレーナは特に気難しいことで有名だったとか。このベレーナの彫像だけではなく、現在まで残っている純聖女の遺物は、人間に力を貸すべきではないと判断した。神と純聖女の願いを無視して、どこか違う世界の神に縋《すが》ったわけですから。きっと怒りしか感じなかったのでしょう」

「当時の人々の子孫としては、文句は言えませんね」

ミネルバはため息をついた。当時の王族たちが召喚聖女の力の恩恵を得たことで、一般の人々の命を危険に晒《さら》しかねない状況に陥ったのだ。ベレーナが絶望したのも当然だろう。

ロアンが右手を口元に寄せ、悔しそうに爪を噛《か》む。

「つまり現存している純聖女の遺物は、学術的にはめちゃくちゃ貴重だけど、実用的じゃないんですよね。こいつを使って、あっさり解決できたらよかったんだけどなあ。駆使できる力の全容を、知りたいっちゃ知りたいし。僕らがいま使っている触媒とは、比べ物にならないほど強力なはずですよ」

「私たちが使えないということは、ガイアル陣営も同じだということだ。あっちは自分たちの利になりそうなものなら、人が死のうが傷つこうがためらわずに使用する。人間に手を貸すのを嫌がるものばかりが残って、かえってよかったのかもしれない」

ルーファスが宥《なだ》めるような声で言う。

アイアスが「そうですね」とうなずいた。

「私は純聖女の遺物の歴史を、手当たりしだい調べました。絶望している……伝説ではそう言われているけれど。なんとなくこのベレーナは、お眼鏡にかなう人間を注意深く待っているような気がするんです。自分の術者となるのにふさわしいかどうか、観察しているんじゃないかって。だからポケットに入れてずっと持ち歩いていました。ルーファス殿下やミネルバ様を見てほしくて。いや、希望的観測にすぎないのはわかっているんですけどね」

アイアスが指先で鼻の頭を掻く。

護衛として壁際に立っているエヴァンが「観察……」と小さくつぶやくのが聞こえた。彼が任務中に独り言を言うのは、非常に珍しい。

「エヴァン、どうかしたの？」

「いえ、以前ミネルバ様から『私を観察していてほしい』と頼まれたことを思い出しまして」

ルーファスが怪訝《けげん》そうな顔をする。

エヴァンが慌てて言い添えようとして、ミネルバの顔を見た。言ってもよいという気持ちを込めて、ミネルバはうなずいた。

「カサンドラ様が体調を悪くした、大舞踏会の日のことです。ミネルバ様はこうおっしゃったのです。『私が自分の考え以外、何も目に入らなくなったり、無意識に人を傷つけたりしたら、諫《いさ》めてほしい。自分が調子に乗ればルーファス殿下の評判を犠牲にしかねない。高慢な人間になっていないか、護衛と同時に観察していてほしい』と。私はそれを聞いて、己の主人はなんと素晴らしいのかと感動いたしました」

ルーファスが「そうだったのか」と目を丸くしている。

「主人びいきが過ぎる……とミネルバ様には叱られてしまうかもしれませんが。ミネルバ様は心が温かく親切で、他人のためにご自分を犠牲にできるお方です。常に己を向上させる努力をして、人々の役に立てる機会を探しておられる。ベレーナにとっては、ミネルバ様こそが理想の術者なのではないでしょうか」

ミネルバは頬が赤くなるのを感じた。

「ありがとうエヴァン。でも本当に、主人びいきが過ぎるわ。ベレーナの彫像を見ていると、なんとなく拒絶されているのを感じるの。私は特別な人間じゃないのよ」

いち早く反応したのはエヴァンではなくルーファスだった。彼は「いや」と首を横に振った。

「君はたしかに、他の女性とは違う。それに、何事も試してみなければ始まらない。アイアス、ベレーナの彫像をミネルバに持ち歩かせてもいいか？」

「ええ!?　純聖女の遺物は、世界にいくつもないんでしょう？　私にそんな貴重なものを――」

「大丈夫です、これは頑丈で金槌《かなづち》で叩いても割れませんので。ブローチになっていますから、ミネルバ様が身に着けるのが最良だと思います」

アイアスが箱ごとベレーナを差し出してきた。ミネルバは恐る恐る受け取った。

「ミネルバ様、あんまり気負わなくていいですよ。駄目で元々って感じで！」

ロアンがそう言って、最後の冷肉を口の中に放り込んだ。

手のひらの上で温かいエネルギーが脈打っているのがわかる。

恐らく徒労に終わるだろうが、ベレーナの目の前で全力を尽くそう。美しい白い猫の彫像を眺めながら、ミネルバは決心を固めた。

それからミネルバたちは意見を出し合い、メイザー公爵を救うための計画を練った。アイアスやおじいさんたちが見つけてきた、聖なる剣や彫像など数多くの触媒を試してみた。それぞれのアイデアを加えて、結果をすべて検証する。

ほとんどが満足いくものではなかったが、少しでも望みが残っている限り、希望を失わずに頑張った。

やがてルーファスは『黒翡翠《ひすい》』という、心を惹《ひ》かれる触媒を見つけた。古代遺跡から発見された、目標を成功に導く力のある石らしい。

「私たちの特殊能力は光寄りで白く見えるが、召喚聖女の遺物の力は漆黒の闇だ。こちらが影をまとうことができたら、事を有利に進めることができるかもしれない」

「影を操って、こっちも身を隠すってことですね！」

ロアンがぽんと手を打つ。そしてルーファスは、黒翡翠を制御するために力の限りを尽くした。

彼は三日で影をまとえるようになった。ミネルバの特殊能力を包み込んで、メイザー公爵の心に巣食う黒い霧に紛れ込み、相手に気づかれずに動き回ることができるようになったのだ。

召喚聖女の遺物が発する声に邪魔されなくなったおかげで、ぼんやりとだがメイザー公爵の心の声が聞こえる。それはロアンが浄化すべき場所を導き出す手がかりとなった。

一週間が過ぎるころには、ロアンが『煙水晶』を操れるようになった。やはり古代遺跡から発見された、悪魔を追い払う力のある石らしい。

派手な光のシャワーのようだった彼の浄化が、穏やかで優しい暖炉の炎のようなものに変わり、メイザー公爵の体の負担を大幅に軽減できた。

「ルーファス、座って。あなたには休息が必要よ」

十日目の夜も更けたころ、ミネルバは滋養強壮剤の入ったグラスをルーファスの手に握らせた。

彼は人一倍辛抱強い。だから絶対に「疲れた」などと口にしない。

一日中ミネルバとロアンのために結界を張り続けたのに、ルーファスはいつも通りの完璧な雰囲気を漂わせている。それでもミネルバは、彼の目に浮かぶ疲労の色に気づいていた。

「ありがとう」

穏やかな目でミネルバを見ながら、ルーファスは大人しく椅子に座った。

「毎日毎日、あなたが一番睡眠時間が短いわ。本当は長時間眠ってほしいけれど……短い時間でもぐっすり眠れる薬を、エヴァンに作ってもらいましょうか」

「ちゃんと眠っているから心配はいらな――」

「ミネルバ様と一緒なら熟睡できると思いますよ！」

夜食のパンを頬張りながら、ロアンがにっこり笑う。

「からかってるわけじゃなくて、本気です。添い寝じゃなくて膝枕でいいんですよ。ほら、セリカのときに王宮で膝枕してもらって、すごーく癒されたって、殿下言ってたじゃないですか」

そういえば、そんなこともあった。ミネルバとルーファスは顔を見合わせ、ほとんど同時に微笑んだ。

「じゃあ、後で少しだけお願いしようかな」

「ええ」

ロアンの軽口は、すべてに完璧さを求めて厳しく己を律しているルーファスの、がちがちに凝った肩をほぐしてくれる。

「召喚聖女の遺物の力はまだ追い出せてないけど、メイザー公爵の体調は上向きになってきましたね」

山盛りのパンをぺろりと平らげたロアンが、お腹をさすりながら言う。

浄化の力が注ぎ込まれているおかげで、狡猾《こうかつ》な声はメイザー公爵を精神的に追い詰める機会が減っている。こけた頬が多少ふっくらしてきたし、顔色の悪さも改善されつつあった。このまま浄化を続けていれば、日中は起き上がっていられるほどに回復するだろう。

「こっちを吹き飛ばすくらいの反撃をしてくると思ってたけど、しょぼい精神攻撃をしかけてくるだけでしたね。朽ちずに残ったとはいえ、やっぱ力が弱まってたんですよ。作り手の召喚聖女はもういないし、ロバートは牢獄《ろうごく》だし。さらなる力を注ぐ人間がいないんだから、勝ったも同然です。メイザー公爵の体力がもうちょっと回復したら、召喚聖女の遺物の息の根を止めてやりましょう！」

ロアンが拳を握りしめる。

「たしかにロアンの言う通りだし、そうとしか考えられないのだが……」

ルーファスが指先で眉間を揉《も》む。

「ルーファスも感じるの？　怖さというか……時折掻き立てられる不安を」

「君も落ち着かない気分なのか？」

質問すると、ルーファスも質問を返してくる。ミネルバは胸の前で両手の指を組み合わせた。

「どうしてなのか、自分でもよくわからないの。私たちは朝も昼も夜も、休日も潰して問題の解決に力を注いできた。体力は削られるけれど、怪我《けが》をするようなことは一度もなかったわ。そのことには、すごくほっとしてる。ルーファスのこともロアンのことも、全身全霊で信じてるから、失敗するはずがないって思うのよ。それなのに……」

立ち上がったルーファスが、ミネルバの両手をそっと包み込む。

「私もまったく同じだ。安堵《あんど》しているのと同時に、あっさり行きすぎだとも思っている。これから何かが起こるという確信があるわけではないんだ。ロアンの言う通り、召喚聖女の遺物はわずかに残った力を燃やしているだけだと思う。この不安は、私たちの用心深すぎる性格からくる取り越し苦労なんだろう」

ルーファスに「きっとそうね」と答えながらも、ミネルバの心の中では不安がまだ渦巻いていた。

胸につけたベレーナのブローチに毎日力を注いでいるけれど、その強大な力はミネルバには与えられていない。やはり自分は、純聖女の遺物を扱えるような特別な人間ではないのだ。

そのこともあって余計に不安になっている。召喚聖女の遺物の力が、消されようとする瞬間に足《あ》掻《が》かないという保証なんて、どこにもないのだから。

「ルーファス殿下もミネルバ様も、とりあえず食べましょ？」

ロアンが残っている夜食を掻き集め、皿を差し出してくる。

「僕たちは運がいいって信じましょうよ。向こうは焦ってると思うし、その不安も精神攻撃のひとつかもしれませんよ。消滅の寸前まで追い詰めたら、イタチの最後っ屁《ぺ》みたいなことはしてくると思います。でも三人なら乗り越えられるって、僕は信じてます！」

ロアンの取り柄である明るさに、救われたような気持ちになる。ミネルバとルーファスは笑みを交わし、椅子に腰を下ろすと残り少なくなった夜食を口に運んだ。

翌日も忙しかった。最後の戦いに、万全の準備を整えずに漕《こ》ぎ出すのは得策ではない。メイザー公爵と医療スタッフたちの安全を確保するために、できる限りのことをしなければならない。

ディアラム領での調査も、とても上手く進んでいた。ジミーの配下の者たちが領民から集めた情報を組み合わせて、召喚聖女の遺物が眠っていた場所を予想外に早く発見したのだ。

あくまでも目立たないようにやる必要があったが、発見現場は元より人が近寄らない地下洞窟だった。そこは自然エネルギーの圧力が強すぎて、特殊能力のない人間はどんなに頑張っても入り口を突破できない。

何十年かに一度、変わり者の老人や勘の鋭い子ども——少なくとも何らかの特殊能力の持ち主

――が洞窟に迷い込むことがあったが、ほとんどがそのまま戻ってこなかったし、運よく戻ってこられてもすぐに死んでしまったそうだ。そのため地元民は、洞窟からは有害な物質が漏れ出していると信じている。

ミーアの一件でロバートが謹慎していた時期にも、やはりそういうことがあったらしい。そのとき迷い込んだ老人が持ち出した何かが、ロバートの手に渡ったという。

あまりにも得体が知れなかったし、そういったものを発見して領主一族に報告しないのは罪に当たるからだ。

ルーファスが集めた捜査員たちには相当高い特殊能力がある。彼らは地下洞窟の内部に潜入し、自然エネルギーによって生み出された特殊な鉛に埋もれた『古代の祭壇』を確認した。そして無傷で戻ってきた。

「ルーファス様の推測が正しかったことが裏付けられたんです。聖女召喚に関連するものを発見して、皇帝陛下に報告しないことは明確な罪ですから。これだけでもロバートを牢獄に繫《つな》いでおけますわ」

ミネルバはメイザー公爵のベッドの脇の椅子に腰かけ、彼の気持ちを浮き立たせるための報告をした。ルーファスのところにマーカスが尋ねてきて、執務についての指示をあれこれと仰いでいるから、自分は手が空いている。

「調査員たちが持ち出した鉛は、すぐに本格的な調査をしました。やはり特殊な力を遮断する能力を持つとのことです。ルーファス様は、その鉛を利用することをお決めになりました。この部屋の壁や扉に安全装置として設置する準備を進めています」

「お世話になっている皆様の安心と安全が得られることは、とても嬉《うれ》しく、ありがたいことです」

ベッドから起き上ったメイザー公爵が微笑む。体力が回復してきた彼は、超大国グレイリングの公爵としてのプライドと威厳に満ちていた。

「メイザー公爵邸に使用人として潜入しているカサンドラさんと、私の兄のジャスティンも、すでにいくつもの情報を摑《つか》んでいますわ。ロバートとニューマンにはやはり繋がりがあったのです。様々な国の宝石や鉱物の博覧会にニューマンはほとんど、ロバートは何度か足を運んでいました。複数の女性と楽しみにふけったり賭け事をしたりという、悪い趣味が似ていることで顔見知りになったようですね。ニューマンが偽名を使って、ディアラム領に愛人を囲っていることもわかりました」

カサンドラとジャスティンは、電光石火の早業でメイザー公爵邸に潜り込んでいた。

素顔に瓶底眼鏡をかけたカサンドラは、見習い侍女として侍女頭と行動を共にしているらしい。

一方、庭師の助手になったジャスティンは素顔のままだ。

ミネルバの持参金を運ぶパレードのとき、ニューマン一家はまだグレイリングにいなかったから、彼らはジャスティンの存在は知っていても顔を知らないのだ。一応それらしく見えるよう、顔を泥で汚したりしているようだが。

ハンサムすぎる若い男を前にして、リリベスとサリーアンが庭に出ては愚かしいふるまいをするので、邸内の調査がはかどる——カサンドラからの手紙にはそう書いてあった。ちなみにその部分だけ、彼女らしからぬ乱れた筆致だった。

「うちの娘が、ジャスティン様にご迷惑をおかけしていなければいいのですが。あれはプライドが高い上に、頑固なところがあるでしょう。小さなころは猪突猛進《ちょとつもうしん》というか、相当なおてんば娘だったんですよ」

「長兄は私のせいで、そういうタイプの女性に慣れていますから大丈夫かと。私とカサンドラさんは共通点が多いと、いろんな人に言われるのです」

そう口にしてから、ミネルバははっとした。いくらカサンドラと友人同士になったとはいえ、そもそもの出自が違う。

「あの、私たちを同列に語るのはご不快ですよね……」

「とんでもありません。素敵な友達に恵まれて、カサンドラは幸せ者です」

公爵が首を横に振った。

「ミネルバ様は過去を水に流して、カサンドラを救ってくださった。寛大で高潔で勇敢で、ルーファス殿下の妃《きさき》となるにふさわしい女性です。聡明《そうめい》で気骨があり、特別な才能にも恵まれていらっしゃる。あなた様には、誰も及びません」

「メイザー公爵……」

「ミネルバ様のおかげで私自身、こうして正気を取り戻すことができたんです。召喚聖女の遺物の力を取り除こうと尽力してくださるお姿を、ぼんやりしつつもずっと見ていました。殿下とあなた様は、生涯の伴侶となるべく運命づけられた最高の組み合わせ。魂の友というのは、まさにお二人のことだと思いました」

公爵が「私は愚かでした」とため息をつく。

「皇弟たるルーファス殿下の結婚は、情熱だけで成り立つものではない……ミネルバ様との出会いは悲劇に違いないと勝手に思い込み、あなた様のことをきちんと知る前から拒絶してしまった」

「それは、ある意味では当たり前のことです。私は二度も男性に裏切られ、ひどい噂《うわさ》もいろいろと飛び交っていましたから。皇族に次ぐ地位にあるのが公爵ですもの、国の未来のためにならないとお考えになったのでしょう」

「そんな格好のいいものではありません。私はただひたすら愚かな父親だったんです。自分で言うのもなんですが、カサンドラは出来が良かった。ただひとり残った家族、私のまばゆい光……あの子に華々しい未来を与えたかった。あの子自身は皇弟妃になることなど望んでいなかったのに、ロバートが集めてくる噂を利用しようとした」

公爵の唇が歪《ゆが》んで、苦笑いが浮かんだ。

「ガイアル陣営のクレンツ王国と通じていたロバートは、召喚聖女の遺物を手に入れて、すべての罪を私になすりつけることにした。カサンドラが有利になるものはなんだって利用するつもりが、逆に利用されたわけです。これほど愚かな人間が他にいるでしょうか」

「私の立場で、どうお答えするのが正解なのかはわかりませんが……メイザー公爵の父親としての愛は純粋なものだったと思います。だからどうか、あまりご自分を責めないでください。せっかく取り戻した体力を落としてしまいます」

「……ありがとうございます。ミネルバ様は本当に心が広くてお優しいですね。もし……もしすべてが上手くいって、私がまた公爵として社会に復帰できても……人々から白い目を向けられることは明らかだから、挽回《ばんかい》するためには時間が必要でしょう。最初のうちはお役に立てることは少ないに違いないが、それでも誠心誠意、ミネルバ様に忠誠を尽くすことをお約束します」

公爵は深々と頭を下げた。

「改めて、心から謝罪します。本当に申し訳ありませんでした」

「それでは私も改めて、あなたの謝罪を受け入れます。どうか顔を上げてください。私たちは、グレイリングの未来のために尽力する同志になりましょう」

もう気にしないで、という気持ちを込めてミネルバは微笑んだ。

顔を上げたメイザー公爵が、ほっとしたように明るい表情になる。壁際に立っているエヴァンが、どこか誇らしそうな表情でミネルバを見ていた。

それからもミネルバたちはメイザー公爵の浄化と最後の戦いの準備に没頭し、ちょうど二週間目に万全の備えができた。

「みんなよく頑張ってくれた。私たちも今夜はよく眠って、体力を回復しよう。明日の作業が無事に終われば、特別休暇と褒賞が待っているぞ」

ルーファスの言葉に、医療スタッフやおじいさんたちが顔を輝かせた。

「明日はさすがに、これまでのように簡単にはいかないでしょうね。ロアンの言うところの『イタチの最後っ屁』が、大したものでないことを祈ります」

アイアスが眼鏡のブリッジを指で押し上げる。

「精神的な脅威か、肉体的な攻撃かはわからんがのう。やりがいのあることには、多少の危険が伴うもんじゃ」

「ルーファス皇子が特別な安全策をとったから、大丈夫に違いないぞ」

「老いぼれめ、皇子じゃのうて皇弟殿下だと何度言わすんじゃ」

「とにもかくにも、食って寝て準備を整えなければのう」

愛すべきおじいさんたちが口々に言う。

「皆様のご尽力にどれほど感謝しているかを、伝える言葉が見つかりません。本当に感謝していま す。このご恩は一生忘れません」

ベッドに起き上ったメイザー公爵が一時目をつむり、それから深々と頭を下げた。

ルーファスが片手を上げて苦笑する。

「メイザー公爵、礼ならばすべて終わった後に――」

そのとき、何かが起こった。言葉では説明できない、邪悪で恐ろしいことが。頭を下げていた公爵が、そのまま真横に倒れる。

「メイザー公爵!!」

その場にいた人々が同時に叫んだ。床に落ちそうになった公爵の体を、側《そば》にいた医療スタッフの青年が咄嗟《とっさ》に支える。すぐに彼はぎょっと目を見開いた。公爵の口から、じわじわと黒い霧が滲《にじ》み出てきたのだ。

「な、なんだこれ。気持ち悪い……っ!」

青年の支えを失った公爵の体が、ベッドに倒れ込む。その口から吐き出された黒い霧が、天井付近で大きな渦を巻く。

公爵は血の気のない蒼白《そうはく》な顔で、まるで抜け殻のようになっている。

ルーファスが青年の前に立ちはだかり、翡翠を握った拳を振り上げた。マントのような結界が、あっという間にその場にいる人々の体全体を覆う。

「アイアス、爺様たちと医療スタッフを連れてこの部屋から離れろ。エヴァン、セス、ペリルもだ。かなり不快なエネルギーだが、特殊な鉛の壁と扉が阻んでくれるはずだ。ミネルバとロアンは私の後ろに。急いでくれ、この人数を結界で守り続けるのは厳しい」

「は、はい!」

ルーファスは冷静に、皆がとるべき行動の判断を下した。

アイアスが誘導し、人々は扉の外に避難した。特殊な鉛のむこうは安全地帯だ。護衛たちはためらうようにこちらを見たが、ルーファスの命令に素直に従った。

「なーるほど」

ミネルバと共に、ルーファスの背中にぴったりくっついたロアンがつぶやく。

「かくれんぼをやめたってわけか。やっぱこいつ、性格悪いや。ミネルバ様、メイザー公爵の手を握って『見て』みてください。多分、空っぽのはずです」

ロアンが真剣に考えを巡らせているのがわかる。ミネルバも混乱した頭で考えた。

「空っぽ……。あの黒い霧が……召喚聖女の遺物が、メイザー公爵の魂を盗んだの？　まさか、そんなこと……」

あってほしくはなかった。考えるだけで冷や汗が噴き出してくる。

「僕も信じられないし、信じたくないけど。こういうのを異世界人の言葉で『チート』って言うらしいですよ。とはいえ、こいつはもう何も隠せてないから、何がしたいのかビンビン感じる。メイザー公爵の魂を盗んで、丸ごと飲み込むことに力を全振りしてるんだ」

ロアンが不快そうに鼻を鳴らした。

「いまなら、ちょっと探れば本体の場所もわかると思います。発しているエネルギーはめちゃくちゃ気持ち悪いけど、僕らは結界があれば精神的にも肉体的にも脅威はありませんから大丈夫——いや、全然大丈夫じゃないか」

ロアンが公爵を見る。

ミネルバは公爵の、ぴくりとも動かない体の横にひざまずき、祈るような気持ちで手を握った。意識を集中して、彼の心に入ってみる。

「何もない……」

特殊な視界に広がるのは、どこまでも白い空間。やはりロアンの言った通り、魂のない空っぽの体しか残されていない。

ミネルバは鼻梁《びりょう》をつまんだ。ひどい頭痛がしていたし、涙もこらえたかった。ルーファスもロアンも言わないけれど、体から魂を盗まれてしまったということは――。

「ミネルバ、恐らくまだ猶予はある。特殊な鉛に阻まれて、こいつはどこにも行けない。魂を無傷で取り戻すことができれば、回復させることができるかもしれない」

「まあそうですね。メイザー公爵は瀕死《ひんし》の状態だけど、あいつの中に魂がある限りは完全には死なないと思います。とはいえあいつを下手に清めて消そうとすると、公爵の魂も無傷じゃいられない。なかなか賢い策略を思いついたもんです」

「そうだな。時間切れで召喚聖女の遺物本体が朽ちるとき、メイザー公爵の魂も一緒に消えてしまうだろう。一筋縄ではいかない『イタチの最後っ屁』だ」

ルーファスが拳を握りしめ、天井付近の黒い霧を睨《にら》みつけた。それは蛇のような形になり、こちらを嘲笑《あざわら》うように浮遊している。

「だが、舐《な》められたままじゃ終われない」

その力強い言葉が、ミネルバの心を揺さぶった。気が付いたら無意識に胸元のベレーナを握りしめていた。力を入れすぎて、爪が肉に食い込むのを感じた。

「ここから先は、純粋な力比べです。負けるわけにはいきません。必ずこいつを叩《たた》きのめし、滅ぼしてやる！」

ロアンが決然たる表情を浮かべ、右腕をぐるぐる回す。

「こいつは僕たちが疲労困憊《ひろうこんぱい》するまで、ずっと隠れて大人しくしてたけど。浄化で痛手を負っていることは間違いない。いよいよ余裕がなくなって、メイザー公爵の魂を人質に取ったんだ」

左右の色が違うロアンの美しい瞳に、たしかに疲労感が見えた。彼には休息が必要だった。一番邪魔してほしくなかったタイミングで最終手段に出るあたり、召喚聖女の遺物はやはり性格が悪いと思う。

十五歳の少年の細い肩には、大きすぎる重荷だ。けれど彼は絶対にへこたれない。

「セスさんとペリルさんが『本体』のところへたどり着くまで待ってたら、メイザー公爵は本当に死んでしまうかもしれない。だから気合を入れなくちゃ。僕は繊細にはほど遠い性格だけど、外側から上手《うま》いこと削って、しつこく粘って、まずは公爵の魂を取り出してやる！」

ルーファスがうなずき、天井付近の黒い霧を見上げた。それは蛇のようにとぐろを巻き、圧倒的な存在感を放ちながらこちらを睥睨《へいげい》している。

「こんな時間だから、本体の近辺にほとんど人はいないだろう。朝までに回収できないと困ったことになるが……セスとペリルなら、大騒ぎになる前に処理できるはずだ」

本体が隠されている場所はすでに特定できていた。ミネルバが千里眼を使わなくても、召喚遺物の力がうごめいている場所の上空が不気味な色を帯びて輝いているから。

帝都からそれほど遠くないが、近くもない。特殊な鉛で作った本体を回収するための箱を持ち、セスとペリルが必死で馬を駆っている。

エヴァンはひとり、扉の外で待機してくれている。彼が煎じる薬はミネルバたちの命綱だ。

（ルーファスは結界を維持し続けなければならない。彼も肉体的には疲れ切っているけれど、絶対に持ちこたえるはず。私が心配してやきもきしても何もいいことはない。私にできることは、ただひとつだけ）

公爵の体のケアを、いまは医療スタッフに頼むわけにはいかない。必然的にミネルバがやることになる。アシュランでの王太子妃教育で叩き込まれた知識が、きっと役に立つ。

「メイザー公爵の呼吸や体温、血圧や脈拍は私がしっかりチェックする。異変があればすぐに言うから。彼は私に……忠誠を誓ってくれたの。このまま死なせたりなんか、絶対にしたくない」

「頼んだぞ、ミネルバ。私もロアンも、残りの力を総動員することになるだろう。異世界人が残したでたらめな力で、この世界の人間が命を落とすことを許すわけにはいかない」

ルーファスは穏やかな黒い瞳で、じっとミネルバを見つめた。

「ロアン、一瞬だけあいつを見張っていてくれ」

「あー、何するかわかっちゃった。いいですよ、いまのこいつに攻撃に力を割り振る余裕はないし」

次の瞬間ルーファスは、黒い結界を自分とミネルバの頭に被《かぶ》せた。新しく得た影をまとう能力で、二人の姿がロアンから見えないように包んだのだ。

ミネルバが言葉を発する隙も与えず、ルーファスが口づけをしてくる。

「これが私の元気の源だ。もう一度してもいいか?」

「私にとってもそうだから、何のためらいもないわ」

ルーファスの望みを叶《かな》えずにいることは不可能だ。ミネルバは彼のたくましい体にぴったりと寄り添い、心を込めて口づけを返した。

「無事にメイザー公爵を救ったら……あなたが望むだけ、飽きるまで何度だってキスしてあげる」

「それは楽しみだ。でも、私が飽きる日は永遠に来ないよ」

結界が元に戻り、気を利かせて耳を押さえているロアンの姿が見えた。彼はミネルバたちを見て、目をぱちくりさせた。

「わあ、ルーファス殿下の力、前より増してる。すっごい効果だなあ」

ロアンがいたずらっぽく微笑《ほほえ》む。

「ミネルバ様、僕思ったんですけど。メイザー公爵が謝罪して忠誠を誓ったってことは、ミネルバ様のことを心から信頼してるってことです。そこに絆《きずな》が生まれたわけで、彼の心に通じる道ができたんじゃないですかね？」

ミネルバははっとして目を見開いた。

「そうね。ソフィーのときみたいに、彼の心に繋《つな》がれるかもしれない。やってみるわ」

黒い霧が不気味であることはたしかだが、意思の戦いで負けるわけにはいかない。公爵の魂を無事に救い出すためなら、何だってする覚悟だ。

「あんなものの中に閉じ込められて、メイザー公爵は一気に恐怖や不安、苦しみや悲しみに襲われているはずだもの。彼を力づけ、励まさなくては」

ミネルバはベッドの端に腰かけ、横たわる公爵の手に、そっと左手を重ねた。

（頑張ろう。メイザー公爵のために、カサンドラのために、自分のために。私はこの人を失いたくない）

右手の指を、胸元のベレーナに滑らせる。人間に絶望しているベレーナの力を引き出せる自信はない。これまでのことを考えたら、恐らく無理だろう。

しかしルーファスとロアンに体力的な限界が近づいているいま、どんな小さな可能性でも諦めるわけにはいかなかった。

〈メイザー公爵、お願い。私の声に応えて〉

左手のトパーズと右手のベレーナ、どちらにも『メイザー公爵の心へ導いてほしい』と祈った。

左手全体が熱を持ち、まばゆい光を放ち始める。右手のベレーナは反応してくれない。それでもミネルバは力を込め続けた。想《おも》いが届くことを願って。

首から鎖でぶら下げた小瓶が、じわじわと熱を発している。千里眼と結界を同時に発動するための、特別な砂を入れた小瓶。ルーファスから守られているという感覚が全身に広がった。

ミネルバの意識は、ふわりと浮かんで舞い上がった。不気味な黒い霧の中の、公爵の魂が囚《とら》われている場所を目指して。

他人と心を繋げることは、簡単なことではないし危険でもある。こちらも完全に心を開かなくてはいけないから、無防備に付け込んで襲われかねないのだ。でもルーファスが守ってくれている限り、ミネルバの身に危険が迫ることはない。

〈メイザー公爵、どこにいますか!?〉

公爵の魂を求めて、黒い霧の中を這《は》うように進む。中心部に近づくにつれて、圧力がどんどん増した。両目に刺すような痛みが走り、喉が締め付けられる。

〈ミネルバ様ですか？〉

公爵の声が頭蓋骨を直撃した。やはり彼の心に通じる道があったのだ——集中しすぎて全身汗びっしょりになりながら、ミネルバはほっと安堵《あんど》の息を漏らした。

〈来てはいけません。ここは恐ろしい場所、危険な場所です〉

〈ルーファス様が守ってくれるから大丈夫です。さあ、私の手を取って。意識を集中させて、そう

思い描けばいいんです。私としっかり繋がることができれば、あなたの魂も結界に守ってもらえる〉

すべてが黒い霧に満たされた中で、小さな球体が弱々しく光っていた。

ミネルバは必死の思いで、その球体に手を伸ばした。公爵の魂である小さな光は戸惑い、おずおずとしている。だから抱きしめるように包み込んだ。二人の心が、しっかりと繋がるように。

黒い霧がミネルバたちをぐるりと取り囲んだ。それは鳥籠のようで、ここを離れさせまいとする強い意思を感じた。

ここから先は我慢の時間だ。ロアンが黒い霧を削り、この鳥籠が破壊されるまで公爵の魂を守り抜かねばならない。

「くっそー、硬いな。でも、こっちの力もまだまだこんなもんじゃないからな！」

目の前でロアンが戦っている。ルーファスは彼に防御の結界をかけ続け、黒い霧が発する負の感情を寄せ付けないようにしていた。

肩で息をするロアンに、ルーファスが「大丈夫か」と問いかける。

「これが終わったらへとへとになるんで、特別手当弾んでくださいね」

「まかせておけ。頑張った人間には、たっぷりのご褒美があるものだ」

ルーファスの励ましに、ロアンがにやりと笑う。そしてまた、力と力の無言の格闘。白い浄化の猛攻に、黒い霧もよく耐えていた。

ミネルバは目を逸《そ》らさずにいるのが精一杯だった。大事な人たちが苦しんでいる姿を見るのは、とても辛《つら》い。彼らはとっくの昔に心も体も疲れ果てているのに、膝をつかずに前だけを見つめて進んでいる。

〈ミネルバ様。あなたにたっての願いがあります。とても辛いことを……頼んでしまうのですが〉

心を震わせるような、悲しい決意に満ちた声で、公爵の魂が言った。

〈ルーファス殿下も、あの少年も、恐らく長くはもたない。この鳥籠はとても硬い。少年が削っている外側の黒い霧よりもずっと。きっとこの世界の人間には、打つ手がないんだ〉

〈でも、やってみなくては――〉

〈私は一か月以上もこいつの力に翻弄されてきました。だからわかることもあるんです。殿下も少年も命を削っている。もうこれ以上は……見ていられません〉

抱きしめた公爵の魂が、小さく震えた。

〈私を見捨ててくれと……殿下に伝えていただけると助かります〉

〈そんな、メイザー公爵！〉

〈お願いします、あのお方はグレイリングの宝なのです!!〉

それは胸が痛くなるほど悲痛な叫び声だった。

〈私はトリスタン様の即位に賛成ではなかった。あのお方は生まれながらに健康問題を抱えていたが、ルーファス皇子は頑強なお子だった。とても優秀で、人格も素晴らしく――会うたびに、わくわくするような驚嘆の思いに駆られたものです。第二皇子であることが心底惜しいと思った。あのお方に野心がないのはわかっています。けれどトリスタン様の病状が、これから先悪化しないとは限らない。皇太子レジナルド様はまだ幼く……国が混乱に陥ったら、ルーファス殿下の鋼の意思と強い決断力が、絶対に必要になるはずなんです！〉

ミネルバは口もきけず、腕の中の小さな光を見つめていた。

〈私はグレイリングを愛している。いまこの瞬間も例外ではない。もしルーファス殿下が健康を損なうようなことになれば……私は一生自責の念にさいなまれるでしょう。カサンドラを妃《きさき》にと望んだのは、権力がほしかったからではありません。一番の理由は娘の幸せだったけれど、二番目の理由は……いざというとき、皇妃になれる素質を持った娘が、殿下の側《そば》にいるべきだと思ったからだ。ミネルバ様がいてくだされば、もはや後顧の憂いはない……！〉

〈メイザー公爵……〉

何も言葉が見つからなかった。彼はグレイリングを守るために、自らの命を捨てようとしている。公爵としての矜持《きょうじ》、揺らぐことのない忠誠心。

ミネルバの心にいくつもの感情が渦巻く。そのひとつは畏敬の念で、さらに悲しみと焦りと、とてつもない混乱に襲われている。

浄化に一生懸命なロアンと、結界を維持するために堪えているルーファスの姿が見える。ミネルバははっとした。ルーファスは自分が責任を負っている者たちを、必ず守ろうとする人なのだ。

〈あなたの命を守ることがルーファス様の使命なんです！　あなたの崇高な思いはわかるけれど、生きることを諦めないで……っ!!〉

腕の中の球体が、どんどん冷たくなっていく。公爵が心を閉ざしたのだ。

〈駄目！　魂が諦めてしまったら、体も死んでしまう……っ!!〉

これしか道はないとばかりに、光が消えていく。公爵を死なせたくないという強い思いが、ミネルバの中で爆発した。自分の体から発せられる、黒い霧をかき乱すほどのエネルギー。実力を遥《はる》かに超えた、火事場の馬鹿力のようなもの。

トパーズも聖なる砂も輝きを増している。それなのにベレーナだけが反応しない。だから体の中で溢《あふ》れかえる膨大なエネルギーを、ありったけベレーナに注いだ。

「ベレーナ、召喚聖女の遺物と戦う私たちは傲慢ですか？　私たちがあとどれほど苦しめば、あなたは目覚めてくれるのですか？　たしかに人間の心は、私利私欲に満ちています。誘惑に弱くて、単純で……でも、いまの私たちの心を繋いでいるのは信頼です。この場にいる誰の心にも、汚い欲望はありません……っ!!」

心の中ではなく、実際に声に出して叫んでいた。

ルーファスとロアンが息を止めたような顔でこちらを見る。次の瞬間、ベレーナを握りしめた指が燃えるように熱くなった。

ベレーナが光を放ち瞬いている。それは神秘的な光だった。部屋中のすべてがその輝きの中に溶け込んでしまう。光の模様や色が何度も変化して、何かが姿を見せ始めた。

「ベレーナ……?」

二つの青い宝石がきらきら光っている。いや、あれはきらめく猫の瞳だ。真っ白な毛並みの、見たこともないほど美しい猫。その猫が動くと、まばゆい光があちこちに跳ね返る。きらきら光る虹色のドレスを着ているみたい。

「私たちを助けてくださるのですか……?」

ミネルバはベレーナの横にひざまずいた。身をかがめ、右手をベレーナの顔の前に差し出す。

ベレーナは首をかしげてミネルバを見た。そして、口を開いた。不思議な鳴き声がする。普通の猫の出すものとは全然違って、とても神秘的な声だ。

撫《な》でる許可をもらったのだと、直感でわかる。ミネルバはベレーナの体に触れ、首回りから顎をなぞった。額や頬を撫でると、ミネルバの中に何かが流れ込んできた。心と体が元気で満ち溢れ、膨れ上がるエネルギーを抑えておくのが難しいほどだ。

「すごいな、ミネルバは」

ルーファスが言った。顔を上げたミネルバは、彼の興奮した顔を見た。

「召喚聖女との戦いの後、純聖女の遺物をちゃんと機能させた人間はいない。それが、ミネルバの手によってついに為《な》された」

「そうじゃないの。たしかに私は、やみくもに力を注いだけれど。ベレーナの心に火をつけたのは、どうしてもメイザー公爵を救いたいという私たちの熱い思い。ベレーナがもう一度人間を信じてくれたのは、私たちの間にある絆や信頼、そこから生まれる愛の力のおかげなの」

その事実は揺るぎないたしかなものだ。ベレーナが同意するようにミネルバの手に鼻先をこすりつける。

ミネルバはベレーナを腕に抱いて立ち上がった。自分の全身がみなぎる力で光り輝いていることに気づく。ベレーナと共鳴しているのだ。『彼女』と一体になる不思議な感覚をミネルバは味わっていた。まるで自分自身が触媒になったみたい。

「ルーファス、ロアン、私に触れて。ベレーナが『癒してあげる』って言ってるわ」

いまやミネルバは、ベレーナの感情をやすやすと『見る』ことができた。

「あ、そんな感じなんですね。ベレーナがあれを倒してくれちゃうんじゃないかって期待したけど、勝利は自力で勝ち取れってことか。あくまでも人間に全力を尽くさせる姿勢、嫌いじゃないです」

ロアンがいたずらっぽく笑う。彼はちらりとルーファスを見た。ルーファスが「特別に許可する」とうなずく。

ミネルバに触れるためにロアンが近づいてくる。ベレーナが肩に移動してくれた。

「絶好調のロアンなら、あいつをやっつけられるって言っているわ」

ミネルバはロアンの手をぎゅっと握って言った。ロアンはミネルバの手を握り返すと「すごいや」と笑う。

「体が驚くほど癒えてる。元気がみなぎって震えちゃうくらいですよ！」

ミネルバから手を放し、ロアンはその場で飛び跳ねた。たしかに元気そうだ。

次にルーファスが、激しい情熱をこめてミネルバの手を握ってきた。

「あなたが結界で守れるように、メイザー公爵の魂の場所を示してくれるって」

「ありがとうございます、ベレーナ」

ベレーナが生み出しミネルバが仲介する、とてつもない癒しの力がルーファスに注ぎ込まれる。

「やるぞロアン、ここが正念場だ」

「はい！」

ルーファスとロアンの体が輝いている。まるで再び勢いを得た炎のようだ。

ロアンが手のひらに浄化の力を集中させた。彼の中でみなぎる興奮が乗り移ったかのように、それは火の玉のように熱く輝き、ぱちぱちと爆《は》ぜている。

ベレーナがまた不思議な声で鳴く。黒い霧の中に小さく輝く球体が浮かび上がった。メイザー公爵の魂だ。

ルーファスが翡翠《ひすい》を握った手を振り上げる。これまでで最も強力な防御壁が、公爵の魂をぐるりと取り囲んだ。

「思いっきりやれ、ロアン！　今の私の結界なら持ちこたえられるっ！」

「うおおおおっ!!」

ロアンが黒い霧めがけて浄化の光を放つ。いくつもの光の筋が深く突き刺さり、渦を巻いていた霧の動きが止まった。

「お前はいま、打ち負かされるっ！」

巨大でまぶしい光が炸裂《さくれつ》する。ロアンが再び浄化を叩き込んだのだ。最後の一滴まで、自らの力のありったけを総動員して、まるで彗星《すいせい》みたいに。

ルーファスの結界は公爵の魂のために耐え抜き、どろりと溶けて流れ落ちる黒い霧からミネルバたちを守り抜いた。

公爵の魂の周りで、最後に残った黒い霧が細い蛇のようにずるずると動いている。ロアンが小さな光の玉を投げつけると、次第に色が薄まり、そして消えた。

次の瞬間、ロアンが叫んだ。

「メイザー公爵が目を覚ました！」

体中に熱いものが押し寄せてくる。肩の上のベレーナが、ミネルバの頬に頭をこすりつけながら不思議な声で鳴く。

撫でてあげようと手を伸ばしたときにはもう遅く、ベレーナは姿を消してしまった。猫特有の気まぐれに、思わず笑みがこぼれる。

ルーファスがベッドの脇の紐《ひも》をぐいと引っ張った。振動が伝わると繋がっているベルが鳴る仕組みだ。すぐに扉が開き、医療スタッフたちが飛び込んできた。アイアスとおじいさんたちもだ。

そして目に一杯涙を溜《た》めたカサンドラ、強壮剤のグラスを摑《つか》んだソフィー、穏やかに笑うジャスティン、喜びに顔を輝かせたマーカスが続く。ミネルバたちが戦っている間に集まっていたらしい。

そして最後に、エヴァンが静かに入ってくる。

「お父様、よかった……！　ありがとうミネルバ、ありがとうございますルーファス殿下、ロアンさん……っ！」

カサンドラがベッドの脇にくずおれ、安堵のあまり泣き出した。公爵は泣きじゃくる彼女を抱き寄せ、優しくその背中を撫でている。

ルーファスがミネルバの腰に手を回した。

「今夜のヒロインはミネルバだ。君の助けがなければ、ここまでやってこられなかった！」

ルーファスはミネルバの体を抱き上げ、くるくると回った。感情を爆発させて大喜びする彼は珍しいし、とても可愛《かわい》い。

「ルーファスもロアンもヒーローよ。ベレーナを呼び出せたのは、全員の力があったから。ロアンがいなければあの黒い霧を撃退することはできなかったし、ルーファス以外に私たちを守ってくれる人はいなかったのだから」

ブローチに戻ったベレーナがきらきら輝いている。ミネルバはルーファスに抱えあげられたまま、両手でブローチを包み込んだ。

「ベレーナ、ありがとうございます。心から感謝します」

ルーファスも「感謝します」とつぶやく。

「いつもなら性根尽き果てるところだが、ベレーナのおかげでダメージがほとんどない」

ルーファスが明るい声で言った。

「残っている大仕事は、もはやひとつだけだ。みんなでロバートの顔をぶん殴りに行くぞ！」

再び空中でくるくる回され、ミネルバは弾《はじ》けるような笑い声を上げた。

「お待ちくださいませ殿下、いまのミネルバのヘアスタイル、メイク、ファッション、どれをとっても人前に出られるものではありませんわ！」

ソフィーが悲鳴のような声を上げる。

ルーファスが動きを止めた。ミネルバは抱き上げられたまま自分の姿を見下ろし、顔が真っ赤になるのを感じた。

トレーニング用のズボンとシャツは、大変だった一日を象徴するようによれよれだ。後ろで束ねた髪も乱れているだろうし、顔に大量の汗が流れたせいでほとんど素顔に近いはず。令嬢として許されるラインを、とっくの昔に超えていた。

ルーファスはミネルバを床に立たせると、「私としたことが」とうめいて両手で顔を覆った。

「喜びが爆発して我を忘れてしまった。すまない、ミネルバ」

首筋から顔まで真っ赤になっているルーファスの可愛さは、尋常ではなかった。強烈な愛《いと》おしさに衝《つ》き動かされて、ミネルバは身悶《みもだ》えした。

「誰もが満足のいく結果になったし、嬉《うれ》しさが爆発するのはごく自然で当たり前の反応ですってっ！」

ロアンが満面の笑みでフォローを入れる。そして「僕は嬉しすぎてお腹《なか》が空《す》いたなあ」と言い添えた。

マーカスが白い歯を見せて笑う。

「そう言うだろうと思って、とびきりのご馳走《ちそう》を用意してるぞ。俺たちは扉の向こうであれこれと動き回ることで、何とか自分を保っていたんだ。中のことがわからなくて緊張が続く中、ソフィーもカサンドラさんも精神状態が限界に近くてな」

「そうよ、どんなに心配したことか！」

ソフィーがハンカチを顔に当て、涙をぬぐう。ミネルバは愛情をこめて彼女を抱きしめた。

「落ち着かない気分にさせて、ごめんねソフィー」

「役に立たない自分が悔しかったわ。今後に備え、私も竜手を始めようかしら。もしかしたら特殊能力が開花するかもしれないし」

ミネルバはソフィーと見つめ合い、そして笑い合った。彼女が握りしめていた強壮剤のグラスを受け取り、一気に飲み干す。

「ルーファス殿下。ロバートをしばらくの間、やきもきさせておくのも悪くないのではありませんか？」

ジャスティンが穏やかな口調で言った。ルーファスが「そうだな」とうなずく。

「メイザー公爵の体内から召喚聖女の遺物の力が消滅したことは、術者であるロバートも感知しているだろう。気が動転しているに違いないが、牢獄《ろうごく》の中から状況を把握する術《すべ》はない。うんざりするほど長く、不安と絶望に容赦なく襲われる夜を過ごしてもらおう。私たちはゆっくり休んで、奴《やつ》が弱ってから牢獄に向かえばいい。セスとペリルが戻ってくるのも待つべきだしな」

ルーファスはにやりと笑った。

「ロバートは最悪の精神状態で、僕らがパーティーしている間ずっと苦しむわけですね。そりゃあいいや」

ロアンもにんまり笑う。

「あの、私もそのパーティーに参加してもよろしいでしょうか。どうやら身も心も回復したようで……」

メイザー公爵がおずおずと声をかけてきた。カサンドラが目を丸くする。

「お父様、ちゃんとした食事ができるほどに回復なさったの？」

「ああ。ミネルバ様と不思議な猫のおかげでね」

そう言ってうなずく公爵の健康状態は、たしかによさそうだった。精神だけでなく、肉体の機能まで低下していたのに。以前のような体力を取り戻せたのは、ひとえにベレーナのおかげだ。

「よかったですね、カサンドラさん」

ジャスティンが優しく微笑むと、カサンドラが「はい」と笑みを返した。ジャスティンを心から信頼している笑顔だ。

公爵は娘の様子を感慨深そうに眺め、それからジャスティンに視線を移した。頭の先からつま先まで、熱心に見つめている。

「ジャスティン様。あなたにひとつ、頼みがあるのですが」

「は、はい。なんなりと」

ジャスティンの全身がたちまち緊張した。公爵が苦笑を浮かべて首を横に振る。

「いえ、大したことではないのです。嫌なら断っていただいて構わないのですが、パーティーでは私の横に座ってもらえないかと」

「光栄です……っ！」

「よかった。操られている間、意識に霞《かすみ》がかかったようにぼんやりとしていたんですが。それでも皆さんの声はちゃんと聞こえていたんですよ。ジャスティン様が娘の身の安全を気にかけてくださって、本当にありがたかった。せっかく意思の疎通ができる状態になったので、あれこれお聞きしたいなと思いましてね」

「あれこれ、ですか……」

ジャスティンが息を呑《の》む。公爵はにこにこと温かい笑みを浮かべていた。

「じゃあ移動しましょうよ、腹ぺこすぎて倒れそうです！」

ロアンが興奮気味に言う。ミネルバたちは笑い合いながら別室に移動した。

席に着くと、食べ物が次から次へと給仕された。翡翠殿《ひすいでん》の料理長が作ったものを、マーカスが運んできてくれたらしい。何もかも最高に美味《おい》しかった。

医療スタッフは安堵の表情だ。アイアスやおじいさんたちは、喜びに浮き立っていた。ミネルバがベレーナを機能させたことで、熱狂ぶりが凄《すさ》まじい。

「ああ、信じられない！　凄《すご》い才能ですよミネルバ様っ！」

アイアスが異常に興奮している。

「まさかベレーナと気持ちを通じ合えるとはのう」

「これまでやってのけた人間はひとりもおらんしな」

「まさに善なる力の化身じゃなあ」

「こりゃあ純聖女の生まれ変わりかもしれんぞ」

あまりの褒められっぷりに、ミネルバは苦笑を浮かべた。

ベレーナを呼び出せたことは誇りに思っているが、それは全員の努力があってのこと。気まぐれで知られる猫のことだし、使いこなそうとしてもそう簡単にはいかないだろう。

「純聖女の生まれ変わりは困るな。ミネルバが遠くに行ってしまう気がする」

ルーファスが顔をしかめる。

「ベレーナを機能させただけでも、ガイアル帝国がちょっかい出してくるのは必至ですもんね。僕も護衛として、気合を入れてミネルバ様をお守りしないと！」

それほどの大事件なのか、とミネルバは急に空恐ろしくなった。ルーファスが大丈夫だと言わんばかりに手を握ってくる。

「たしかに特殊能力を持つ人間なら、誰でも大興奮は間違いなしだが。君を守るために私ほどの適任者はいないから、何も心配はいらない」

「ありがとう。私が純聖女の生まれ変わりだなんて、そんなことはありえないし。ベレーナの気まぐれと、私の火事場の馬鹿力が、たまたま奇跡を起こしただけだもの。あんまり熱狂されると恥ずかしいな……」

ミネルバは顔が赤くなるのを感じた。ルーファスが優しく頭を撫でてくれる。

「さあ、食べよう。明日は朝から目が回るような一日になるぞ」

うん、とうなずいて、ミネルバは気分を切り替えた。

公爵たちの方を見ると、ジャスティンとカサンドラが神妙な顔をしている。

「誇りに思うわ、お父様」

カサンドラが父親の頬にキスをして言った。

ベレーナの出現前、公爵が命を投げ出そうとしたことを知ったらしい。ショックに違いないのに、カサンドラはとても落ち着いて見えた。さすがはグレイリングの公爵令嬢だ。

「お前に悪いと思ったのだがね。我々公爵家の人間は、何をおいても皇族方をお守りしなければならない。それに私がいなくなっても、ジャスティン様がお前を大事にしてくれると信じていたし」

「え、あの、お父様……」

「カサンドラ、お前はジャスティン様に恋しているのだろう？　心から幸せそうな顔をしているからわかるよ。少し話しただけでも、彼の誠実さと驚くほど忍耐強い性格が伝わってくる。これほど素晴らしい男性は、たしかに愛さずにはいられないだろう」

　カサンドラとジャスティンの顔が、同時に真っ赤になった。

「ルーファス殿下とミネルバ様を見ていて、思ったんだよ。結婚相手を選ぶ際にもっとも重要な要素は、財産でも身分でもなく、その人と一緒にいて幸せになれるかどうかだって。お前もまた殿下のように、思いもしなかった幸せを見つけたんだね。ジャスティン様ならこれから先、お前を傷つけたり悲しませたりするようなことから必ず守ってくれるはずだ」

「お父様、あの……私まだ、よくわからなくて……」

「私のような者は、その、カサンドラさんにはふさわしくないというか……」

　カサンドラとジャスティンが消え入りそうな声で言う。公爵が優美な眉を片方上げた。

「そうなのかい？　言葉とは裏腹に、お互いに深い愛情を抱いているのが伝わってくるのだが。世間一般の父親より、遥かに厳しくカサンドラを教育した私の責任だな。家柄至上主義だったことは認めざるを得ないし」

　アイアスもおじいさんたちも、マーカスもソフィーも会話をやめて、固唾を呑んで公爵たちを見ている。

「私はね、ミネルバ様のおかげで生まれ変わったんだ。だから二人がどんな決断をしても受け入れられる。私のことを心配するあまり、自分たちのことはすべて後回しにしていたんだろうが。後でお互いの気持ちを、包み隠さず伝えてごらん」

「気持ちを……」

「包み隠さず……」

ジャスティンとカサンドラの顔が急接近した。しっかりと見つめ合う二人を見て、マーカスがガッツポーズをしている。

「まさかこんな展開になるとは。これもまた、ミネルバのおかげだな」

ルーファスがしみじみと言う。

ミネルバの胸は、この上ない喜びで溢れていた。

最悪の時期を経験したカサンドラをジャスティンが支え、苦しみと喜びを分かち合う姿をこの目で見てきた。メイザー公爵が認めてくれたことで、嬉しさのあまり放心しそうだ。

「私たちはそろそろ失礼する。ジャスティンとカサンドラ嬢の邪魔をしたくないしな」

ルーファスはミネルバの手を取って立ち上がった。目をいたずらっぽくきらめかせて、ロアンも腰を上げた。医療スタッフもアイアスもおじいさんたちも、喜んで二人のために席を立ってくれた。

最後に公爵がゆっくり立ち上がる。

未《いま》だ見つめ合ったままのジャスティンとカサンドラを残して、ミネルバたちは部屋を出た。

「皆様、これをどうぞ。興奮を鎮めて、眠りやすくする薬です」

エヴァンが煎じ薬の包みを配って回る。

ミネルバは笑顔で受け取った。与えられたベッドに戻って服用すると、効果はてきめんだった。魔法にかけられたように体の緊張が解けて、否《いや》が応《おう》でも眠気を誘う。

ミネルバはすぐに眠りに落ちた。少しだけ眠ったら、しっかりと身支度をしよう。ロバートとの最後の対決は、もうすぐそこまで迫っている。

朝になると、カサンドラの瞳は燃え立つほどに輝き、頬は薔薇色《ばらいろ》に染まっていた。そんな彼女を見て、ジャスティンがとろけたような甘い笑みを浮かべている。どうやら望ましい方向に進み、ちゃんと両想いになったらしい。

幸せそうな二人に、マーカスがにやりと笑みを向けた。

「嬉しいぜ。二人が結ばれる運命にあることは、俺にはちゃんとわかっていたけどな。さくっとロバートをぶん殴って、みんなで祝杯を挙げようじゃないか！」

ロアンが「いやいや」と手の甲でマーカスの肩を叩く。

「見抜いていたのはマーカスさんじゃなくて、デメトラ様ですし」

ジャスティンがぎゅっとカサンドラの手を握りしめた。

「カサンドラ。一緒にロバートをぶん殴ったら、デメトラ様に会いにいこう。あの方は『きっかけ』をくださった大恩人だ。彼女がいなかったら私は一生、君との素晴らしい可能性に気づくことができなかった」

「いや、初めての共同作業がそれってのはどうなんですかね？」

ロアンはジャスティンに向かって言いながら、なぜか再びマーカスの肩を叩いた。

頬をピンク色に染めたカサンドラを、ミネルバは見つめた。

「おめでとう、カサンドラ。どれほど嬉しく思っているか……とても言葉にならないわ」

「ありがとうミネルバ。私、幸せなの。こんなに人を好きになったのは生まれて初めて」

カサンドラの初々しい言葉を聞いて、ソフィーがにこやかに言う。

「好きな人の心に自分の居場所があるって、凄く素敵で幸せなことだものね。本当によかったわ。でも、女官の後輩がいなくなっちゃうのは寂しいな」

「あら、私は女官をやめるつもりはないけれど」

カサンドラが不思議そうな顔をする。ソフィーも「え？」と不思議そうな顔になった。

「アシュラン王国にお嫁入りして、王妃になるんじゃないの？」

「そうだけど、ミネルバとルーファス殿下の結婚式が先よ。ミネルバたちはこれから外遊に出かけるでしょう？　結婚式に向けて、他国にある四つの大聖堂で祝福を受けなければならないから。私は語学が得意だし、他国の王族と面識もあるし。私がいなきゃ二人とも困るじゃないの」

カサンドラは細い腰に両手を置いて、ちょっと偉そうに言った。

「随分可愛くなったと思ったけれど、カサンドラはやっぱりカサンドラね……」

あっけにとられるソフィーを見て、カサンドラがにこりと笑う。

「ジャスティン様と一緒にいたいわ。でも、ミネルバと離れる心の準備は、一生できそうにないの。それを伝えたら、王妃と女官を兼業してもいいって言ってくださったのよ。外遊が終わったら、基本的にはアシュランで暮らすことになるけれど」

ジャスティンが大きくうなずき、カサンドラの肩を抱き寄せる。

「キーナン王とオリヴィア王妃はご高齢ですが、セリカが残したダメージからは回復している。少しくらいは婚約期間を楽しんでも大丈夫でしょう。私たちの結婚式だって国を挙げてのもので、おまけに即位と同時になるから、準備にも時間がかかりますし」

ルーファスが「ふむ」と口元に手を当てた。

「ジャスティンは皇帝の顧問官として、私たちの外遊に同行しないかと兄上から打診されていたな。カサンドラ嬢が女官として一緒に行くなら、未来のアシュラン国王と王妃のお披露目にもなる」

「はい、せっかくなのでお引き受けしようと思います。コリンには負担をかけてしまいますが……」

マーカスが「心配ないって」と明るく笑った。

「グレイリングとの関係がさらに強固になるんだ、文句を言うような馬鹿野郎はいないさ。とはいえコリンもひとりぼっちで寂しいだろうな。次にこっちに来たら、デメトラ様に相性ぴったりの娘を探してもらおうぜ！」

ロアンが「それはいい考えですね」とマーカスの肩を叩いた。これで三度目だ。

「でも、デメトラ様はきっかけだけ作って、後はご自分たちどうぞって感じだからなあ。コリンさんも奥手だし、カップル成立までには紆余《うよ》曲折《きょくせつ》ありそう」

「いずれにしても、若い人たちの未来が輝いていて嬉しいですよ」

穏やかな表情で話を聞いていたメイザー公爵が言う。

「ロバートのもとへ行く皆さんをここで待つのは、落ち着かない気分ですが。私の大事な娘をよろしく頼みます、ジャスティン」

「はい、お任せください。ですがあなた様は、本当に留守番でいいのですか？」

「正直なことを言うと、もうあの男の顔は見たくないんだ。それに、君たちを信じているからね。すべてをゆだねるよ」

公爵はそう言って、にっこりと笑った。彼とアイアスとおじいさんたちに見送られながらミネルバたちは馬車に乗り、牢獄に向かって出発した。

刑務官の出迎えを受け、ミネルバたち女性陣は前回と同じ薄暗い通路の先の『秘密の空間』に入った。すぐにロバートが姿を現す。

彼は疲れた顔をしていた。瞳には生気がなく、目の下には濃い隈《くま》ができている。髪は乱れ、顎は強張《こわば》り、大きな苦悩にさいなまれているのがひと目でわかった。

扉が開く音を聞いて、ロバートの体はたちまち緊張した。そのまま勢いよく扉が開き、横の壁に叩きつけられる。

「よう、気取り屋の大馬鹿野郎」

入ってきたのはマーカスだった。

ロバートがあんぐりと口を開ける。神経に触る尊大さで、さんざんこちらを馬鹿にしてきた男が、近寄ってくるマーカスを見て恐怖におののいている。

「な、なんでお前が……」

マーカスのがっしりした体格も、顧問官の黒尽くめの格好も、ロバートを怯《おび》えさせるのにうってつけだ。拳闘の達人で有名な彼は、ハンサムだけれど強面《こわもて》の部類に入るから。

「嘘《うそ》とごまかしだらけの悪党を、一発ぶん殴ってやろうと思ってな。明確な罪は、もちろん法にのっとって対処する。だけどお前のせいで、どれだけの人間が幸せを奪い取られ、人生を狂わされたか。俺のソフィーがどれだけ苦しんだか。そういった表に出ない部分を、この拳できっちりお返しさせてもらうぜ」

「いいいい、意味のわからないことを言うな！」

ロバートは後ずさりながらも、マーカスを苛立《いらだ》たしげに睨《にら》みつける。

「僕はグレイリングの有力な侯爵家の息子だぞ。そんな僕を属国の人間が殴るなんて、許されるわけが――」

次の瞬間、ロアンが元気いっぱいに部屋に飛び込んできた。

「ざーんねん、ルーファス殿下のお許しは出てますっ！」

黒いマントを翻し、ルーファスが後に続く。

「その通りだ。特殊な力を使えば、代償があるのがこの世界の決まり。癒しの力でもない限り術者は体力を消耗するし、場合によっては命を削る。お前は召喚聖女の遺物を偶然手に入れ、代償もなく、証拠も残さずに人を操る力を得た。悪党をそうやすやすと逃すつもりはないから、きっちり証拠を掴んだが。代償のほうは、私たちで補う必要があるのでね」

「な、なんのことだか、僕にはさっぱり……」

ロバートが後ずさる。黒い箱を手に持ったジャスティンが入ってきた。

「観念するんだな。ルーファス殿下や我が妹ミネルバ、そして優秀な諜報員《ちょうほういん》や専門家たち。どんな人間を相手にしているのか、甘く見ていたお前の負けだ。ここに動かぬ証拠がある」

「証拠？　そ、それは一体……」

ロバートは黒い箱を見てから、問いかけるようにルーファスたちを見回す。マーカスがふんと鼻を鳴らした。

「とうとう見つけたんだよ、お前の邪悪な仕打ちの証拠をな！」

マーカスが言うと同時に、ジャスティンが箱の蓋を開ける。そこに入っているのは、もちろん召喚聖女の遺物だ。特殊な鉛に遮断されていたまがまがしい力が漏れ出し、ロバートはさっと顔色を変えた。

「残念だったな。こいつはもう、お前の言うことを聞いて姿を隠す便利な道具じゃねえ」

マーカスはにやりとした。

「お前、ごくわずかだが人の心を操る才能があるんだろ。否定しても無駄だぜ、こないだの爺《じい》さんたちはそういったことを調べる専門家なんだ。お前は娘を思うメイザー公爵の気持ちに付け込んで情報を売った。クレンツ王国との関わりがバレた後は、公爵に暗示をかけ、偽りの自白をするよう仕向けたんだ。証拠を捏造《ねつぞう》し、たとえ公爵が死んでも不名誉な罪人となる運命を免れないようにした」

「嘘だ！　そんなことあるわけがないじゃないか！　僕に魔法じみた力なんてないし、そんなおかしな道具を使った証拠なんてどこにもないはずだっ！　何を調べたのかは知らないが、普通の役人が納得するわけがないだろうっ!?」

「これが隠されていた屋敷の住人は、ろくな抵抗もしないでお前の愛人だと白状したらしいぜ。すべてが上手くいったら侯爵夫人にしてやると言われてたんだと。お前、いったい何人の女を不幸にしたら気が済むんだよ。血も涙もなさすぎるだろ」

マーカスは呆《あき》れたように肩をすくめた。

ルーファスが一歩前に踏み出す。ひしひしと伝わってくる威圧感に、ロバートがびくりと肩を震わせた。

「ロバート。普通の役人を納得させるに足る、立派な証拠は他にもあるぞ。私の部下は、指紋から個人を識別する研究を進めていてな。この箱の中身から、首尾よくお前の指紋が採取できた。かくれんぼが得意なこいつがあれば、この世のすべては意のままだと思ったんだろうが、詰めが甘かったな」

「あ、ああ……」

「ディアラム領の地下洞窟も、私の部下がたちまち突破したよ。異世界人召喚に使われた古代の祭壇があると知っていて、お前は兄上や私に報告しなかった。それだけでも大きな罪だ。お前に倫観の欠片《かけら》でもあったなら、そこで見つけた物を自分のために使うなんてことは、絶対にしなかっただろうがな」

「ああ、ああああああっ！」

ロバートが半狂乱になって髪を掻《か》きむしる。

「てめえでやったことなんだから、誰も責めることはできねえぞ。ニューマンって低俗な商人と繋がりがあったこともバレてんだ。あいつは薄汚くて強欲で、金儲《かねもう》けのためなら何でもする。奴がバルセート王国の宝石店で贋作《がんさく》を売ってたことも、ちゃんと調べがついてるんだ。利害が一致する者同士、意気投合して卑劣な企てをしたんだろ？　ニューマンは偽物作りが得意だから、メイザー公爵を陥れる証拠を偽造してお前に渡した。うちの優秀な『覆面捜査官』が公爵邸に潜入して、たっぷり証拠を見つけてきたぜ」

実際の『覆面捜査官』であるジャスティンが、ロバートを睨みつける。

「お前もニューマンも、あと少しでまんまとやりおおせるところだったが、謎はすべて解明された。悪人どもが罪を免れ、メイザー公爵がその罪を被るなんて許されることではない。お前が生きて牢獄を出ることはないと思え、ロバート」

「ありえない、ありえない！　僕は悪くないっ！　温泉地の再開発には、多額の資金が必要なんだ。そう、すべては領民のためだったんだ。僕のせいじゃないっ!!」

ソフィーが「最低の男」とつぶやく声が耳に入った。ロバートが経営者として失格だったことも調べがついている。

ルーファスが眉間にしわを寄せ、さらに一歩前に踏み出した。

「ロバート・ディアラム。お前は恥を知るべきだ。私も様々な悪人を見てきたが、これほど情けない男は初めてだ。もはやお前に自由になる道はない。一生日の当たらない場所で、己がしでかしたことへの真の報いを受けるがいい」

マーカスが肩を回しながらにやりと笑う。

「そんじゃ、一発ぶん殴りますか。召喚聖女の遺物を操った代償だ。たっぷり味わえよ」

「ひいっ!!」

手首を掴まれて、ロバートは飛び上がった。彼は必死に抵抗し、傷だらけでごついマーカスの手を振り払おうとしている。

「甘く見んなよ、俺は世界一の拳闘士なんだぜ」

マーカスはそう言うなり、ロバートの顎に拳を繰り出した。衝撃に耐えられず、ロバートの体が吹っ飛ぶ。体を壁に叩きつけられ、勢いあまって床に倒れ込んだロバートは顔面を強打し、その場に長々と伸びてしまった。

「あ、気絶した。ちょっとマーカスさん、最初は手加減して殴って、ミネルバ様たちをこっちに呼ぶ手はずだったでしょっ!?」

「いやちゃんと手加減したんだよ。こいつ、びっくりするくらい弱《よえ》ええええっ!!」

あちらとこちらを隔てる透視鏡に向かって、マーカスが「ごめん」と言わんばかりに拝み倒している。ルーファスとジャスティンの口元が緩んだ。

ソフィーがくすくす笑う。ミネルバはカサンドラと顔を見合わせ、そして二人同時に笑い出した。終わったのだ、本当に。後に待つのは、ただひたすらに明るい未来だけ。そう思った途端、ロバートを殴りたい気持ちなんかどこかへ行ってしまった。

ミネルバは手を伸ばしてソフィーとカサンドラの手を取り、走り出した。ルーファスたちのいる部屋へ向かって。新しい未来へ向かって。


それから一か月、ミネルバはこれまでの人生で経験したことがないほど楽しい時間を過ごした。ルーファスとミネルバ、マーカスとソフィー、ジャスティンとカサンドラ——三組のカップルの幸せに暗雲が立ち込めるようなことはまったくない。

ちなみにルーファスは誕生日を迎えて二十三歳になった。ジャスティンはグレイリングでの社交に精を出した後、カサンドラを連れて帰国し、王太子としての世界に戻っていった。

ロバートは重い罪を犯した者が収容される施設に身柄を移送された。助けてほしいと涙ながらに訴え続けているそうだが、耳を貸す者は誰もいない。

ディアラム侯爵家は取り潰しとなり、その領地は皇帝の直轄領になった。そしてアイアスとおじいさんたちが意気揚々と、古代の祭壇と特殊な鉛の研究に乗り込んでいった。寂れた温泉地にも資金が投入されることになったから、遠からずかつての賑《にぎ》わいを取り戻すことだろう。

ニューマン一家は、なんと全員が逮捕された。カサンドラの叔父と従弟《いとこ》たちの相次ぐ死に関与していたことが判明したのだ。

彼女の母と兄、そして祖父母が立て続けに病死したことで、ニューマンは遠縁である自分にも公爵になるチャンスがあることに気づいたのだそうだ。彼が邪魔者を排除する計画を立て、リリベスとサリーアンが実行役となった。

家族がばらばらに高い塀の中に入れられ、恐らく一生出てくることはないだろう。

「ミネルバ、カサンドラから手紙が来たわよ」

ソフィーが執務室に入ってくる。ミネルバはペンを置いて顔を上げた。

ジャスティンの婚約者としてアシュランに乗り込んだカサンドラとは、ハルムで頻繁に手紙のやり取りをしている。王家の紋章入りの便箋に綴《つづ》られた美しい文字を、ミネルバはソフィーと一緒に追いかけた。

「相変わらず、ロマンチックな婚約期間を過ごしているみたいね。舞踏会に音楽会、晩餐《ばんさん》や観劇……カサンドラが社交界に受け入れられて、ジャスティン兄様も安心しているに違いないわ」

ミネルバが微笑みながら言うと、ソフィーも満面の笑みを浮かべてうなずいた。

「王宮内はすっかり掌握してるし、あの子に歯向かう勇気のある令嬢はいないだろうし。怖いものなしよね」

未来の王妃としてのカサンドラの役目は、ジャスティンを愛するのと同じ強さで国を愛すること。いいときも悪いときも守り抜くこと。

ジャスティンは属国の王太子で、しかも傍系出身。カサンドラは宗主国の公爵令嬢で、何年か早く生まれていたら皇妃になれたかもしれない娘だ。二人の婚約は人々の好奇心を掻き立てるだろうし、様々な噂《うわさ》や憶測も生むだろう。

「どんなことがあっても、カサンドラなら大丈夫。新しく生まれ変わるアシュランを強くできるわ。彼女は美しく、誇り高く、頭がよくてプライドが高い。権力と影響力を持つ地位につくために生まれてきたような人だもの」

「やっぱり似てるわ、あなたたち」

ソフィーはそう言って、腰に手を当てて背筋を伸ばした。

「あの子がアシュランに行っちゃって、私は外遊の準備に大わらわなんだから。帰ってきたらたっぷり働かせてやるわ！」

ミネルバはふふっと笑った。怒ったふりをしていても、ソフィーの眼差《まなざ》しは愛情に満ち溢れている。

「私たち、いずれ義理の姉妹になるのよね。なんだか不思議な気持ち」

しみじみとつぶやく。ソフィーとカサンドラは、ミネルバにとってかけがえのない存在。そんな大切な友人と、一生の深い絆で結ばれるのだ。

「アシュランで二度も男性に裏切られたときは、想像もできなかったわ。私の毎日が、これほど豊かで満たされたものになるなんて。私、ずっと親友が欲しかったの。意見を遠慮なく言い合えて、喧嘩《けんか》をしてもすぐに仲直りできて。お互いが生きる原動力になるような……ソフィーとカサンドラのおかげで、長年の夢が叶ったわ。本当にありがとう」

「どういたしまして。私も同じよ、あなたたちに出会えて本当によかった」

ソフィーが両腕で、ミネルバを固く抱きしめてくれる。

「そういえば、メイザー公爵がミネルバのために壮行会を開いてくれるんですって？」

「ええ。なんだかはりきっていらっしゃるみたいで」

なんといっても命の恩人なのだから、というのがここ最近のメイザー公爵の口癖だ。彼は自由の身になった後、他人を蹴落とすために情報を買ったことについて、貴族たちに謝罪して回った。

どんなに反省しているかを誠心誠意伝えると同時に、ミネルバの素晴らしさについて熱弁したらしい。その光景を思い浮かべると、ちょっと恥ずかしい。

特殊能力の件を省いても、ロバートやニューマン一家の行いが十分すぎるほど極悪非道だったことから、公爵に対する貴族たちの態度は軟化している。それはミネルバにとっても嬉しいことだった。

さらに一か月が飛ぶように過ぎ、いよいよ明日から外遊が始まる。ジャスティンとカサンドラは輝くような笑顔で戻ってきたし、コリンも見送りのためにやってきた。

壮行会が開かれる中央殿の大広間は、驚くほどの活気に満ちている。メイザー公爵が細かなことにまで采配を振ってくれたおかげだ。

内輪の集まりかと思ったら、そうそうたる顔ぶれが出席してくれていた。

皇妃セラフィーナの実家であるブレスレイ公爵家の人たちに、双子のリオナとメイリンのキャメロン公爵家、ベルベットのモーラン公爵家。デメトラと夫のロスリー辺境伯、ギルガレン辺境伯夫妻、そして社交界を引退したテイラー前侯爵——ミネルバも初めて会う、テイラー夫人の旦那様だ。

皇帝トリスタンと皇妃セラフィーナ、先代のグレンヴィルとエヴァンジェリンももちろん参加しているから、とても豪華で賑やかな壮行会になった。

「ルーファス殿下とミネルバ様に乾杯！」

メイザー公爵の乾杯の音頭に合わせて、全員がグラスを宙に掲げる。

「二人のお兄様と、女官兼親友と一緒に外遊に行けるなんて羨ましいわ。きっと、わくわくするようなことがいっぱいあるわよ。たくさんの思い出を作ってきてね」

セラフィーナがにっこりしながら言った。トリスタンがルーファスに向かってにやりと笑う。

「テイラー夫人の厳しい目があるから、お前の影をまとう能力が大活躍しそうだな。私たちの婚約時代にそれがあったら、体力を削ってでも多用したに違いない」

「間違いなくそうしたでしょうね」

「な。影に隠れてキスをしまくるんだ」

ミネルバとルーファスは同時に赤くなった。こっそり影に隠れてキスをするということを、実は何度かやっていた。テイラー夫人が離れた場所で歓談してくれていて本当に助かった。

「ね、ねえカサンドラ、アシュランはどうだった？」

ミネルバは慌てて話題を変えた。カサンドラが心得たとばかりにうなずく。

「私はキーナン王とオリヴィア王妃が好きになったし、お二人も私を気に入ってくださったようだわ。令嬢たちとも『上手く』やっていけると思うの」

「カサンドラさんはどんなときでも落ち着き払った態度だからね。さすがミネルバの親友だ。あらゆる意味で強いから、対抗しようとする令嬢なんていないよ」

コリンが胸に手を当てて言う。感動を抑えきれないといった様子だ。

「本当に、デメトラ様には感謝しかない――」

「あら、私のことをお呼びになった？」

デメトラが扇を揺らしながら近づいてくる。テイラー夫人も一緒だ。

「デメトラ様への感謝の念が、堰《せき》を切ったように溢れ出したところだったんです。兄とカサンドラさんを結び付けてくださって、本当にありがとうございます」

「私はきっかけを作っただけよ。実際に舞踏会の後は出る幕がなかったし。ところでねコリン様、私はあなたにも特別なプレゼントを考えているのだけれど」

デメトラが迫力たっぷりに笑う。

「コリン様にも本当の幸せを見つけてほしいのよ。でも、ジャスティン様の代わりに留守を守らないといけないでしょう？　だから私がアシュランに行こうかと思って。息子夫婦がね、そろそろ家のことは任せて好きなことをして生きろと言うものだから」

「え？　は？　デメトラ様がアシュランに？」

しどろもどろのコリンを見て、カサンドラが「いい考えかもしれませんわ」と口元に手を当てた。

「今年社交界にデビューした中に、骨のありそうな娘が何人かいましたわ」

「そうだな、デビューしたてならミネルバに酷《ひど》い態度をとったわけでもないし。善良で心優しい令嬢がたくさんいるだろう。コリンお前、自分でも驚くほど幸せになれるかもしれないぞ、この私のように」

ジャスティンが目を輝かせてコリンを見る。新たな縁結びをしようとしているデメトラを見て、テイラー夫人は呆れ顔だ。でもきっとコリンも、ミネルバたちと同じくらい幸せになるに違いない。

マーカスとロアンが、左右からコリンの肩をバンバン叩いて激励している。ミネルバたちは明るい笑い声を上げた。

ふと違う方向を見ると、公爵家の当主とその家族たちが近づいてくる。

「ルーファス殿下、ミネルバ様。大変な困難を乗り越え、メイザー公爵を救ってくださったお二人に、私たち一同感謝の言葉もありません」

ブレスレイ公爵が深々と頭を下げる。

「私たち公爵家の人間は、ミネルバ様を心からお慕い申し上げます。今後は全力でお支えすると約束します。私たちは永遠にミネルバ様の忠臣でございます」

モーラン公爵が言い、残りの人々も頭を下げた。

「ありがとう。貴族のトップである君たちが、ミネルバを真に受け入れてくれた。心から嬉しく思う」

ルーファスがまぶしいほどの笑顔になって、ミネルバの手を取った。

メイザー公爵を救うことで、互いの愛とその強さを証明できた。こうして受け入れられるまでの道のりは生易しいものではなかったけれど——いまとなっては、すべてがいい思い出だ。

「人前でこんなにリラックスしたカサンドラを見るのは初めて。いつも自信たっぷりの令嬢を演じていたのに。障害を吹き飛ばしてくれたミネルバのおかげだわ」

ベルベットがハンカチを目に押し当てながら言った。

「喜びも悲しみも分かち合える人を見つけて、自分らしくなれたのね。ああ、どれだけ嬉しいか上手く説明できない。ミネルバは私たちの救いの女神よ」

リオナが目に涙を浮かべて微笑む。

「ミネルバもカサンドラもソフィーも、幸せになってね。私たちもきっと素晴らしい相手を見つけるわ！」

メイリンの目にも、みるみる涙が溢れた。

ミネルバは思う存分、大切な人たちとの交流を楽しんだ。美味しい料理をたっぷり食べて、軽くお酒を飲んでおしゃべりをして——翌朝、ミネルバたちは馬車に乗って外遊に出発した。

エピローグ

馬車の中に落ち着くや否や、ルーファスが両手を広げて「こっちにおいで」と言った。ミネルバは言われたとおりに、彼の向かい側から隣へと移動した。

ミネルバをぐっと引き寄せ、体がくっつくほどぴったり隣に座らせてから、ルーファスは深々とため息をつく。

「何か心配事でもあるの？」

ルーファスの肩に頭をもたせかけ、ミネルバは尋ねた。道すがら旅の打ち合わせをする必要があると彼が主張したので、港までは二人きりだ。

「ああ。正直、心配でおかしくなりそうなんだ。それでなくてもミネルバは美しく、気品に溢《あふ》れ、聡明《そうめい》で才能豊かなのに。ベレーナに認められたことで、特殊能力を持つ男たちの間で大いに注目すべき存在になってしまった」

「ベレーナを機能させたことは事実だけど、彼女は気ままで自由な猫なのよ？　まったく思い通りにできないんだから、心配する必要はないと思うけれど」

「思い通りにできないにしろ、ベレーナが懐いているだけで十分すぎるくらいなんだよ。最初は喜びが勝って、よく考えてみもしなかったが」

「懐いてるっていうか……猫化するのは撫《な》でてほしいときだけだし」

ミネルバは胸元で輝くブローチを見下ろした。

ベレーナはまさに触媒界の専制君主、無理に従わせようとするのはご法度だ。事件解決から二か月、彼女が気に入らない人間に牙をむく姿を、ミネルバは嫌というほど見てきた。

なにしろ値をつけられないほど貴重な、国宝級の価値をもつ歴史的遺物だ。役人たちから「金庫の中で保管するべき」という意見が出たのは、もっともな話だった。

しかし自由を奪われたベレーナは激怒して、すぐにミネルバの胸元に戻ってきた。それ以来、ここは私の居場所とばかりに離れようとしない。

「やっぱり不安だ。特殊能力を持った若い男は、みんなミネルバに心惹《ひ》かれるに違いない。傲岸《ごうがん》不遜なガイアル帝国の皇太子、あいつが一番危ない」

ルーファスはそう言って再びため息をついた。そして口元に手を当て、ぶつぶつつぶやく。

「いや、それよりあっちの国の第二王子か……それよりあそこの独身王弟のほうが危険か……。ミネルバは戦って勝ち取るだけの価値があるから、あいつもこいつも絶対にちょっかいを出してくる。指一本でも触れたらただじゃおかない……」

「あのねルーファス。ベレーナがセットで付いてくるという理由だけで近づくような、打算まみれの男に私が隙を見せると思う？」

ミネルバはまぶしいほど爽やかな笑顔でにっこりしてみせた。

ルーファスの頬が紅潮する。彼は冷静沈着というイメージがすっかり定着していて、そうでない顔を見せるのはミネルバに対してだけ。真の姿をさらけ出してくれるのは嬉《うれ》しいし、嫉妬深くて独占欲が強いところも愛《いと》おしい。

「思わない。だが、この外遊でミネルバの身に何かあったらと思うと……」

「君を守るために私ほどの適任者はいないから、何も心配はいらないって言ってくれたじゃない？」

ミネルバはルーファスの背中に手を回して、愛情深く抱き寄せた。

「もちろん守る。でも、二十四時間つきっきりで側《そば》にはいられない。一瞬たりとも目を離したくないのに」

「エヴァンとロアンに守ってもらえば、きっと大丈夫よ」

「しかし、男では一緒に行けない場所もあるし。やはりいまからでも、選《よ》りすぐりの女騎士を連れていくべきか」

「いくら女性でも、一緒に入るわけにはいかない場所はあるのよ？」

ルーファスはどうしても不安を排除できないらしい。ミネルバは安心させるように、彼の頬にキスをした。

「私を心配してくれているのよね、本当にありがとう。万が一誰かに襲われたときに使える技は、しっかり手ほどきしてくれたでしょ。手を摑《つか》まれたときに逃げる方法とか、遠慮なく相手の目を狙う方法とか」

「それはそうなんだが……」

ルーファスはとうてい安心できないといった様子だ。どうしたものか、とミネルバはため息をついた。

(何よりも重要なのは、二十四時間体制の護衛かあ)

ミネルバははっとした。いるではないか、これからほとんどの時間を一緒に過ごすことになる『女性』が。

「ルーファス、適任者はもういるわよ。彼女こそが解決策だわ。私が行くところに必ずいる、最強のボディーガードだもの」

ミネルバは「ここに」と自分の胸を指さした。

「ベレーナか!」

ルーファスが目を見開く。

「どうして気づかなかったんだろう。ベレーナは私利私欲に満ちた人間が大嫌いだ。文句なしにミネルバを守る理由がある!」

ルーファスはぱっと顔を輝かせ、ミネルバの胸元のブローチを覗《のぞ》き込んだ。

「ベレーナ。旅の間、ミネルバの護衛隊長になってくださいますか? ミネルバは私のすべてなんです。彼女はもはや私の心臓、それがなければ生きていけない大切なもの。彼女を利用しようとする輩《やから》から、どうか守ってやってください」

次の瞬間、ブローチがまばゆいばかりに輝いた。虹色の光が激しく渦を巻く。渦の中央から、自信に満ちた顔つきの猫が現れた。

空中に浮いたベレーナが、宝石のような青い瞳でルーファスの顔をすみずみまで眺める。そして彼を押しのけるように体を割り込ませ、ミネルバの膝の上に頭を置いた。

「このミネルバは自分のものとでも言いたげな態度……これはこれで嫉妬を感じるな」

ルーファスの悔しそうな声に、ミネルバは思わず笑ってしまった。

「たしかにベレーナはあなたより遥《はる》かに長く、私と一緒にいることになるけれど。猫だし、女の子だし」

「わかっているさ。嫉妬してしまう自分が情けないと思うよ」

「私ほどあなたの可愛《かわい》い部分を知っている女性は、他にいないわね」

ミネルバが微笑《ほほえ》むと、膝の上のベレーナが興味ないとばかりにあくびをした。やはり彼女は自由気ままで、自分のしたいようにしているだけなのだ。

「まあ、術者と触媒は運命共同体だからな。上手《うま》くやっていくよう心がけることが、お互いのためになる」

ルーファスは咳払《せきばら》いをし、恐る恐るベレーナの頭を撫でた。

ベレーナがごろんと転がり、ふかふかのお腹《なか》を見せる。

「もっと撫でろ、ですって」

「はい、仰せのままに」

ベレーナはすっかりくつろいで、気持ちよさそうに撫でられている。ルーファスの手の感触が気に入ったようだ。

「これでみんなが満足ね」

「そうだな。だがひとつ問題がある。ベレーナが見ている状態で、ミネルバとキスができるかということだ」

ルーファスが真面目な顔で言う。体を起こしたベレーナが、呆《あき》れたようにさっとしっぽを振ってみせた。

「邪魔をするつもりはない、ですって」

ミネルバはにっこり笑って唇を差し出した。

ルーファスとミネルバはきっと、お互いのために生まれてきたのだ。これからも特殊能力を必要としているすべての人々のために頑張らなければ。

これまで精一杯やってきた。残りの人生もそうするだろう。二人の前には長い人生の道が延びている。お互いが人生の灯となって、未来を明々と照らすに違いない。

「ではベレーナ、お言葉に甘えて」

ルーファスの唇が近づいてくる。

私は永久に彼のもの、そして彼は私のもの――ミネルバがそう思ったとき、ベレーナの虹色の輝きがさらに強くなった。まるで二人の未来を祝福するかのように。

「愛しているよミネルバ、きっと幸せにしてみせる」

「愛しているわルーファス、私が愛する男性は永遠にあなただけ」

ベレーナの光はこれからも二人を導き、守り、勇気を与えてくれるだろう。優しい虹色の光に包まれて、ミネルバとルーファスは誓いの口づけを交わした。

これからも、きっといろんなことがあるだろう。しかし前途にいかなる困難が待ち受けていようとも、ルーファスとベレーナ、そして大切な人たちがいれば、怖いものは何もなかった。

書き下ろし番外編

マーカスの一撃でロバートを懲らしめてから一週間後。ミネルバたちは薄暗い廊下を通り、とある建物の最奥部にある『文化財研究所』に向かっているところだった。

「僕ら特殊能力チームと文化財研究所は、水と油みたいなものなんですよ。あの人たちにとっては浄化なんて『何それ？』の世界だから」

少しばかり憂鬱そうな声でロアンが言う。

「特に、僕のことはあからさまに嫌ってる。たしかに僕は文化財としても貴重な水晶を触媒にしてるし、場合によっては壊してしまうけど。浄化の力がどんなに人々を助けているか、あいつらはわかっていないんだ」

隣を歩くロアンを見つめ、ルーファスが小さなため息をつく。

「彼らは私のことも嫌っているよ。その問題はさておき、もっと腹が立つのはミネルバからベレーナを奪ったことだ」

いつも自信に満ちて颯爽《さっそう》としているルーファスだが、今日の彼の目には怒りだけが燃えている。

文化財研究所のスタッフが、ベレーナの引き渡しを求めて翡翠殿《ひすいでん》にやってきたのは昨日のこと。ちょうどルーファスとロアンが不在のタイミングで、ミネルバは白衣を着た人々にぐるりと囲まれてしまった。

「兄上を悩ませる血族は何人かいるが、あそこの所長もそのひとりなんだ。私よりも年齢が上だというだけで、特殊能力チームを軽んじる十分な理由になると思っているらしい」

「薄いとはいえルーファス殿下と同じ血が流れてるのに、見た目もぱっとしませんもんね。ずんぐりしてるし、まだ三十代なのにハゲてるし」

ルーファスとロアンが腹立たしげに言う。所長の見た目はロアンの言う通りだったので、ミネルバは思わず苦笑した。

「古代人じゃあるまいし、触媒を使って事件を解決するなんてナンセンスだと言われたわ。文化財研究所のほうが、ベレーナの価値を心得た扱いができるって。でも彼は文化財の保護より、ルーファスを貶《おとし》めることが最優先という感じだった」

たしかにベレーナを触媒として使って壊すようなことになれば、純聖女の遺物としての学術的、歴史的な価値が永遠に失われてしまう。ミネルバが持ち歩くことで、ガイアル陣営から狙われる可能性も無視できない。

だがルーファスをライバル視している所長からは、ベレーナを大切にしたいという気持ちは微塵《みじん》も感じられなかった。

「所長はベレーナを金庫に入れると言ったわ。やっと心を開いてくれた彼女を閉じ込めるなんて、絶対にできないと思った。私は戦うつもりだったの。でも、翡翠殿で騒ぎを起こしたくないとべレーナ自身が言うものだから」

ミネルバは重い息を吐いた。ベレーナを触媒として思いのままに操れないことはたしかだが、彼女はミネルバの言葉に耳を傾けてくれるし、ミネルバは彼女の気持ちを理解できる。

「ベレーナのブローチを渡して、満足した所長が踵《きびす》を返して立ち去ったとき、追いかけたくなったわ。でもぐっと堪《こら》えたの。彼女の所有者は私であると主張する、正当な理由を見つけられなかったし」

ベレーナはすでに、ミネルバにとってかけがえのない大きな存在だ。とはいえ彼女の類まれな、神の領域にまで達する力を自由自在に操れるほど、ミネルバの能力は高くない。もちろん精進するつもりだけれど、確実に成長できると断言もできない。

「ベレーナがどれほど強くて、どんなに賢いか、私はよく知っているわ。いつか彼女を操る才能を持った人が現れたら、きっと私に不満を抱く。そのときは身を引くしかないんだなって思ったら、落ち込んでしまって……」

「少なくともその人物は、文化財研究所の連中ではないよ」

ルーファスがミネルバの頭を優しく撫《な》でる。

「婚約者の贔屓目《ひいきめ》で見ているわけではなく、ミネルバは本当に心が綺麗《きれい》だ。ベレーナは行動の予測ができない猫だが、ミネルバのことを気に入っているのは間違いない。君たちの間には精神的な繋《つな》がりがあるのだから、自信を持つんだ」

「そうですよ、ミネルバ様」

ロアンが慰めるように微笑《ほほえ》む。

「ベレーナは触媒界の最高峰。そのパワーは計り知れず、どれほどのことができるのか誰も知らない。特殊能力のある人間なら、きっと誰もが欲しがるけど――古代であまりにも醜い人間の欲望を目にしてるから、彼女は誰にも主導権を握らせないと思うんですよ」

ロアンの顔から、いつもの面白がるような表情が消えた。

「ほら、僕って孤児じゃないですか。おまけに特殊能力があるから、悪巧みをしている人間に利用されたりして、うんざりしてたんですよね。でもずっとひとりぼっちだと、寂しくなるんです」

「辛《つら》い体験をしたのね……」

「いまは楽しく過ごしてますんでお気になさらず。まあ何が言いたいかというと、寄り添える相手が欲しいと思っても、昔の僕やベレーナみたいなのはそう簡単に人を信用できないんです。だからミネルバ様、あなたはベレーナが長い間待ち望んだ『特別な存在』なんですよ」

「特別な存在……」

「そう。純聖女のしもべたるベレーナに気に入られた、特別な人。神秘の存在のお眼鏡にかなう勇気と思いやりを持つ人。ミネルバ様はベレーナの力を善なる目的のためだけに使える、聖女みたいな人ですもん。そう遠くない未来に、彼女の力を自由自在に操れるようになるって、僕は信じてます」

とても真摯で、少し照れくさそうなロアンを見て、手を伸ばして頭を撫でたくなった。だが実行に移す前に、ルーファスがロアンの髪をくしゃくしゃにした。

見つめ合う二人の目には、信頼と友情、相手を大切に思う気持ちが同じように浮かんでいた。ロアンが待ち望んでいた『特別な存在』は、きっとルーファスなのだろう。街を放浪していた八歳のロアンを十五歳のルーファスが保護した顛末《てんまつ》を、出会ったばかりのころに聞いたことがあった。

「ミネルバはベレーナを求め、ベレーナはミネルバを求めている。翡翠殿で騒ぎを起こしたくなかったのは、すでにあそこを自分の家だと思っているからだろう。早く迎えに来てほしくて、うずうずしてるんじゃないか?」

ロアンの頭を撫で回しながらルーファスが言う。

「たしかに、気まぐれに猫化しては女王のごとく振る舞っているわね」

ミネルバが微笑んだとき、耳をつんざくような悲鳴が聞こえた。長い廊下をずっと歩き続けていたので、文化財研究所はもう目の前だ。

「どうやら問題が起こったようだな」

ルーファスがやれやれと肩をすくめる。次の瞬間、両開きの扉が大きく開いた。白衣を着た人々が脱兎《だつと》のごとく飛び出してくる。

「ルーファス! ちょうどよかった、一刻を争う問題が発生したんだ。至急特殊能力チームの出動を要請するっ!」

所長がものすごい形相で近づいてくる。昨日はきちんと折り目のついた白衣を着ていたが、今日のそれはヨレヨレでみすぼらしく見えた。

「うっわ、恥知らずもいいところだな」

ロアンが小声で言う。たしかに助けを求めるにしては、所長は態度が悪すぎた。そういう態度が皇族の権威を誇示する唯一の方法だと思っているのだろう。

扉の向こうからどしん、どすん、という音が聞こえる。何かの足音のようだが、廊下まで振動するとは尋常ではない。白衣のスタッフたちが扉を手で押さえつけて、開かないように頑張っている。

(多分、これはベレーナの抗議ね)

疑問の余地はなかった。所長やスタッフがベレーナを怒らせてしまったことは確実らしい。

「私もスタッフたちも昨晩は悪夢に苦しんだ。巨大な猫に押さえつけられ、鉤爪《かぎづめ》でなぶられ、牙でずたずたにされる夢だ。ようやく朝になったと思ったら、さっき部屋中がいきなり七色に光って、その光の中から出てきたのは悪夢に現れたあの巨大猫だったんだ!」

「それはそれは。ベレーナにきちんと敬意を払わなかったものだから、恨まれてるみたいですね」

ロアンも肩をすくめてしれっと言った。

「そんなことはない、私は文化財の取り扱いを心得ている。後世に残せるように布でくるんで収蔵箱に入れ、上から鎖を何重にも巻いて鍵をかけて、機能性を重視した専用の金庫に入れたんだぞ。何が不満だって言うんだ!」

所長の返事に、ミネルバは必死でうめき声を堪えた。

(ベレーナは純聖女のしもべとして、古代の人々から敬われた聖なる猫。専用の神殿に安置されていたくらいなのに……)

鎖に繋いで自由を奪うなんて——たとえ自力で外に出られるとしても——プライドが深く傷ついたに違いない。

ルーファスがため息をつき、指先で眉間を揉《も》みほぐした。

「触媒というのは実に予測がつかないものだと、私は何度も言いました。触媒が術者を決めると言っても過言ではなく、両者を無理に引き離したら、あなたに大きな危険が及ぶかもしれないと」

所長は年上で、末端とはいえ皇族でもあるので、ルーファスは一応敬語を使っている。けれど声が怒っていた。

「特殊能力チームは触媒を見つけるためにあらゆる努力をしている。それなのにあなたたちは現地調査にも行かず、私たちから古代遺物を奪うことしか考えていない」

「今回だって何もしていないのに、ベレーナが手に入ってラッキーだと思ったんでしょ。彼女が怒ったのはご自分たちの軽率な行動のせいですよ。ミネルバ様を脅して奪い取っていったんだから」

ロアンも厳しい口調で言った。

扉の向こうの足音はどんどん大きくなっている。まるで地響きだ。「シャーッ!」とうなる声まで聞こえるから、所長は明らかにびくついている。

（ベレーナが怒っているのはたしかだけれど。どうやら、ちょっとした芝居を打っているみたいね）

扉を挟んでいても、彼女の気持ちはちゃんと伝わってくる。研究所の人間たちが反省して、特殊能力者と触媒にきちんと敬意を払うようにするためだろう。

「ルーファス、ロアン、本当にすまなかった！　お前たちが対応するしか選択肢はないんだ、頼むからなんとかしてくれえええええっ！」

所長の謝罪は礼儀をわきまえているからではなく、これ以上危険な目に遭いたくないからという気持ちの方が強そうだった。

「私たちにではなく、ミネルバにきちんと謝ってください。彼女こそがベレーナの正当な持ち主だと宣言する必要もあります」

冷たい声でルーファスが告げた。とどめを刺すような強いまなざしを向けられて、所長ががっくりと肩を落とす。

「あの……ミネルバさん。どうかお許しください。皆さんの特殊能力と、触媒の存在を軽んじていた、私が愚かでした」

所長がミネルバの方を向いて、いまにも泣き出しそうな声で弱々しく言った。

「夢の中で、巨大な猫が言っていたんです。『誰が私を所有するかは私が決める』と。つまり、その、捕まえて閉じ込めた私への抗議なんですよね……」

傲慢な雰囲気は微塵もなく、なんだかしょんぼりしている所長を見て、ミネルバは謝罪を受け入れることにした。

「そうだと思います。なぜかはわからないけれど、ベレーナには私が必要みたいで。彼女を返していただけますか？　私なら、あなた方を最悪の事態から守れると思いますので」

ミネルバが優しく言うと、所長はほっとしたようだ。

「は、はい。もちろん正統な持ち主にお返しします。あの化け猫がブローチに戻ってくれたらですけど……」

「では、扉を開けてください」

ずっと扉を押さえつけて、両手が痺《しび》れていたスタッフたちが「はい！」と叫んで素早く後ろに下がった。

少しずつ扉が開く。神々しいほどの七色の光が漏れ出てくる。所長やスタッフの言動から、ベレーナが猫化した上に巨大化していることは想像がつくけれど――どんなに恐ろしげなものが見えても、驚かない自信がある。

目に飛び込んできたのは、本当に突飛な眺めだった。体中の毛を逆立てて、背中をアーチ形に膨らませた巨大な白猫。その体は天井に届くほど大きく、まぶしい青色の瞳がこちらをねめつけている。

これほど強そうな動物にはお目にかかったことがない。太古の神の力を目の前にした所長やスタッフはがたがた震えて悲鳴を上げている。

「静かに、落ち着いてください。ベレーナはいらいらしているんです」

ミネルバが言うと、ベレーナは鞭《むち》のようにしっぽを前後に揺らした。彼女の周囲の虹色の光が乱れて、ぱちぱちと音がする。

「ごめんね、寂しい思いをさせちゃったね」

胸にひしと抱きしめてあげたかったけれど、巨大化しているので無理だった。ミネルバは両手を広げてふわふわとした腹毛に抱きついた。

ベレーナの胸の奥でゴロゴロという音がした。喉を鳴らしているのだ。

「私もあなたがいなくて寂しかった……」

頬ずりするためには、顔全体を毛に埋《うず》めざるをえなかった。

ベレーナがお返しとばかりに頭を擦り寄せてくるが、それは無謀な行為だった。神話上のドラゴンもかくやという大きさなのだから、まあとにかく重い。

「待ってくださいベレーナ、その姿ではミネルバが潰れてしまう」

咄嗟《とっさ》にルーファスが支えてくれたので助かった。やんごとなき女王猫は、宝石のような目でミネルバを覗《のぞ》き込むと、ものの一秒で猫らしい大きさになった。

混じりけのない純白の毛並みの、堂々とした気品漂うわんぱく猫が、風のように素早くミネルバの腕の中に飛び込んでくる。

「これからはずっと一緒よ。もう誰も私たちを引き離そうなんて言わないわ」

ミネルバは両腕にぎゅっと力を込めた。

「にゃ」

この短い返事は「その約束が欲しくて騒ぎを起こしたのよ」という意味だ。

「あの化け猫をあっという間に落ち着かせるなんて……」

「やはり純聖女の遺物を所有する名誉は、ミネルバさんのものなんだな」

あんなに怒っていたのが嘘《うそ》のように、すっかり大人しくしているベレーナを見て、所長もスタッフも感嘆せずにはいられないらしい。

「よかったなミネルバ。君とベレーナのコンビはずっと続くぞ」

ルーファスがにっこり笑って言った。

ミネルバは「ええ！」と喜びの声を上げた。

「楽しみだなあ。これからいろんな神秘を目撃できますよ。ベレーナの力なら、僕たちの想像もつかないことができるに違いないですもん」

ロアンが美しいオッドアイを輝かせる。ミネルバは「私も楽しみ」と微笑んだ。

すがすがしいほど勝手気ままなベレーナに気に入られたからには、波瀾万丈《はらんばんじょう》で面白い人生が送れることは間違いない。それはきっと、願っていた以上に素晴らしい人生だ。

大好きな人たちの愛があるからこそ、ミネルバの世界は明るく輝く。彼らに幸福をもたらすために、これからも頑張ろう。

「ルーファス、ベレーナ、そしてロアン。私、あなたたちのことを心から愛しているわ！」

すまし顔のベレーナが「にゃん」と鳴く。これは「ルーファスよりも先に自分の名前を言え」という意味だ。

「わがままさんなんだから。猫界の一番はもちろんあなたよ！」

ミネルバは明るく笑いながら、彼女の柔らかな毛に頬をこすりつけたのだった。

OVERLAP NOVELS f

婚約破棄された崖っぷち令嬢は、帝国の皇弟殿下と結ばれる 3

発行　2023年3月25日　初版第一刷発行
著者　参谷しのぶ
イラスト　雲屋ゆきお
発行者　永田勝治
発行所　株式会社オーバーラップ
〒141-0031
東京都品川区西五反田8-1-5
校正・DTP　株式会社鷗来堂
印刷・製本　大日本印刷株式会社

ISBN 978-4-8240-0447-5 C0093

【オーバーラップ　カスタマーサポート】
電話　03-6219-0850
受付時間　10時～18時(土日祝日をのぞく)

作品のご感想、ファンレターをお待ちしています

あて先:〒141-0031　東京都品川区西五反田8-1-5 五反田光和ビル4階　オーバーラップ編集部
「参谷しのぶ」先生係／「雲屋ゆきお」先生係

スマホ、PCからWEBアンケートにご協力ください

アンケートにご協力いただいた方には、下記スペシャルコンテンツをプレゼントします。
★本書イラストの「無料壁紙」　★毎月10名様に抽選で「図書カード(1000円分)」

公式HPもしくは左記の二次元バーコードまたはURLよりアクセスしてください。
▶ **https://over-lap.co.jp/824004475**
※スマートフォンとPCからのアクセスにのみ対応しております。
※サイトへのアクセスや登録時に発生する通信費等はご負担ください。

オーバーラップノベルスf公式HP ▶ **https://over-lap.co.jp/lnv/**